हिन्द पॉकेट बुक्स

फ़िरदौसी : शाहनामा

विश्व के महान कवि और चिन्तक फ़िरदौसी का जन्म ईरान के एक खेतिहर परिवार में दसवीं शती में हुआ था। वह प्रखर मेधा के धनी थे। उन्होंने *शाहनामा* जैसे महाकाव्य की रचना की। 60,000 शे'रों की यह कालजयी कृति आज लगभग हज़ार साल बाद भी विश्व-भर में चर्चित है और इसके वृहदाकार के कारण इसकी तुलना होमर के *इलियड* तथा महर्षि वेद व्यास के *महाभारत* से की जा सकती है। *शाहनामा* में इंसानियत, श्रेष्ठ जीवन, गुण-अवगुण तथा स्त्री जाति के पक्ष में विचार दिए गए हैं।

हिन्दी की प्रख्यात लेखिका नासिरा शर्मा ने सरस और रोचक शैली में फ़िरदौसी तथा *शाहनामा* को संक्षेप में कलमबद्ध किया है।

AF675022

फ़िरदौसी
शाहनामा

नासिरा शर्मा

हिन्द पॉकेट बुक्स
पेंगुइन रैंडम हाउस इम्प्रिंट

हिन्द पॉकेट बुक्स

यूएसए | कनाडा | यूके | आयरलैंड | ऑस्ट्रेलिया | सिंगापुर
न्यू ज़ीलैंड | भारत | दक्षिण अफ्रीका | चीन

हिन्द पॉकेट बुक्स, पेंगुइन रैंडम हाउस ग्रुप ऑफ़ कम्पनीज़ का हिस्सा है,
जिसका पता global.penguinrandomhouse.com पर मिलेगा

पेंगुइन रैंडम हाउस इंडिया प्रा. लि.,
चौथी मंजिल, कैपिटल टावर -1, एम जी रोड,
गुड़गांव 122 002, हरियाणा, भारत

पेंगुइन
रैंडम हाउस
इंडिया

प्रथम संस्करण हिन्द पॉकेट बुक्स द्वारा 2006 में प्रकाशित
यह संस्करण हिन्द पॉकेट बुक्स में पेंगुइन रैंडम हाउस द्वारा 2022 में प्रकाशित

कॉपीराइट © हिन्द पॉकेट बुक्स

सर्वाधिकार सुरक्षित

10 9 8 7 6 5 4 3 2

इस पुस्तक में व्यक्त विचार लेखक के अपने हैं, जिनका यथासंभव तथ्यात्मक
सत्यापन किया गया है, और इस संबंध में प्रकाशक एवं सहयोगी
प्रकाशक किसी भी रूप में उत्तरदायी नहीं हैं।

ISBN 9789353495039

मुद्रकः रेप्रो इंडिया लिमिटेड

यह पुस्तक इस शर्त पर विक्रय की जा रही है कि प्रकाशक की लिखित पूर्वानुमति के
बिना इसका व्यावसायिक अथवा अन्य किसी भी रूप में उपयोग नहीं किया
जा सकता। इसे पुनः प्रकाशित कर विक्रय या किराए पर नहीं दिया जा
सकता तथा जिल्दबंद अथवा किसी भी अन्य रूप में पाठकों के
मध्य इसका परिचालन नहीं किया जा सकता। ये सभी शर्तें
पुस्तक के ख़रीददार पर भी लागू होंगी। इस संदर्भ में
सभी प्रकाशनाधिकार सुरक्षित हैं।

www.penguin.co.in

MIX
Paper from
responsible sources
FSC
www.fsc.org
FSC® C047271

This is a legitimate digitally printed version of the book and therefore might not
have certain extra finishing on the cover.

अनुक्रम

भूमिका

जिस शायर को समय ने नकारते हुए तूस के क़ब्रिस्तान में दफ़न होने की इजाज़त महज़ इसलिए नहीं दी कि वह काफ़िर शिया है, हज़ार वर्ष बाद आज उसकी आरामगाह पर दर्शकों का मेला लगा हुआ है। साठ हज़ार शेरों को महाकाव्य में ढालने वाला अबू अल कासिम हसन बिन अली तूसी (फ़िरदौसी) एक ख़ुशहाल खेतिहर परिवार (323 हिजरी क़मरी) में पैदा हुआ था। इसीलिए शाहनामा की कई दास्तानों के शुरू में फ़िरदौसी अपने लिए दहक़ान (ग्रामवासी) शब्द का प्रयोग करते हुए लिखते हैं कि अब इस दहक़ान से यह कहानी सुनो।

जो कहानी फ़िरदौसी कविता द्वारा शाहनामा के काव्यखंडों में निरन्तर सुनाते चले जाते हैं, वह वास्तव में ईरान का इतिहास है, जिसके आरम्भ में उन्होंने ख़ुदा की तारीफ़ की है और उसकी बनाई चीज़ों, जैसे – चन्द्र एवं सूर्य की प्रशंसा की है। पैग़म्बर और उनके मित्रों का ज़िक्र किया और इसके बाद बताया कि शाहनामा रचने का ख़याल उनको क्योंकर आया। इस बात की व्याख्या करते हुए वह ईरान के प्रसिद्ध कवि दकीक़ी का ज़िक्र करना नहीं भूलते हैं, जिन्होंने शाहनामा को 'गशतासब नामा' के नाम से लिखना शुरू किया था, मगर अपने ही ग़ुलाम के हाथों क़त्ल हो जाने के कारण वह काम अधूरा छूट गया। उसको जब फ़िरदौसी ने पढ़ा, तो उस काम को पूरा करने का प्रण किया। इसके बाद अबू मंखूर बिन मोहम्मद

और सुल्तान महमूद के प्रशंसा-गान के बाद वास्तव में शाहनामा की शुरुआत होती है, जिसका शीर्षक है 'ईरान का पहला बादशाह क्यूमर्स जिसका राज तीस वर्षों तक चला' यानी शाहनामा की शुरुआत ईरानी नस्ल के आरम्भ से होकर सासानी काल के पतन पर जाकर समाप्त होती है।

शाहनामा को तीन भागों में बांटा जा सकता है। पहला वह जो लोक-साहित्य पर आधारित है, दूसरा वह जो काल्पनिक अफ़सानों पर है और तीसरा वह जो ईरान का इतिहास है। इस महाकाव्य में फ़िरदौसी को अमर बनाने वाली कालजयी रचनाएं हैं, जो आज बार-बार पढ़ी और गाई जाती हैं। जिसमें दास्तान-ए-बीज़न व मनीज़ा, सियावुश व सुदाबे, रुदाबे व जालज़र, रुस्तम व सोहराब, शतरंज की पैदाइश, शाह बहराम के क़िस्से, सिकन्दर व कैद, जहाक़ व कावेह आहंगर इत्यादि उल्लेखनीय हैं।

अरबों की सत्ता का ध्वज जब ईरान पर फहराने लगा, तो ईरानी बुद्धिजीवियों के सामने भारी संकट आन खड़ा हुआ कि आख़िर इस विदेशी सत्ता के साथ वे कैसा व्यवहार करें। इसी मुद्दे पर ईरानी बुद्धिजीवी वर्ग दो भागों में बंट गया। एक वर्ग वह था, जो अरबी भाषा के बढ़ते सरोकार को पूर्णतया दरबार, धार्मिक स्थलों और जनसमुदाय में पनपता देख रहा था और सोच रहा था कि इस तरह से ईरानी भाषा और साहित्य का कोई नामलेवा नहीं बचेगा। शायद ईरानी विचार की भी गुंजाइश बाक़ी नहीं बचेगी और अरबी भाषा के साथ अरब विचार भी ईरानी दिल व दिमाग़ पर छा जाएंगे। इसलिए ज़रूरी है कि भाषा के झगड़े में न पड़कर ईरानी सोच को जीवित रखा जाए। इस वर्ग के ईरानी लेखक बड़ी संख्या में अरबी भाषा में अपना लेखन-कार्य करने लगे और दरबार एवं विभिन्न स्थलों पर महत्त्वपूर्ण पद भी पाने लगे।

दूसरा वर्ग पूर्ण रूप से अरब सत्ता से बेज़ार था। वह उसकी तरफ़ पीठ घुमाकर अपनी भाषा-साहित्य के प्रति अत्यधिक संवेदनशील हो उठा। ईरानी संस्कृति और इतिहास को बचाने और संजोने की तीव्र इच्छा उसमें मचल उठी। सत्ता के विरोध में वह तलवार लेकर खड़ा तो नहीं हो सकता था, मगर वर्तमान को नकारते हुए भविष्य के लिए ज़रूर कुछ रच सकता

था। इस श्रेणी के बुद्धिजीवियों में सबसे पहला नाम है फ़िरदौसी को, जिन्होंने स्वयं स्वीकार किया है कि –

बसी रंज में बुर्दम दर इन साल सी
अजम ज़िन्दा करदम बेदिन पारसी

यानी तीस वर्ष की अनथक कोशिशों से मैंने यह महाकाव्य रचा है और फ़ारसी ने अजम (गूंगा) को अमर बना दिया है। यहां अजम शब्द की व्याख्या करना ज़रूरी हो जाता है। अरबी भाषा का उच्चारण चूंकि हलक़ पर ज़ोर देकर होता है, तो उसकी ध्वनि में एक तेज़ी और भारीपन होता है, जब कि फ़ारसी भाषा में उच्चारण करते हुए अधिकतर जीभ के मध्य भाग और नोक का प्रयोग होता है, जिससे शब्द मुलायम व सुरीली ध्वनि लिये निकलते हैं। इतनी मद्धिम ध्वनि सुनने की आदत चूंकि अरबों को नहीं थी, इसलिए उन्होंने उपेक्षा भाव से ईरानियों को गूंगा कहना शुरू कर दिया था।

फ़िरदौसी आगे कहते हैं कि –

न मीरम अज़ इन, पस की मन ज़िन्देअम
कि तुख़्मे सुख़्न रा पराकन्दे अम

यानी मैं कभी मरूंगा नहीं, क्योंकि मैंने फ़ारसी शायरी के जो बीज बिखेरे हैं, वे दुनिया के रहने तक लहलहाते रहेंगे और मैं उनके कारण सदा जीवित रहूंगा।

खुरासान प्रान्त की राजधानी मशहद से कुछ दूर पर नीशापुर में फ़िरदौसी तूसी की क़ब्र थी। मशहद पहुंचकर आरामगाह-ए-फ़िरदौसी पर जाना न हो सके, ऐसा तो हो नहीं सकता था। इसलिए ईरान तूर की बस पर बैठी मैं (1976 में) उस महान कवि के बारे में सोच रही थी, जिसके सन्दर्भ में कई दर्दनाक कहानियां मशहूर हैं, जिन्हें शाहनामा पर काम करने वाले शोधकर्ता अपनी-अपनी दृष्टि से उद्धृत करते रहते हैं। जैसे सुल्तान महमूद ने फ़िरदौसी

को अपने वायदे के मुताबिक़ प्रत्येक शे'र पर सोने की दीनार नहीं दी, जिससे फ़िरदौसी रुष्ट हुए और क्रोध में आकर उन्होंने सुल्तान की निन्दा-गाथा लिख डाली। मगर उनके दोस्त ने उसको फाड़ डाला और उनके शत्रुओं का रचाया षड्यन्त्र कामयाब नहीं होने दिया। शाह तक उनकी रसाई कराई गई। कुछ का कहना है कि सुल्तान ने फ़िरदौसी को इतना कम धन दिया कि उनके आत्मसम्मान को गहरी चोट लगी। दुःखी-से वह हमामख़ाने गए और बदन की मालिश करने वाले को उसकी मज़दूरी में वह धन दे दिया। नहा-धोकर वह हमामख़ाने से अपने एक मित्र के घर गए और बाक़ी के दिन वहीं काट दिए।

कुछ शोधकर्ताओं का लिखना है कि फ़िरदौसी ने चालीस वर्ष की आयु में (380 हिजरी क़मरी में) शाहनामा रचना आरम्भ किया और 400 हिजरी क़मरी में उसे समाप्त किया। वे 393 हिजरी क़मरी में सुल्तान महमूद के दरबार में हाज़िर हुए। यह वह दौर था, जब फ़िरदौसी ने अपनी जमा-पूंजी शाहनामा लिखने में ख़र्च कर दी थी और दाने-दाने को मोहताज हो गए थे। उस समय उनको अपनी गरीबी से छुटकारा पाने की केवल एक राह नज़र आई कि शाहनामा को वह महमूद बिन नासिर उद्दीन खब्कतगीन के नाम कर दें। वह सुल्तान महमूद के पहले वज़ीर, अहमद इसफरायनी के ज़रिये दरबार में पहुंचे। सुल्तान सुन्नी था और शाहनामा शिया शाहों के प्रशंसा-गान से भरा हुआ था। यह देखकर सुल्तान की भवों पर बल पड़ गए और उसने अत्यधिक उपेक्षा भाव से सोने की दीनार की जगह दरह दी। फ़िरदौसी के आक्रोश ने उन्हें ग़जनी शहर छोड़ने पर मजबूर कर दिया और वह खुरासान चले गए। उन्होंने छः मास इस्माइल वराक़ के यहां गुज़ारे, जो अज़रकी नामक कवि के पिता थे। उसके बाद वह तबरिस्तान की तरफ़ बढ़ गए। आलबावन्द के हाकिम के पास गए और वहां जाकर एक लम्बी हज्व (निन्दा कविता) लिखी। चूंकि आलबावन्द का हाकिम फ़िरदौसी की इज़्ज़त करता था, इसलिए उसने वह हज्व फ़िरदौसी से ख़रीद ली और उसको धो डालने का हुक्म दिया, ताकि फ़िरदौसी किसी परेशानी में न पड़ जाएं। फ़िरदौसी यहां से माज़नदरान की तरफ़ बढ़ गए और वहां से खुरासान की

तरफ़ लौट आए। बाक़ी ज़िन्दगी उन्होंने अपने गांव में ही बिताई और 411 या 416 हिजरी क़मरी में इस संसार से विदा हुए।

कुछ शोधकर्ताओं ने इसके बाद की घटना का उल्लेख करते हुए लिखा है कि फ़िरदौसी का इकलौता बेटा भी मर गया। बेटी अपने शौहर के घर थी। फ़िरदौसी ग़रीबी और बेचारगी से अपने दिन गुज़ार रहे थे। इसी बीच सुल्तान को किसी ने बताया कि शाहनामा एक अमर हो जाने वाली कृति है। आपका व्यवहार उसके प्रति ऐसा होना चाहिए, ताकि तारीख़ आपको याद रखे। सुल्तान को अपनी चिन्ता सताने लगी। उन्होंने सोने की 60,000 दीनारें ऊंटों पर लदवाकर फ़िरदौसी के पास भेजीं। जब यह सम्मान फ़िरदौसी के घर की चौखट पर पहुंचा, तो उसी समय फ़िरदौसी का जनाज़ा निकल रहा था। सोचा गया कि अब यह धन बेटी को दिया जाना चाहिए। बेटी ने यह कहकर उसे लेने से इनकार कर दिया कि जब मेरे पिता ने इसको अपने जीवन में स्वीकार नहीं किया, तो इस पर मेरा अधिकार कैसे हो सकता है।

ये अफ़साने कितने सच्चे हैं, इसे परखने और उस पर बहस करने से बेहतर है कि हम उस सत्य को जानें और पहचानें जो महाकाव्य के रूप में हमारे सामने है।

फ़िरदौसी की मज़ार पर

मशहद से नीशापुर का रास्ता सरसब्ज़ था, दिमाग़ फ़िरदौसी के बारे में सोच रहा था। ईरान तूर की बस रुकी और सारे मुसाफ़िर उतरे। कुछ दूर पैदल चलकर आरामगाह-ए-फ़िरदौसी के दरवाज़े पर पहुंची। चन्द सीढ़ियां चढ़कर बाग़ का फैलाव बांहें पसारे हुए था।

फ़िरदौसी की संगमरमर की बड़ी-सी मूर्ति बाग़ के एक भाग में थी, जिसके सामने खड़े होकर लोग लगातार तस्वीरें खिंचवा रहे थे। सामने फ़िरदौसी की क़ब्र का ऊंचा चबूतरा था। उसकी दीवारों पर शेर लिखे हुए थे। हज़ार वर्ष पहले जब इस महान कवि की लाश को क़ब्रिस्तान में जगह

नहीं मिली, तो यह बग़ीचा अपने मालिक की लाश अपने सीने में छुपाने के लिए मजबूर हो गया था। उस समय किसे पता था कि आगे चलकर यही नन्हा बग़ीचा, जिसमें शायर दफ़न है, एक बड़े बाग़ में बदल जाएगा और ईरानियों के साथ फ़ारसी भाषा एवं साहित्य-प्रेमियों के लिए सबसे प्रिय दर्शनीय स्थल बन जाएगा।

चबूतरे के नीचे तहख़ाने में रुस्तम के 'हफ़तखान' के क़िस्से बादामी पत्थर की दीवारों पर खुदे थे। कहीं वह सफ़ेद दैत्य से लड़ रहा है, तो कहीं गदा उठा रहा है। कहा जाता है कि रुस्तम की एक बांह की मछलियों की गिनती अस्सी थी। उसका जिस्म जितना बलवान था, दिल उतना ही नम्र। वास्तव में रुस्तम जहां शाहनामा का सबसे वीर पहलवान और महत्त्वपूर्ण योद्धा है, वहीं पर वह सच्चे इंसान का प्रतिनिधित्व करता है, जो अंधेरे से लड़कर रोशनी के पैरों की ज़ंजीरें काटता है। इसीलिए शाहनामा का यह पात्र केवल ईरान में ही नहीं, वरन सर्वव्यापी सम्मान का अधिकारी है। हाफ़िज़ ख़य्याम, सादी जैसे कवियों की आरामगाहों की तरह इस बाग़ में एक पुस्तकालय भी था, जिसमें फ़िरदौसी पर हुए शोध एवं शाहनामा की, विभिन्न आकारों में छपी प्रतियां बड़े पैमाने पर रखने का विचार चल रहा था।

1975 में जश्नवार-ए-तूस (तूस महोत्सव) ख़त्म हुआ था। दानिशमन्दों का यह मेला आरामगाह-ए-फ़िरदौसी पर लगा था। शाहनामा ईरानी राष्ट्रीयता की भावना का प्रतीक माना गया है, अतः सभी आदर-भाव से इसके आगे सिर झुकाते हैं। कहते हैं कि जब फ़िरदौसी का जन्म हुआ, तो उसके पिता मौलाना अहमद फ़ख़रुद्दीन ने सपना देखा कि फ़िरदौसी छत पर खड़े होकर एक दिशा की ओर कुछ बोलते हैं और उसकी प्रतिध्वनि पलटकर वापस आती है। यही हाल बाक़ी तीनों दिशाओं की ओर बोलने में हुआ और हर बार फ़िरदौसी की आवाज़ की प्रतिध्वनि गूंजी। सुबह जब वह उठे, तो इस अजीबोग़रीब सपने का बयान किया। इसे सुनकर बुद्धिमान लोगों ने कहा कि ज़रूर आपका बेटा एक ऐसा शायर होगा, जिसकी शोहरत एवं लोकप्रियता का डंका चारों दिशाओं में बजेगा।

शाम हो रही थी। मशहद लौटने का समय नज़दीक था। हम सारे फ़ारसी भाषा एवं साहित्य के विद्यार्थी एक अजीब अहसास में डूबे लौटने की तैयारी करने लगे। वर्षों पहले, फ़िरदौसी से साक्षात्कार का वह पहला अनुभव बेहद शायराना था, जिसमें सिर्फ़ मिठास थी। आज उन यादों के बीच अनुभव का नया कालखंड उभर आया है। जिसने शब्दों की मिठास को तो कम नहीं किया है, मगर उसे एक ठोस विस्तार अवश्य दे दिया है। आज जब मैं ईरान के पिछले बारह वर्षों को और शाहनामा को एक साथ रखकर देखती हूं, तो महसूस होता है कि शाहनामा उस समय एक सियासी अंकुश के बीच विरोधी सत्ता को नकारने की भावना से लिखी एक ऐसी कृति थी, जो भाषा की दृष्टि से खालिस फ़ारसी है, जिसमें अरबी भाषा के सुन्दर शब्दों से जानबूझकर परहेज़ किया गया है। इस बात का अहसास ईरान के अन्तिम बादशाह रज़ाशाह पहलवी को भी था, जो अपने को आर्यमेहर कहलाना पसन्द करते थे। अरबों की तलवार के ज़ोर पर ईरानियों ने भले ही इस्लाम धर्म क़बूल कर लिया और तीन सौ वर्षों की अरब सत्ता में रहने के कारण फ़ारसी लिपि भी बदलकर अरबी लिपि अपना ली थी, मगर वे अपना ईरानीपन कभी नहीं भूल पाए और अरबों को शत्रुता की नज़र से आज भी देखते हैं।

शाहनामा पर शोध

रज़ाशाह पहलवी ने फ़ारसी भाषा को खालिस बनाने के लिए 'फ़रहंगिस्तान' नाम से एक संस्थान खुलवाया था, जिसका काम था फ़ारसी भाषा में प्रयुक्त अरबी भाषा के शब्दों को निकालकर उनकी जगह फ़ारसी के शब्दों को इस तरह जड़ना कि वह भाषा को सुन्दर प्रवाह दें, और बोलने में जल्द-से-जल्द ज़बान पर चढ़ जाएं। इसी तरह, प्राचीन साहित्य को संजोने और उसको आसान बनाकर आम आदमी तक पहुंचाने के लिए उन्होंने एक संस्थान 'बुनियाद-ए-फ़रहंग-ए-ईरान' के नाम से स्थापित किया था, जो हर बड़ी कृति को लेकर संक्षिप्त रूप में छोटी-छोटी पुस्तकें छापता था, ताकि मामूली आदमी भी अपने प्राचीन साहित्य को पढ़ सके।

फ़िरदौसी के 'शाहनामा' पर भी शोध कराने के लिए 'बुनियाद-ए-शाहनामा' नामक संस्थान शुरू हुआ था, जिसका काम फ़िरदौसी के 60,000 शेरों को जहां सिलसिलेवार तरतीब देना था, वहीं फ़िरदौसी द्वारा वर्णित स्थानों के नामों का उनके भौगोलिक परिप्रेक्ष्य में पता लगाना भी था। इस तरह की अनेक बातें थीं, जिन पर शोध हो रहा था।

शाहनामा में फ़िरदौसी ने अपने बुढ़ापे और थकन का ज़िक्र करते समय अपनी उम्र का भी जगह-जगह उल्लेख किया है, जो सिलसिलेवार लिखे उनके काव्य पर कई तरह के प्रश्नचिह्न, लगाता है। हो सकता है, उस दौर में वर्षों की गिनती पर विशेष ध्यान नहीं दिया जाता हो। इसलिए शाहनामा के शेरों में एक बिखराव-सा नज़र आता था, जिसको सिलसिलेवार तरतीब देना भी 'बुनियाद-ए-फ़िरदौसी' का काम था। बहरहाल अभी शाहनामा पर जमकर काम शुरू भी नहीं हुआ था कि एकाएक 1979 की ईरानी क्रान्ति ने पहलवी साम्राज्य का तख़्ता ही पलट दिया।

और नफ़रत का तूफ़ान

शहनशाहियत से नफ़रत का एक ऐसा तूफ़ान ईरान में उठा कि बुनियादें ही हिल गईं। 'शाहनामा संस्थान' भी बन्द हो गया। उसके बुद्धिजीवी शोधकर्ता और कर्मचारियों को अपनी जान के लाले पड़ गए और कर्मचारियों ने बेदर्दी से उन पुस्तकों में आग लगाना शुरू कर दिया, जिन पर शाही मोहर या शाह और उसके परिवार के चिह्न अंकित थे। पुस्तकालयों में शाहनामा की वे प्रतियां भी भस्म हो रही थीं, जो सोने की स्याही से लिखी गई थीं। उनमें छपे चित्रों में सोने का सुनहरा रंग लगा हुआ था। उनको उन शाहों का इतिहास समझकर जलाया जा रहा था, जिसने आज वतन को अमरीका की झोली में डालकर बर्बाद कर दिया था। जो ईरान का इतिहास समझकर शाहनामा व अन्य करोड़ों साहित्यिक पुस्तकों को महत्त्व दे रहे थे, वे लगातार चीख़ रहे थे कि यह रज़ाशाह पहलवी की नहीं, बल्कि कई ईरानी नस्लों की मेहनत है, सोच है, भावना है, इसलिए इन्हें बर्बाद मत करो। यदि तुम्हें शाह से नफ़रत है, तो किताब को जलाने की जगह

उस पर चिपकी शाही मोहर, शाह और उसके परिवार की तस्वीरें फाड़ दो। मगर कौन सुनता है! ज़माना बदल रहा था और इसी बदलाव को इंकलाब का नाम दिया जा रहा था।

यह आन्दोलन ईरान से चलकर अन्य कई देशों तक भी फैला। भारत भी आया और खुमैनी के अनुयायी 'फरहंग-ए-ईरान' पर छापा मारकर उसकी पुस्तकों को आग की भेंट करने लगे। क्रान्ति से वर्ष-भर पहले मैंने शाहनामा के पांच खंड काम करने की ख़ातिर 'फरहंग-ए-ईरान' के पुस्तकालय से लिये थे। वापस करने से पहले ही सारा माहौल बदल गया और फ़िरदौसी के हज़ारवें जन्म-दिवस के अवसर पर पांच खंडों में (1935 में) छपा यह शाहनामा मेरे पास ही रह गया। आज उसी को पढ़कर, विभिन्न काव्य-खंडों का अनुवाद करते हुए, मैं सोच रही थी कि रियासत के कितने चेहरे हैं और कलाकार की नियति कितनी एक जैसी है, जिसमें दर्द के पैबन्द-ही-पैबन्द हैं।

शाहनामा की विशिष्टताएं

विशालता और व्यापकता की दृष्टि से 'शाहनामा' की तुलना होमर के 'इलियड' और महर्षि व्यास के 'महाभारत' से की जा सकती है। तीनों में वही पांच भाव विद्यमान हैं, जो मानवीय उच्च भाव जगाने और साहित्य को अमर बनाने में सहयोग देते हैं। प्रेम, घृणा, निष्ठा, ईर्ष्या एवं बलिदान का समन्वय 'शाहनामा' है। शाहनामा को केवल इतिहास कहकर मुर्दा तारीख़ों का घटनाक्रम क़रार देना उचित नहीं है, क्योंकि 'शाहनामा' मानवीय सरोकारों, भावनाओं और उसकी टकराहट की जीती-जागती धड़कन है, जिसमें एक तरफ़ बुराई 'जहाक़ शाह' के रूप में है, तो अच्छाई 'फ़रीदुन शाह' की शक्ल में; नेकी की मूर्ति सियावुश और निराशा की तस्वीर फरूद के रंग में; एक ओर तूरानी पहलवान पीरान सज्जनता की कसौटी है, तो दूसरी तरफ़ बहादुरी और हमदर्दी का प्रतीक ईरानी पहलवान रुस्तम है।

'शाहनामा' कहने को एक महायुद्ध की महागाथा है, मगर वस्तुतः यह

एक ऐसी इंसानी किताब है, जिसमें वर्णित है कि हालात के गलियारों से गुज़रते-गुज़रते कैसे-कैसे इंसान रंग बदलता है। एक जज़्बा किसी इंसान के दिलो-दिमाग़ में वर्षों तक उसी तीव्रता के साथ विद्यमान नहीं रह सकता है, क्योंकि आसपास घटने वाली घटनाएं उस जज़्बे को धुंधला बनाने के लिए तत्पर रहती हैं, जिन्हें रोकना इंसान के हाथ में नहीं है, क्योंकि वे घटती ही किन्हीं दूसरे कारणों से हैं। इसलिए फ़िरदौसी केवल उपदेश नहीं देते हैं, बल्कि परिवेश और हालात में इंसान की कमज़ोरी को बड़ी सूक्ष्मता से दर्शाते हुए उसका तर्क भी सामने रखते हैं।

दूसरी बात जोमनो वैज्ञानिक दृष्टि से 'शाहनामा' में महत्त्वपूर्ण है, वह है इंसान का इंसान से मोहब्बत करना। ईरान व तूरान की दुश्मनी पुरानी है। लेकिन यह दुश्मनी केवल राजाओं के बीच ही सक्रिय रही है और जब ईरानी और तूरानी मिलते हैं, तब तहमीना और रुस्तम, बीज़न और मनीज़ा, रुदाबे और जालज़र जैसी प्रेम-कथाओं का जन्म होता है।

'शाहनामा' की तीसरी ख़ूबी है कि उसमें गुणों एवं अवगुणों को काला और सफ़ेद करके देखा गया है। उसको मिलाकर सुरमई रंग बनाने की कोशिश कहीं नहीं की गई है। अच्छाई और बुराई को विरासत के रूप में भी नहीं देखा गया है। आदर्श भी कहीं थोपा नज़र नहीं आता है, बल्कि हर युग में हर नस्ल एक नए तरीक़े से हमारे सामने आती है और विचार के धरातल पर हमें झिंझोड़ जाती है कि दुश्मन को नस्लों तक जीवित रखना व्यर्थ है और अच्छाई की कोख से बुराई उसी तरह जन्म ले सकती है, जैसे कि बुराई से अच्छाई।

'शाहनामा' की चौथी सबसे बड़ी ख़ूबी है उसके महिला पात्र। चाहे वह रुदाबे हो या सुदाबे, तहमीना हो या सीनदुख़्त, गिर्द आफ़रीद हो या फ़िरंगीस; सबकी सब बहादुर, सच्ची, सुन्दर, अपने व्यक्तित्व पर विश्वास करने वाली औरते हैं, जो अंकुश, घुटन, अत्याचार और अधिकार-हनन के विरोध में बड़ी सहजता के साथ खड़ी होकर अपने मन की बात बड़ी सरलता से कह देती हैं। उनमें आत्मविश्वास की चमक और ईमानदारी की दमक अपनी पूरी ताक़त के साथ सामने खड़ी नज़र आती है, जिसको नकारा नहीं

जा सकता, क्योंकि वह इंसान की सम्पूर्ण गरिमा के साथ हमारे सामने उभरकर आती है, जो उस दौर के कवि द्वारा लिखा जाना सराहनीय है। कवि ने औरत-मर्द में फ़र्क़ न डालकर उनके बीच दीवार नहीं उठाई है, बल्कि मानवीय संवेदनाओं और गुणों के धरातल पर उन्हें बराबर से खड़ा किया है।

'शाहनामा' के अलावा एक बात जो 'शाहनामा' को सरस बना देती है, वह है उसका प्रवाह जो किसी नदी की तरह समतल भूमि पर निरन्तर बहे चला जाता है। शायद इसी कारण 'शाहनामा' में लड़कियों की सुन्दरता का बयान, पहलवानों की बहादुरी की चर्चा में जो उपमाएं आती हैं, वे बार-बार अपने को दुहराती हैं, यहां तक कि कुछ घटनाएं भी जैसे रुस्तम और सोहराब का बचपन में एक ही तरह से घोड़े की इच्छा करते हुए मां से हठ करना और बेहतरीन घोड़े को पाने की उत्सुकता एवं उत्तेजना लगभग एक जैसे शब्दों में बयान की गई हैं। इसका अर्थ यह कतई नहीं है कि फ़िरदौसी इतना बड़ा महाकाव्य लिखने के कारण चीजें दोहराने लगे थे, बल्कि इसका कारण है फ़ारसी भाषा का अपना मिज़ाज जिसमें शब्दों की तकरार एक लय और अहसास का दोहराना एक ताल है।

'शाहनामा' भी 'आल्हा-ऊदल' की तरह गाया जाता है, विशेषकर जरखूनों (कुश्ती के अखाड़े) और कहवाख़ानों में। जब 'शाहनामा' गाया जाता था, तो एक अलग ही समा बंध जाता था।

शाहनामा के अनुवाद

'शाहनामा' का सबसे पहला अनुवाद अरबी भाषा में छठी शताब्दी में हुआ था। कवाम उद्दीन अबुलफतेह ईसा बिन अली इब्ने मोहम्मद इसफाहनी ने यह अनुवाद अयूब अल फातेह ईसाबिन मुल्क़ अब्दुल अबूबकर के नाम किया था। इसके पश्चात 914 हिजरी में तातार अली अफनदी ने सम्पूर्ण 'शाहनामा' का अनुवाद तुर्की भाषा में किया था। तुर्की भाषा गद्य में अनुवाद का काम मेहंदी साहिबमनसबान उस्समान के दरबार में पूरा हुआ। यह अनुवाद उस्मान

द्वितीय को 1030 हिजरी में भेंट किया गया। कुछ वर्षों बाद 1043 हिजरी में दाराशिकोह के बेटे हुमायूं के समय में लाहौर में, उसके दरबार के तवककुल बक ने शमशीर खां की फ़रमाइश पर 'शाहनामा' के कुछ चुने हिस्सों को गद्य व पद्य में अनुवाद 'मुनर्ताखिब उल तवारीख' नाम से फ़ारसी में किया था।

पश्चिमी देशों में 'शाहनामा' का अनुवाद सबसे पहले लन्दन में 1774 में सर डब्ल्यू. योन्स (Sar w. Yones) ने किया, मगर सम्पूर्ण 'शाहनामा' का अनुवाद करने वाले थे प्रथम स्वदेशी जोज़फ़ शामप्यून, जो कलकत्ता में 1785 में छपा था। इसके बाद लुडोल्फ़ (Ludolf), हैगरमैन (Hegerman) पेरिस में 1802 में जॉन ओहसॉन (John Ohsson) के अनुवाद सामने आए।

ईस्ट इंडिया कम्पनी ने 'शाहनामा' को अनुवाद कराने की इच्छा व्यक्त की थी। फ़ोर्ट विलियम कॉलेज में अरबी-फ़ारसी के अध्यापक लुम्सडेन (Lumsden) ने इस काम की ज़िम्मेदारी उठाई थी। इस तरह 1811 में 'शाहनामा' का अनुवाद हुआ।

इस तरह नामों की एक लम्बी सूची है, जिन्होंने फ़ारसी भाषा पढ़ी या किसी कारण वे ईरान में रहे या फिर उन्होंने ईरान पर शोध-कार्य किए और 'शाहनामा' का थोड़ा-बहुत अनुवाद किया या फिर जिसका ज़िक्र उन्होंने जहां-तहां अपने लेखन में भी किया था।

डॉ. गुलाम मकसूद हेलाली की 'बंगला पर अरबी-फ़ारसी का प्रभाव' नामक पुस्तक के अनुसार 'शाहनामा' के कुछ हिस्सों का अनुवाद बंगाली भाषा में भी हुआ है। गुजराती, मराठी भाषा पर बहुत प्रभाव रहा है। इससे लगता है कि इन भाषाओं में 'शाहनामा' के किसी खंड का लेखन या अनुवाद के रूप में प्रयोग अवश्य हुआ होगा।

हिन्दी भाषा में 'शाहनामा' की कुछ महत्त्वपूर्ण कहानियों का अनुवाद आपके सामने है। फारसी भाषा की चाशनी के लिए मैंने सुन्दर काव्य-खंड की कुछ फारसी पंक्तियां नागरी लिपि में यत्र-तत्र दे दी हैं।

आज वर्षों बाद फ़िरदौसी की ये पंक्तियां कानों में गूंज रही हैं कि –

हर आन कस की दारद हूश व राइ व दीन
पस अज मर्ग बर मन कुनद आफ़रीन

(हर वह, जो साहित्य को परखने की दृष्टि रखता है, वह मेरे मरने के बाद मेरी इस साहित्य-रचना की प्रशंसा अवश्य करेगा।)

फ़िरदौसी का यह शेर एक लम्बी कड़ी मेहनत के फल के रूप में हमारे सामने है, जो हमें विश्वास देता है कि ईमानदारी, चाहे जिस रूप में हो; वह ज़िन्दा रहती है। यह अनुवाद उसी महान कवि फ़िरदौसी को मेरी श्रद्धांजलि के रूप में है। आशा है, पाठक 'शाहनामा' की इन कहानियों को पढ़कर फ़िरदौसी की याद ताज़ा करेंगे।

नासिरा शर्मा

शाहनामा

ईरान का पहला बादशाह : क्यूमर्स

इस किसान की ज़बान से यह कहानी सुनो कि इस ज़मीन पर सबसे पहले किसने सिर पर ताज़ पहना था और कौन बादशाह कहलाया था। बात उस ज़माने की है, जिसकी याद किसी को भी नहीं है। मगर यहां, उस ज़माने की यह कहानी हम सबको याद है, क्योंकि एक सीने से दूसरे सीने तक, बाप के मुंह से बेटे तक, एक नस्ल से दूसरी नस्ल तक चलकर यह दास्तान आज तक ज़िन्दा है।

क्यूमर्स ईरान का पहला बादशाह हज़ारों साल पहले उस ज़माने में हुआ था, जब लोग नंगे घूमते थे। घर के नाम पर उनका कोई ठिकाना नहीं था। क्यूमर्स ने अपने साथियों व दोस्तों के साथ मिलकर सबसे पहले गुफ़ा में रहना शुरू किया, ताकि जंगली जानवर उन्हें चीर-फाड़कर खा न डालें और सर्दी-गर्मी से भी बचे रहें। क्यूमर्स ने एक और बड़ा काम किया था कि उसने चीते की खाल से कपड़ा सिलना लोगों को बताया और उस लिबास को अपने दोस्तों के साथ ख़ुद भी पहनना शुरू कर दिया। कुछ दिनों बाद यह लिबास पलंगीने के नाम से पुकारा जाने लगा।

क्यूमर्स को आदमी से प्यार था। वह हमेशा उसकी अच्छी और आरामदेह ज़िन्दगी के बारे में सोचता रहता था। उसका मन चाहता था कि इंसान को भरपेट भोजन मिले। उस समय लोग अपने पेट की आग कन्द-मूल और फल खाकर बुझाते थे। आख़िर क्यूमर्स ने स्वादिष्ट भोजन बनाने की

तरक़ीब शुरू की और पहाड़-मैदान में रहने वालों को व्यंजनों के स्वाद का मज़ा आने लगा।

क्यूमर्स के इस व्यवहार से उसके प्रति लोगों का प्यार बढ़ने लगा। यहां तक कि लाभकारी जानवर भी उसके इर्द-गिर्द जमा होने लगे। इस एकता व प्रेम-भरे वातावरण से पहाड़ का जीवन सुखमय हो गया।

इस तरह से दिन, महीने, साल गुज़रने लगे और बरसों बाद लोगों ने उत्सव मनाया। जब सूरज पर्वत से ऊंचा उठकर चमका और दुनिया चमकीली धूप से दमक उठी, ऐसे ख़ुशी के दिन लोगों ने क्यूमर्स को अपना बादशाह चुना, क्योंकि उसने उनके सुख के लिए सदा नई-नई चीज़ों का आविष्कार किया था। क्यूमर्स को तख़्त पर बिठाया गया। उसके सिर पर ताज रखा गया और उसको ईरान का पहला बादशाह स्वीकार कर लिया गया। क्यूमर्स के दोस्तों व साथियों ने इस मौक़े पर बहुत ख़ुशी मनाई। यही दिन साल का पहला दिन 'नवरूज़' के नाम से जाना जाने लगा।

शाह क्यूमर्स ने तीन साल तक राज किया। वह लोगों से प्रेम करता था और लोग उस पर जान छिड़कते थे। क्यूमर्स की सल्तनत में सभी ख़ुशहाल और सुखी थे। क्यूमर्स का एक बेटा सियामक था। सियामक अपने पिता की तरह पाक दिल व दिमाग़ का मालिक था। उसी की तरह कलाकार और दूसरों से सहानुभूति रखने वाला था। शाह अपने बेटे को बहुत प्यार करता था। वह भी अपने बेटे को देखकर ही जीता था। शाह की सारी आशाओं का केन्द्र सियामक था। इसलिए वह हमेशा बेटे को अपने पास रखता और उसके बिना एक पल भी अकेला न गुज़ार पाता। क्यूमर्स का परिवार एक-दूसरे के प्रति मोहब्बत से भरा हुआ था। लोग आपस में एक-दूसरे से हमदर्दी रखते थे।

इस दोस्ताना वातावरण में लोगों का एक ही दुश्मन था 'अहरिमन' जिसको काले दैत्य के नाम से जाना जाता था। उसका दिल शाह की लोकप्रियता से सुलग रहा था। लोग ख़ुश थे, काले दैत्य को यह सहन नहीं था। इसलिए उसने बुरी-बुरी हरकतें करनी शुरू कर दीं। उसका यह बर्ताव

देखकर सियामक को गुस्सा आया और वह नंगे बदन काले दैत्य से युद्ध करने मैदान में उतर गया। काले दैत्य ने धोखे से सियामक पर आक्रमण किया और उसका कलेजा फाड़कर रख दिया। सियामक की मौत की ख़बर सुनकर शाह पागलों की तरह अपने बाल और चेहरा नोचने लगा। चेहरे पर पड़ी ख़राश से जगह-जगह ख़ून बहने लगा। सारे परिन्दे व जानवर भी आदमियों के संग सियामक के शोक में डूब गए।

एक साल दुख-भरा गुज़रा। शाह क्यूमर्स ने सोचा, आख़िर वह कब तक बेटे का ग़म करेगा और लोगों की भलाई की तरफ़ से मुंह मोड़े रहेगा। यह सोचकर वह उठ खड़ा हुआ और देश की प्रगति की योजना के बारे में सोच-विचार करने लगा।

शहज़ादा सियामक का एक बेटा था। उसका नाम हुशंग था। क्यूमर्स पोते का बहुत ध्यान रखता था। ख़ासकर बेटे की मौत के बाद उसका अनुराग हुशंग के प्रति बहुत बढ़ गया था। वही सियामक की यादगार के रूप में उसके दिल के क़रीब था। क्यूमर्स पोते हुशंग के लालन-पालन पर विशेष ध्यान दे रहा था, ताकि वह ईरान का एक अच्छा हाकिम बने। धीरे-धीरे हुशंग जवान होने लगा और रणक्षेत्र और युद्ध की कला में निपुणता प्राप्त करने लगा।

एक दिन शाह क्यूमर्स ने काले दैत्य की हरकतें हुशंग को विस्तार से बताईं कि किस तरह उसने ईरान व ईरानवासियों को तबाह करने की कोशिश की थी। इसके बाद उसने कहा कि अब हमारी फ़ौज भी बन गई है और अब हम बड़ी आसानी से बुराई से जंग कर सकते हैं। फिर कुछ ठहरकर क्यूमर्स ने पोते से कहा –

तोरा बुअद बायद हमीं पीश रव
कि मन रफ्ते अम तो सालारे नव

(अब तुम राज-काज संभालो। अब मैं बूढ़ा हो चला हूं। कभी भी

इस दुनिया से चल सकता हूं, इसलिए अब तुम ही इस मुल्क़ के नए हाकिम बनोगे।)

ईरान की फ़ौज और जनता ने शाह क्यूमर्स के समर्थन और शहज़ादे हुशंग की सरदारी में लड़ाई के लिए कमर कस ली। काले दैत्य और उनके बच्चे ईरान की फ़ौज के सामने आन खड़े हुए और दैत्यों व ईरानियों के बीच घमासान युद्ध छिड़ गया। शहज़ादे हुशंग ने बड़े काले दैत्य का कमरबन्द पकड़ लिया और उसको हाथों से सिर के ऊपर उठाकर ज़ोर से ज़मीन पर पटका। दैत्य की हड्डियां टूट गईं। फिर शहज़ादे ने उसका सिर धड़ से अलग कर दिया और सारे दैत्यों को ईरान से निकाल बाहर कर दिया।

शहज़ादे हुशंग ने बुराई को जड़ से उखाड़कर जहां पिता के ख़ून का बदला ले लिया, वहीं देश में फिर से सुरक्षा व शान्ति ले आया। इस तरह से नेकी बुराई पर, सुन्दरता कुरूपता पर, रोशनी अंधेरे पर छा गई और अन्त में सच्चाई और नेकी की जीत हुई।

शाह क्यूमर्स के दिन पूरे हो चुके थे। अपने अच्छे और नेक नाम की बुनियाद इस दुनिया में डालकर उसने अपनी आंखें बन्द कर लीं। शहज़ादे हुशंग ने गद्दी संभाली और अपने दादा क्यूमर्स की जगह ईरान का राजा बना।

शाह हुशंग के पहले बादशाहों के ज़माने में लोग आग को नहीं जानते थे। एक दिन शाह हुशंग अपने दोस्तों के साथ पहाड़ की तरफ़ जा रहा था कि एकाएक काला नाग फन उठाता हुआ इनकी तरफ़ लपका। उसकी दोनों आंखें सिर पर चमक रही थीं और मुंह से भाप के बादल हुंकार के साथ निकल रहे थे। हुशंग बहादुर और फ़ुर्तीला था। एक पत्थर उसने जल्दी से उठाया और पूरी ताक़त से सांप की तरफ़ फेंका। पत्थर लगने से पहले ही सांप झाड़ी में सरक गया और फेंका पत्थर पूरी ताक़त के साथ दूसरे पत्थर से टकराया और चिनगारियों के साथ आग की लपटें निकलने लगीं।

सांप तो नहीं मरा, मगर आग का भेद शाह हुशंग के हाथ लग गया। हुशंग ने उन लपटों के प्रति आदर व्यक्त करते हुए कहा कि यह रोशनी, ईरान की रोशनी है। हम सब इसको सम्मान दें और ख़ुशी मनाएं।

शाम जैसे ही ढली, शाह हुशंग ने हुक्म दिया कि उसी पत्थर से फिर चिनगारी निकाली जाए और एक ऊंचा आग का अलाव सुलगाया जाए। शाह हुशंग को आग पवित्र लगी, क्योंकि इसी के द्वारा उसे ज्ञान प्राप्त हुआ और उसने इस दिन को 'जश्न-ए-सदेह' का नाम दिया।

दास्तान-ए-काबेह आहंगर[1]

शाह जमशेद की हुकूमत के आख़िरी दिनों में जहाक़ सितमगर ने ईरान पर आक्रमण किया और ईरान का तख़्त हासिल कर लिया। शाह जमशेद ईरान का एक प्रभावशाली बलवान बादशाह था। उसके राज्य में लोग ख़ुशहाल और सुरक्षित थे। इसमें कोई सन्देह नहीं कि कपड़ा बुनना और कपड़ा सिलना शाह जमशेद ही ने लोगों को सिखाया था। घर, महल और गर्माबे को उसने ही पहली बार बनाया था।

पहली बार उसने दरिया में नाव डाली थी और उसी ने लोहे को गर्म करके औज़ार बनाना सिखाया था। शाह जमशेद ने लोगों के साथ नेकी की और नई चीज़ों का आविष्कार करके जीवन को सुखमय और संसार को पहले से ज़्यादा सुन्दर बनाया था।

जब शाह जमशेद का प्रभाव अपनी ऊंचाइयों पर पहुंच गया, तो उसका दिमाग़ ख़राब हो गया। उसके व्यक्तित्व में विस्तार तो था, मगर गहराई नहीं थी, जिससे वह इन गुणों की महिमा को अपने में समा सके। एक दिन उसने उसी उत्तेजना की हालत में बुद्धिमानों और बुज़ुर्गों को अपने ईर्द-गिर्द जमा किया और कहा, "मेरे अलावा इस संसार में कोई दूसरा बादशाह नहीं है। संसार में हुनर की शुरुआत मैंने की है, जिससे यह संसार

---

1. लोहार।

रहने के क़ाबिल बना है। तुम्हारा यह सुख-चैन मेरी खोजों का नतीजा है। संक्षेप में, मैंने जब यह सब रचा है, तो मुझे इस दुनिया को संवारने वाला स्वीकार करो।"

शाह जमशेद का घमंड से यों फूल जाने और अपने को संसार का रचयिता समझने की ग़लती से लोगों का मन उसकी तरफ़ से हट गया और भाग्य भी रूठ गया। धीरे-धीरे जनता में विरोधी स्वर फूटने लगे। उसके प्रभाव और सम्मान में कमी आने लगी। शाह जमशेद का पछतावा या सुधार भी लोगों के दिल व दिमाग़ को बदलने में समर्थ नहीं थे, क्योंकि तीर तरकस से निकल चुका था। जनता ने बग़ावत पर कमर कस ली थी।

शाह जहाक़ एक ज़ालिम बादशाह था। जब उसने शाह जमशेद की जनता के प्रति लापरवाही की ख़बरें सुनीं, तो उसने ईरान पर आक्रमण कर दिया।

जहाक़ का पिता मरदास, एक इंसाफ़पसन्द नेक दिल सरदार था। एहरिमन एक शैतान था, जिसका काम सिर्फ संसार में कलह व दुख फैलाना था। उसने जहाक़ को बहकाने के लिए अपनी कमर कस ली। एहरिमन ने अपनी शक्ल एक नेक आदमी में बदली और बड़ी शराफ़त व नम्रता के साथ जहाक के यहां पहुंचा और उसकी प्रशंसा के मीठे गीत रात-दिन उसके कान में इस तरह से गुनगुनाए कि जहाक़ उस नेकमर्द पर फ़िदा हो गया।

जब एहरिमन ने देखा कि उसका प्रभाव जहाक़ पर अपनी जड़ें जमा चुका है, तो उसने एक दिन बड़ी सादगी से कहा, "ऐ जहाक़! मेरा दिल कहता है कि मैं तुमको अपने भेद में भागीदार बनाऊं। मगर पहले सौगन्ध खाओ कि मेरा यह भेद किसी को नहीं बताओगे।"

जहाक़ ने सौगन्ध खाकर एहरिमन को विश्वास दिलाया। जब एहरिमन को पूरा इत्मीनान हो गया, तो वह जहाक़ के कान में धीरे से फुसफुसाया : यह तुम कैसे जवान हो, जो तुम्हारी जगह तुम्हारे बूढ़े पिता तख्ते-शाही पर

बैठे हैं। क्यों देर कर रहे हो। अपने पिता को बीच से हटा दो और ख़ुद बादशाह बन जाओ। उस समय यह राजमहल, यह फ़ौज, यह ख़ज़ाना सबके तुम अकेले मालिक होगे।

जहाक़ एक ख़ाली दिमाग़ जवान था। इस तरह की बातें सुनकर दिल भी उसके हाथ से जाता रहा। बाप की हत्या करने के षड्यन्त्र में वह एहरिमन का साथी बन गया, मगर उसको तरक़ीब पता नहीं थी कि आख़िर वह कैसे पिता को ख़त्म करे। उसकी परेशानी देखकर एहरिमन ने उसका कन्धा थपथपाया और कहा, "दुखी मत हो। तरक़ीब बताना मेरा काम है।"'

मरदास के पास एक बेहद ख़ूबसूरत बाग़ था। रोज़ सूरज निकलने से पहले वह उस बाग़ में जाकर इबादत करता था। एहरिमन ने मरदास के जाने वाले रास्ते पर बाग़ के बीच में एक कुआं खुदवाकर उसे घास-फूस से ढक दिया। दूसरे दिन जब मरदास इबादत के लिए बाग़ में गया, तो उस कुएं में गिरकर मर गया। उसकी मौत के बाद जहाक़ को शाही तख़्त पर बिठाया गया।

जब जहाक़ बादशाह बन गया, तो एहरिमन ने अपने को एक बुद्धिमान तेजस्वी जवान की शक्ल में बदला और शाह जहाक़ के पास पहुंचकर बोला, मैं कलाकार हूं। एक ऐसा कलाकार जो शाही व्यंजनों की तैयारी में अपना जवाब नहीं रखता।"

शाह जहाक़ ने उसको खाना पकाने और सुफरा सजाने का काम सौंप दिया। एहरिमन ने तरह-तरह के स्वादिष्ट व्यंजन परिन्दों व चौपायों से बनाकर शाह के सामने इतनी ख़ूबसूरती से सजाए कि जहाक़ बेहद ख़ुश हुआ। प्रत्येक दिन पहले से अधिक स्वादिष्ट भोजन बड़े सलीके से जहाक़ को परोसा मिलता! चौथे दिन जब शाह जहाक़ का पेट खाने से भर चुका था, तो उसने खुश होकर उस रसोइए से कहा, "जो इच्छा रखते हो, मुझसे कह दो!"

एहरिमन तो इसी अवसर की तलाश में था। फ़ौरन बोल पड़ा, "शाह! मेरा दिल आपकी मोहब्बत से भरा हुआ है। आपसे सिर्फ़ ख़ुशी के अलावा

मुझे कुछ नहीं चाहिए। सिर्फ एक इच्छा रखता हूं कि यदि आप आज्ञा दें, तो अपना सम्मान आपके प्रति प्रकट करने के लिए मैं आपके इन दोनों कन्धों को चूम लूं।"

जहाक़ ने आज्ञा दे दी। एहरिमन ने शाह के दोनों कन्धों का चुम्बन लिया और एकाएक अदृश्य हो गया। उसके होंठों ने कन्धों पर जहां चुम्बन लिया था, वहां दो काले नाग उग आए। उन सांपों को जड़ से काट डाला गया, मगर फिर वे कन्धों पर उग आए। वैद्य-हकीम हर तरक़ीब करके हार गए, मगर कोई फ़ायदा नहीं हुआ। जब सारे हकीम थक गए तो एहरिमन भेष बदलकर हकीम के रूप में जहाक़ के पास पहुंचा और बोला –

बेदू गुफ्त केइन बुदनी कार बूद
बेमान त चे मान्द मवायद बरूद
खुरिश साज व आरामिशान वह बेखुर्द
न शायद जुज़ इन चारह एह बीज़ कर्द
बेचुज मगजे मरदुम मदेह शान खुरिश
मगर ख़ुद बेमरिन्द अज इन परवरिश

(इन सांपों को जड़ से काटने का कोई लाभ नहीं है। सिर्फ़ इंसानी दिमाग़ ही इनको ख़त्म करने में सहायक साबित होगा। सांप बादशाह को न काटें, इसके लिए ज़रूरी है कि हर दिन दो इंसानों के ताज़े दिमाग़ों से इनके लिए भोजन तैयार किया जाए। शायद इसी दवा से सांप अपने आप मर जाएंगे।)

शैतान यानी एहरिमन, इंसानियत का दुश्मन, यही चाहता था कि किसी भी तरह दुनिया में अमन-चैन न रहे। इस दवा के ज़रिये इंसानों की संख्या घटते-घटते एक दिन बिल्कुल ख़त्म हो जाएगी। उस दिन उसके लिए ख़ुशी का दिन होगा।

यही वह समय था, जब जमशेद अपने गुणों पर इतराया था और घमंड में अन्धा होकर उसने अपने को ख़ुदा कहा और अपनी क़िस्मत और जनता को नाराज़ कर दिया। जहाक़ ने मौके का फ़ायदा उठाया और ईरान

पर हमला कर दिया। ईरानी, जो इस बात की तलाश में थे कि कैसे जमशेद से पीछा छुड़ाएं, वे एकाएक जहाक़ की ओर आशा से देखने लगे।

सवारान-ए-ईरान हमें शाह जुइ
नेहान्द यकसर बे ज़हाक रुइ
वे शाही वेरु आफ़रीन ख्वानन्द
वरा शाह-ए-ईरान ज़मीन ख्वाननन्द

(ईरान के सारे सिपाही भी जहाक़ की ओर आकर्षित हो गए और उसको ईरान का बादशाह कहकर उसका स्वागत करने लगे।)

इधर जमशेद का बुरा हाल था। उसने अपना सब-कुछ जहाक़ के हवाले कर दिया, क्योंकि अरब एवं ईरानी दोनों फ़ौजें उसके विरोध में एक साथ खड़ी थीं। वह बादशाह, जो सौ साल तक किसी की ओर नज़र उठाकर नहीं देखता था, वही आज लोगों की नज़रों से ओझल हो गया।

चु जहाक़ पर तख्त शुद शहरयार
वर उ सालियान अंजुमन शुद हजार

(जहाक़ जब शाही तख़्त पर बैठा तो उसकी बादशाहत हज़ार साल तक चलती रही।)

जमशेद से जान छुड़ाने के चक्कर में ईरानियों ने जो क़दम उठाया था, उसने साबित कर दिया कि वे पहले से भी बुरी हालत में पहुंच गए हैं। जहाक़ ने ज़ुल्म व सितम का बाज़ार गर्म कर दिया। कोई भी भलाई और नेकी का काम नहीं होता था।

जमशेद की दो शहज़ादियां थीं। एक का नाम शहरनवाज़ और दूसरी का नाम अरनवाज़ था। दोनों को जहाक़ ने ज़बर्दस्ती अपने पास बुलाया। दोनों शहज़ादियां कांपती हुई उस सांप वाले बादशाह के पास पहुंचीं। जहाक़ के पास कड़वी ज़बान थी और उसका काम क़त्ल, गारतगरी और आतशजनी

था। उसमें एक काम यह भी शामिल था कि –

चुनान बुद कि हर शब दो मर्दे जवान
चे कहतर चे अज़ तुख्मे पहलवान
खुरिशगर जै बुरदी व एहबान-ए-शाह
व अज उ साखती राहे दरमान-ए-शाह
बेकुशती व मग्ज़श बेरुन आखती
मर आन अजहदा रा खुरिश साखती

(रोज़ रात को पहलवानों की नस्ल से दो जवान लाए जाते। जिनको शाही रसोइया महल में ले जाता और शाह की बीमारी दूर करने की दवा उनको मारकर उनके भेजे से बनाता था, जिसको दोनों अजदहे रात को खाते थे।)

शाह के देश के दो सदाचारी आदमी थे। एक का नाम अरमायल था और दूसरे का करमायल। जब वे आपस में मिले, तो ज़माने-भर की बातों के बादशाह के ज़ुल्म और शाही फ़ौज के अत्याचार के साथ दो इंसानों के दिमाग़ से बने भोजन का ज़िक्र आया। दोनों दुखी होकर तरक़ीबें सोचने लगे कि किस तरह इस मुसीबत से लोगों को मुक्ति दिलाई जाए।

बहुत सोचने के बाद उनको एक तरक़ीब समझ में आई कि वह शाह के पास अपने को शाही खाने का रसोइया बताएं। जब उनको शाह नौकरी पर रख लें, तो वह दो जवानों को मारने की जगह एक को मारें और दूसरे को आज़ाद कर दें। इस तरह से वह एक इंसान को मरने से बचा सकते हैं और उसकी जगह मेढ़ का भेजा इंसान के भेजे के साथ पकाकर सांपों को खिला दें।

जब ये दोनों सदाचारी शाही रसोई तक पहुंच गए, तो इन्होंने अपना कार्यक्रम आरम्भ कर दिया और हर महीने तीस जवानों को मरने से बचाने लगे। धीरे-धीरे लोगों के मन में जहाक़ के लिए नफ़रत बढ़ने लगी। उनका ग़ुस्सा इस बात पर भी था कि वह शाह की बेटियों को बिना विवाह के महल में रखे हुए हैं।

चू मज रुज़ग़ारश चहल साल मान्द
निगार ता केसर बरश यजदान चे शन्द

(जब चालीस साल उसकी हुकूमत के बचे तो देखो, उस समय ख़ुदा ने उसको कौन से दिन दिखाए।)

एक दिन जहाक़ अरनवाज़ के साथ अपने बिस्तर पर सोया था कि उसने सपना देखा कि तीन योद्धा उसकी तरफ़ बढ़ रहे हैं। उसमें सबसे छोटे ने, जो सबसे ज़्यादा ताक़तवर नज़र आ रहा था, अपनी गदा से उसके सिर पर वार किया। उसके बाद उसका हाथ चमड़े के फीते से बांधा और उसे खींचता हुआ दमाबन्द पर्वत की तरफ़ ले गया। उसके पीछे लोगों की बहुत बड़ी भीड़ चल रही थी। जहाक़ एकाएक सपने से चौंककर उठ बैठा और इतनी भयानक चीख़ें मारने लगा कि महल के खम्भे तक थर्रा उठे।

अरनवाज़ तो उसके पास मौजूद थी। वह जहाक़ के इस तरह भयभीत होकर चीख़ने का कारण पूछने लगी। जहाक़ के मुंह से सपने के बारे में सुनकर उसने राय दी कि शाह को देश के कोने-कोने से ज्योतिषियों को बुलाकर उनसे इस सपने का अर्थ जानना चाहिए।

जहाक़ ने वैसा ही किया। जब सपने का अर्थ बताने वाले बुद्धिमान जमा हो गए, तो जहाक़ ने अपना सपना कह सुनाया। सुनकर सब चुप रह गए। आख़िर एक निडर ज्योतिषी ने कहा, "शाह! यह सपना तो यह बताता है कि आपकी बादशाहत के दिन अब बहुत कम रह गए हैं। आपकी जगह अब इस तख़्त पर कोई दूसरा राजा बैठेगा। उस राजा का नाम फ़रीदुन होगा, जो एक बड़ी गदा से आप पर आक्रमण करेगा और आपको कारावास में डाल देगा।"

इन बातों को सुनकर जहाक़ बेहोश हो गया। जब होश में आया, तो उसने इस समस्या का समाधान ढूंढ़ना आरम्भ किया। सबसे पहले उसने हुक्म दिया कि देश-भर में फ़रीदुन नाम के जितने भी लोग हों, उनको पकड़कर लाया जाए और इसके बाद उसने चैन की सांस ली और थोड़ा-बहुत आराम किया।

ईरान में 'आतबीन' नाम के एक आदमी का रिश्ता ईरान के पुराने शाह तहमूर्स देवबन्द से था। उसकी पत्नी फरांक और उसके दो पुत्र थे, जिनमें से एक का नाम फ़रीदुन था। उसका चेहरा भी शाही ख़ानदान की तरह शानदार था।

एक दिन शाह के आदमी सांप के भोजन के लिए किसी आदमी को ढूंढ़ रहे थे। एकाएक उनकी नज़र 'आतबीन' पर पड़ी। वह उसको पकड़कर ले गए। बेचारी फरांक शौहर के बिना रह गई। जब उसने सुना कि जहाक़ की तबाही फ़रीदुन नाम के युवक के हाथों होगी, तो वह बुरी तरह भयभीत हो उठी। फ़रीदुन जो अभी नवजात शिशु था। उसको फरांक ने गोद में उठाया और चरागाह की तरफ़ चली गई! चरागाह के मालिक के पास दूध देने वाली एक गाय थी। उसके पास पहुंचकर फरांक ने अपनी दुख-भरी कहानी उसे सुनाई और कहा कि वह फ़रीदुन को अपने बेटे की तरह पाले और इसकी सुरक्षा के लिए बेहतर है कि उसको गाय के दूध पर ही पाले। चरागाह के शरीफ़ मालिक ने फ़रीदुन को पालने की जिम्मेदारी क़बूल कर ली।

चरागाह के रखवाले ने तीन साल तक फ़रीदुन की भली-भांति देखभाल की। मगर यह भेद जहाक़ से छुपा नहीं रह सका कि फ़रीदुन नाम के एक बच्चे की देखभाल एक दुधारू गाय कर रही है। जहाक़ ने अपने गुमाश्तों को भेजा कि वह फ़रीदुन को पकड़कर लाएं। जैसे ही फरांक को इस बात का पता चला, वह भागती हुई चरागाह गई और वहां से फ़रीदुन को उठाकर सहरा की तरफ़ भागी और दमाबन्द पहाड़ की ओर निकल गई।

अलबुर्ज़ पर्वत पर एक सदाचारी का घर था। फरांक ने फ़रीदुन को उसे सौंपते हुए कहा कि ए नेक मर्द! इस लड़के का बाप जहाक़ के सांपों का भोजन बन चुका है। यह लड़का फ़रीदुन एक दिन जहाक़ की मौत का सबब बनेगा। मेरी विनती है कि आप इसको अपने बेटे की तरह पालें। संसार के सारे झंझटों से दूर, तनहा जीवन व्यतीत करने वाले उस सदाचारी ने यह ज़िम्मेदारी अपने ऊपर ले ली।

कई वर्ष गुज़र गए। फ़रीदुन धीरे-धीरे बड़ा होता चला गया और कुछ दिन बाद एक लम्बे क़द के मज़बूत जवान में ढल गया। लेकिन वह यह नहीं जानता था कि वह किसका पुत्र है। जब वह सोलह साल का हुआ, तो एक दिन पहाड़ से उतरकर मैदान की तरफ़ आया और सीधे मां के पास पहुंचकर पूछने लगा कि आख़िर मेरे बाप का नाम क्या है?

उसकी मां फरांक ने फ़रीदुन के सामने भेद को खोलते हुए कहा कि बेटे! तुम्हारा बाप एक आज़ाद इंसान था। वह ईरानी था और कियानि नस्ल का था। उसके ख़ानदान का सिलसिला शाह तहमूर्स देवबन्द से था। वह बुद्धिमान और सदाचारी था। किसी को कभी दुख नहीं पहुंचाता था। एक दिन शाह के आदमी उसको पकड़ ले गए, ताकि उसका भेजा निकालकर उससे जहाक़ के सांपों का भोजन तैयार किया जा सके। बस, उस दिन से मैं बिना शौहर की, तू बिना पिता का हो गया।

फरांक ने फ़रीदुन को दूसरा भेद बताते हुए आगे कहा कि सपने का अर्थ बताने वालों और ज्योतिषियों ने जहाक़ को बताया था कि एक दिन फ़रीदुन नाम का लड़का उसके विरोध में खड़ा होगा और अन्त में जहाक़ को ख़त्म कर देगा। सपने का यह अर्थ जानकर जहाक़ आतंकित हुआ और वह तेरी जान के पीछे पड़ गया। मैंने तुम्हें चरागाह के मालिक के पास छुपाया। मगर इसकी ख़बर जहाक़ तक पहुंच गई। उसने उस गाय को मरवा डाला और हमारा घर बर्बाद कर दिया। मैं तुम्हें वहां से लेकर अलबुर्ज़ पहाड़ की तरफ़ भागी और वहां उस बूढ़े सदाचारी को तुम्हारी ज़िम्मेदारी सौंप आई। इतना कहकर फरांक चुप हो गई।

इतनी दर्दनाक कहानी सुनकर फ़रीदुन के मन में नफ़रत की आग भड़क उठी। उसका ख़ून जोश मारने लगा। उसने मां से कहा, "मां, जब जहाक़ ने हमें बर्बाद कर ही डाला है और ईरानियों के ख़ून का प्यासा है, तो फिर मैं इसको ज़िन्दा नहीं छोड़ेगा। हाथ में तलवार उठाऊंगा और सीधा राजमहल पहुंचकर उसको ख़ाक व ख़ून में डुबो दूंगा।"

फरांक ने बेटे को शान्त करते हुए कहा, "मेरे बहादुर बेटे! यह

समझदारी की निशानी नहीं है। तुमने अभी दुनिया देखी नहीं है। जहाक़ ज़ालिम और बहुत ताक़तवर है और उसके पास हज़ारों सिपाही हैं। जब भी वह चाहेगा, एक लाख फ़ौजी उसकी सेवा में हाज़िर हो जाएंगे। जवानी के जोश में नादानी मत दिखाओ। मां की बात गिरह में बांध लो कि जब तक इस समस्या के समाधान की कोई तरक़ीब समझ में न आए, तब तक तलवार हाथ में मत उठाना।"

इधर जहाक़ फ़रीदुन के ख़याल से हरदम भयभीत रहता और बेख़याली और घबराहट में कई बार उसके मुंह से फ़रीदुन का नाम निकल जाता। जहाक़ को मालूम था कि फ़रीदुन जिन्दा है और उसके ख़ून का प्यासा है, मगर वह कहां छुपा है, इसका पता जहाक़ को नहीं था। इसी उलझन और परेशानी में उसके दिन गुज़र रहे थे।

एक दिन जहाक़ ने बारगाह सजाने को कहा और वह स्वयं हाथी दांत के तख़्त पर बैठा। सिर पर फ़ीरोज़े का ताज रखा और हुक्म दिया कि शहर के इबादत करने वाले सभी लोगों को हाज़िर किया जाए। जब ये सारे पुजारी शाह जहाक़ के सम्मुख पहुंचे, तो उसने उनकी तरफ़ चेहरा घुमाकर कहा कि "क्या तुम लोगों को पता है कि एक जवान मेरी जान का प्यासा हो रहा है। मेरे तख़्त व ताज को उलटने के पीछे लगा है। कहने को जवान है, मगर बहुत ताक़तवर और दिलेर है। मेरी जान को हमेशा उस जवान से ख़तरा लगा रहता है। इसलिए इस भय से मुक्त होने का कोई रास्ता निकालना पड़ेगा। इसलिए आप लोगों की लिखित गवाही मुझे चाहिए कि मैं एक दयावान, न्यायप्रिय, क्षमादान करने वाला, जनता-प्रेमी शाह हूं। जब तक कोई दुश्मन मुझे हानि पहुंचाने की नीयत से मेरी तरफ़ नहीं देखता, तब तक मैं सच्चाई और नेकी के गुणों से भरे रास्ते को नहीं छोड़ता। आप सबसे मेरी प्रार्थना है कि आप मेरे गुणों की लिखित गवाही अपने हस्ताक्षरों के साथ दें।'

शाह जहाक़ की बात सुनकर धार्मिक, बुद्धिमान, सदाचारी जो भी

बड़े-बड़े व्यक्ति वहां मौजूद थे, उन्हें सांप सूंघ गया। उन्हें मालूम था कि जहाक़ एक क्रूर राजा है। उसकी बात से इनकार करने का क्या अर्थ होगा, उन्हें यह पता था, लेकिन कोई दूसरा चारा न देखकर सबने अपनी लिखित गवाही देना स्वीकार कर ली।

एकाएक दरबार के दरवाज़े पर तेज़ शोर उठा और एक आदमी न्याय की दुहाई देता हुआ सीधा शाह के सम्मुख आ खड़ा हुआ और बोला, "शाह! मैं कावेह लोहार हूं। आपसे न्याय की भीख मांगने आया हूं। अगर आपका काम न्याय देना है, तो थोड़ा-सा न्याय मेरी झोली में भी डाल दें, क्योंकि मैंने आपके कारण बहुत दुख उठाए हैं। यदि आप इनकार करते हैं कि आपने मुझ पर कोई अन्याय नहीं किया है, तो बताएं कि मेरे बेटों को मुझसे क्यों छीना गया?"

मरा बूद हिज देह पिसर दर जहान
अज इशान यकी मान्देह अस्त इन ज़मान
बे बखशाइ (व) वर मन यकी दर निगर
कि सुजान श्वद हर जमानम जिगर

(मेरे अट्ठारह लड़के थे, जिनमें से यह आख़िरी लड़का बचा है। इसको जीवन-दान दे दें, क्योंकि मैं पहले ही हर बेटे का ज़ख़्म खाया हुआ हूं।)

यकी वी जबान मर्द आहंगर अम
ज़े शाह आतिश आयद हमी बर सरम

(मैं एक बेज़बान लोहार हूं, जिस पर शाह के हाथों यह मुसीबत आन पड़ी है।)

कावेह लोहार ने रोते हुए आगे कहा, "शाह! आप तो सात देशों के शहंशाह हैं, फिर ये सारे दुख हमारे भाग्य में क्यों आए? आप मेरा गुनाह बताएं कि मुझे यूं एक के बाद एक दर्द से तड़पने की सज़ा क्यों दी जा रही है। आपको न्याय देना होगा। मेरे आख़िरी बेटे को मौत के मुंह से छुड़ाना होगा।"

शाह जहाक़ ने बड़े दयालु अन्दाज़ से कावेह लोहार को देखा और चेहरे पर दुख के भाव लाया और मन-ही-मन इस लोहार की दिलेरी पर आश्चर्य करते हुए कोई तरक़ीब सोचने लगा। फिर उसने बड़ी नम्रता से लोहार को दिलासा दिया और सिपाहियों को हुक्म दिया कि फ़ौरन इसके बेटे को रिहा कर दें। सिपाही शीघ्रता से गए और उस लोहार के बेटे को लेकर वापस आए और बाप के हवाले कर दिया। कावेह आहंगर बेटे को देखकर सारा दुख भूल गया।

अकस्मात जहाक़ ने कावेह लोहार से कहा कि देखा तुमने मेरा न्याय? अब तुम मेरी दयावान, नेकदिल शाह होने की गवाही इन बुद्धिमानों की तरह लिख दो। कावेह लोहार ने घृणा से भरकर प्रताड़ना-भरी फटकार सारे उपस्थित धार्मिक जनों एवं बुद्धिमानों को सुनाई कि "ओ कायर हृदयहीन लोगो! तुमने अपनी जान की क़ीमत पर अपना नरक ख़रीदा है। इस ज़ालिम के भय से तुम सबने ग़लत गवाही दे दी, लेकिन यह काम मैं हर्गिज़ नहीं करूंगा।" इतना कहकर वह कांपता हुआ उठा और उस गवाही को फाड़कर टुकड़े-टुकड़े कर दिए और बेटे को लेकर दरबार से बाहर निकल गया।

कावेह लोहार ने अपनी कमर पर बंधा चमड़े का वह टुकड़ा, जो आग की चिनगारी से बचाव के लिए बांधता था, खोला और उसको अपने भाले पर लगाकर उससे पताका बनाई और बाज़ार की तरफ़ गया और चौराहे पर खड़ा होकर जनता को सम्बोधित करने लगा, "सुनो लोगो! सांपों वाला जहाक़! एक अत्याचारी दुष्ट बादशाह है। उससे छुटकारा पाने के लिए उठो और चलो मेरे साथ, ताकि फ़रीदुन आए और इस अपवित्र दैत्य से हमें छुटकारा दिलाए।"

यह ललकार हर ख़ासो-आम के मन की इच्छा थी। जिसने सुनी वही कावेह लोहार के पीछे हो लिया। सभी के दिलों में जहाक़ की नफ़रत का ज्वालामुखी धधक रहा था। कावेह को फ़रीदुन के रहने की जगह पता थी। यह जुलूस लेकर उसी तरफ़ गया, ताकि अपने नए हाकिम के नेतृत्व में यह फ़ौज जहाक़ के विरोध में युद्ध शुरू करे।

फ़रीदुन ने ऊपर से जो नीचे नज़र डाली, तो सामने लोगों का समन्दर अपनी तरफ़ आते देखा। नारे लगाने वालों में सबसे आगे कावेह आहंगर (लोहार) चमड़े का झंडा लेकर चल रहा था। उसी निशान को फ़रीदुन ने अपने लिए मुबारक जाना और उनके पास पहुंचकर उसने अत्याचार सहने वाली जनता का दुख-दर्द सुना। फिर फ़रीदुन ने उनसे कहा कि इस चमड़े के झंडे को रोम की दीबा और हीरे-जवाहरात से सजाकर इसका नाम 'कावियानी पताका' रखा जाए। इतना कहने के बाद वह लौटा और उसने ज़िरह-बख़्तर पहना, कमर पर तलवार कसी और सीधे फरांक के पास पहुंचा और बोला –

"मां! प्रतिशोध का समय आ गया है। मैं रणक्षेत्र की ओर जा रहा हूं, ताकि जहाक़ के ज़ुल्म के इस क़िले को ध्वंस कर दूं। आप ख़ुदा पर भरोसा रखें। डरने की कोई बात नहीं है। ख़ुदा हमारे साथ है।"

फरांक की आंखें बेटे की बातें सुनकर आंसुओं से भर गईं। उसने बेटे को ख़ुदा की शरण में दिया। फ़रीदुन के दो बड़े भाई और थे। उनके पास फ़रीदुन गया और उनसे कहने लगा कि भाई! हमारे सिर उठाने का समय आ गया है और जहाक़ के अस्तित्व के मिटने की घड़ी आन पहुंची है। इस संसार में जीत तो अन्त में नेकी की होती है। यह कियानी राजसिंहासन हमारा है और हमको वापस मिलेगा। अभी मैं जहाक़ से युद्ध करने जा रहा हूं। आप लोग लोहे और लोहार का इन्तज़ाम करें, ताकि मेरे लिए एक बड़ी मज़बूत गदा तैयार हो सके।

दोनों भाई लोहारों के मोहल्ले की तरफ़ गए और देखभालकर सबसे बढ़िया काम करने वाले लोहारों को फ़रीदुन के पास ले गए। फ़रीदुन ने ज़मीन पर, एक गदा की तस्वीर, जो गाय के मुख के आकार से मिलती थी, खींची। उसी को देखकर लोहारों ने गदा गढ़ना शुरू कर दिया।

जब गाय के मुख की शक्ल वाली गदा तैयार हो गई, तो उसको लेकर फ़रीदुन घोड़े पर बैठा और उस जन-समूह का नेतृत्व करने लगा, जो जहाक़ के विरोधी थे। ईरानियों का यह जन-समूह पल-पल संख्या में बढ़ रहा था। फ़रीदुन जहाक़ के राजमहल की तरफ़ इस विरोधी समन्दर के संग बढ़ा।

चलते-चलते शाम हो गई। रात के अंधेरे में एक स्वर्ग की अप्सरा सुगन्ध से लिपटी हुई उस फ़ौजी पड़ाव में दाख़िल हुई और सीधे फ़रीदुन के सम्मुख प्रकट हुई। उसकी शक्ल देखकर फ़रीदुन ने सोचा, कहीं यह शैतान तो नहीं है। मगर जब उस परी ने जहाक़ को मारने की तरक़ीब बताई, तो वह समझ गया कि यह ख़ुदा का भेजा फ़रिश्ता है और मेरे लिए नेक शगुन है।

थोड़ी देर बाद रसोइया स्वादिष्ट खाने का थाल फ़रीदुन के पास ले आया, जिसको बड़े चाव से भरपेट फ़रीदुन ने खाया। खाते ही उसको नींद ने आ दबोचा और वह गहरी नींद में सो गया। फ़रीदुन के दोनों बड़े भाई यह अवसर पाकर सीधे ऊंचाई पर चढ़कर बड़ा पत्थर लुढ़काने लगे, ताकि वह ऊपर से सीधे फ़रीदुन के सिर पर गिरकर उसका काम तमाम कर दे। मगर पत्थर ठीक फ़रीदुन के सिर के पास जाकर गिरा और वहीं अटक गया। उस धमाके की आवाज़ से घबराकर फ़रीदुन जाग गया। उसने इस घटना की चर्चा किसी से भी नहीं की।

सुबह होते ही वह दजला नदी की तरफ़ चल पड़ा। नदी किनारे पहुंच कर उसने मल्लाहों को आज्ञा दी कि वह अपनी नावें और किश्तियां लेकर हाज़िर हों, ताकि फ़ौज नदी के पार उतर सके। मल्लाहों के सरदार ने अपनी मजबूरी बताते हुए कहा कि बिना शाह जहाक़ के आज्ञा-पत्र के वह ऐसा नहीं कर सकता। यह सुनकर फ़रीदुन को क्रोध आया। वह घोड़े पर बैठा और पानी पार करने लगा। उसको देखकर सारे सिपाही अपने-अपने घोड़े के साथ नदी पार करने लगे। उनके कन्धे और सिर पानी में डूब रहे थे। यह देखकर मल्लाह दूर हट गए और कुछ ही देर में सारे सिपाही नदी के उस पार पहुंच गए।

जब वे बग़दाद शहर के समीप पहुंचे, तो मील-भर दूर से उन्हें गगनचुम्बी महल नज़र आया, जो किसी नई दुल्हन की तरह सजा हुआ था। समझने में देर नहीं लगी कि यह जहाक़ सितमगर का ही महल है। सारा लश्कर उसी महल की ओर फ़रीदुन के पीछे-पीछे चल पड़ा। पता चला कि शहर में जहाक़ ज़ालिम मौजूद नहीं है। महल के दरबान दैत्यों की तरह रास्ता रोककर खड़े हो गए। फ़रीदुन ने अपनी गदा के वार से दरबानों को

मार गिराया और अन्दर दाख़िल हुआ। इसी तरह से वह आगे बढ़ता रहा। आख़िर वह जहाक़ के तख़्त के क़रीब पहुंच गया। तख़्त ख़ाली था। फ़रीदुन ने तख़्त पर क़ब्ज़ा कर लिया और उस पर बैठ गया। इस तरह से सारे सिपाही पूरे महल में फैलकर अपने-अपने आसन पर जम गए।

इसके बाद फ़रीदुन जहाक़ के हरम में दाख़िल हुआ, जहां पर जहाक़ ने शाह जमशेद की शहज़ादियों – शहरनवाज़ और अरनवाज़ को क़ैद कर रखा था। वे दोनों जहाक़ से भयभीत मौत के समीप पहुंच गई थीं। उनको फ़रीदुन ने आज़ाद किया और बाहर निकाला। शाह जमशेद की दोनों बेटियां ख़ुशी के मारे रोने लगीं और कहने लगीं कि हम वर्षों से जहाक़ की क़ैद में थे। उसके सांपों ने हमको बहुत परेशान किया। ख़ुदा का हज़ार शुक्र है कि आपने हमें उस सितमगर के पंजे से आज़ाद कर दिया।

फ़रीदुन ने उन दोनों शहज़ादियों से कहा कि वे दोनों अब अपने को जहाक़ द्वारा दिए गए दुखों से पाक करें और इत्र व अम्बर से बसे, लिबासों और जवाहरात से अपने को सजाएं। अब उनके दुख के दिन दूर हो चुके हैं।

फ़रीदुन जब तख़्त पर बैठा, तो उसने एक तरफ़ शहरनवाज़ को बिठाया और दूसरी तरफ़ अरनवाज़ को और कहा कि वह जल्द-से-जल्द ईरान से जहाक़ का वजूद उखाड़ फेंकेगा। इस ज़ालिम ने उस बेज़ुबान गाय को मरवा डाला था, जिसका दूध पीकर मैं बड़ा हुआ। वास्तव में वह गाय मेरी मां थी। मैं आतबीन का बेटा हूं और मेरा प्रण है कि –

सरश रा बै दिन गुरज-ए-गाव चहर
बकूबम न बख्शाइश आरम न महर

(उसका चेहरा इसी गाय के चेहरे वाली गदा से कुचल दूंगा। न उसको क्षमा करूंगा और न ही उस पर तरस खाऊंगा।)

ये बातें सुनकर अरनवाज़ ने अपने दिल की बात कहने में कोई झिझक महसूस नहीं की और निडर होकर कहा कि –

कुजा हुशे जहाक़ बर दस्त तुस्त
गुशाद जहान अज़ कमर बस्त तुस्त

(जहाक़ की समाप्ति आपके हाथों ही लिखी है। इसके प्रभाव को उखाड़ना आपके ही बस की बात है।)

अरनवाज़ की इच्छा सुनकर फ़रीदुन ने उसको विश्वास दिलाते हुए कहा कि वह उस अपवित्र सांपों वाले ज़ालिम को मारकर इस संसार को उसके आतंक और अत्याचारों से ज़रूर मुक्त कराएगा। मगर अरनवाज़ को बादशाह का पता बताना पड़ेगा कि वह आख़िर है कहां?

शहरनवाज़ और अरनवाज़ ने फ़रीदुन की बात सुनकर जहाक़ का भेद खोल दिया और बताया कि "वह हिन्दुस्तान की तरफ़ गया हुआ है। उसको फ़रीदुन द्वारा मारे जाने का भय सताए हुए था कि इसी बीच उसको किसी ज्योतिषी ने बताया है कि अगर तुम्हारा सिर और बदन ख़ून से धो दिया जाए, तो उस सपने का अर्थ बदल जाएगा, ज्योतिषी झूठा साबित होगा और तुम पर से मनहूस साया हट जाएगा। स्वयं जहाक़ के लिए अब यह धरती भारी पड़ रही है। उसके दोनों कन्धे के सांप उसे कहीं चैन नहीं लेने देते हैं और सांपों के खाने के लिए हज़ारों लोगों के ख़ून से अपने हाथ रंगने पड़ रहे हैं, जिसके लिए उसको एक मुल्क़ से दूसरे मुल्क़ की ओर जाना पड़ता है।"

जहाक़ का एक वफ़ादार नौकर था, जिसका नाम 'क़न्दवर' था। जहाक़ ने जाते हुए अपने ख़ज़ाने की कुंजी, राजमहल की ज़िम्मेदारी उसको सौंपी थी। क़न्दवर राजमहल की तरफ़ दौड़ा आया। महल में पहुंचकर उसने देखा कि राजसिंहासन पर एक सजीला जवान बादशाह बना बैठा है, जिसके एक तरफ़ शहरनवाज़ और दूसरी ओर अरनवाज़ बैठी हैं। पूरा शहर फ़ौज से भरा हुआ है और यहां भी हथियारबन्द सिपाही क़तार से खड़े हैं। क़न्दवर ने किसी से कुछ न कहा, न सुना, न आश्चर्य प्रकट किया, बल्कि बिना मुंह से कुछ बोले अन्दर गया और चुपचाप फ़रीदुन के समीप जाकर सम्मान से झुका और आदर के साथ उसने कहा, "शाह! आप ही इन सात देशों के शहंशाह बनने के क़ाबिल हैं।"

फ़रीदुन ने उसको महफ़िल सजाने का हुक्म दिया। क़न्दवर ने सारा बन्दोबस्त कर दिया, जिसका हुक्म फ़रीदुन ने उसको दिया था। गायकों ने तान उठाई और साक़ी ने जाम भरे। वातावरण ख़ुशी से झूम उठा। फ़रीदुन भी प्रसन्नता से शराब के घूंट भरने लगा।

जैसे ही सुबह का तारा डूबा, क़न्दवर घोड़े पर सवार हुआ और तेज़ी से जहाक़ की तरफ़ लपका। वहां पहुंचकर उसने जो देखा था, वह जहाक़ को कह सुनाया कि "हे शाह! आप यहां पर बैठे हैं और तीन जवान एक लम्बी फ़ौज के साथ ईरान से बग़दाद पहुंच गए हैं। उनमें से सबसे छोटे लड़के का मुखमंडल विचित्र तेज से प्रकाशमान है। उसके पास एक गदा है और वह पहाड़ों को भी उखाड़ने का बल रखता है। वह इस तरह हाकिम बना आपके तख़्त पर बैठा है कि हाथ बांधे सारे दरबारी, बुद्धिमान और सिपाही उसके आज्ञाकारी बन चुके हैं।"

जहाक़ ने क़न्दवर की बात सुनकर बड़ी लापरवाही से जवाब दिया कि हो सकता है कि वह अतिथि हो और उसकी आवभगत में आंखें बिछाई जा रही हों। यह सुनकर क़न्दवर बोला कि वह आपके तख़्त व ताज सब पर अधिकार जमाए हुए है।

जहाक़ ने उसी लहज़े में कहा कि "अतिथि की इतनी गुस्ताख़ी को अच्छा शगुन मानकर टाल दो, इसको लेकर दुखी मत हो।"

क़न्दवर ने शाह जहाक़ का यह सहज उत्तर सुनकर तनिक कटाक्ष-भरे स्वर में कहा कि "अगर वह दिलावर आपका मेहमान है, तो उसको आपके हरम से क्या लेना-देना। वह शहरनवाज़ और अरनवाज़ को जनानख़ाने से बाहर निकाल लाया है, जो कभी आपके दिल का सुकून थीं। अब वह दिलावर एक तरफ़ शहरनवाज़ का हाथ पकड़ता है और दूसरी तरफ़ अरनवाज़ के होंठों का स्पर्श करता है। रात को उनके लम्बे बालों के साए में तकिये पर सिर रखता है। इन बातों को सुनकर एकाएक जहाक़ की ग़ैरत जाग गई और वह आगबबूला हो उठा। उसने बड़े कठोर स्वर से क़न्दवर को फटकारते हुए कहा कि "तुमसे महल की रक्षा भी न हो सकी।

मैंने तुमको वहां किसलिए छोड़ा था? आज से तुम मेरे रक्षक नहीं हो।"

शाह जहाक़ ने घोड़े पर जीन कसने का हुक्म दिया और उसी समय बग़दाद की तरफ़ चल पड़ा। उसके पीछे उसके सिपाही भी थे। इधर फ़रीदुन की फ़ौज को जहाक़ की वापसी की ख़बर मिली। सारे फ़ौजी उस तरफ़ चल पड़े। शहर के बूढ़े जवान सभी जहाक़ के विरोध में उठ खड़े हुए, जो आज तक उसके अत्याचारों से भयभीत घरों में छुपे हुए थे। उनके नारों की आवाज़ से पहाड़ गूंज रहे थे और घोड़ों की टापों से ज़मीन धमक रही थी। वातावरण में धूल के काले बादल छा गए थे। एकाएक आतिशकदेह से आवाज़ उभरी कि अब शाह जहाक़ को सहन करना कठिन है।

उस उत्तेजित भीड़ में सूरज की तरह चमकता एक चेहरा नज़र आया, जो जिरह-बख़्तर पहने हुए था, ताकि उसको राजमहल में कोई पहचान न सके। वह वास्तव में शहरनवाज़ थी, जो फ़रीदुन की सहायता के लिए निकली थी और जहाक़ के विरोध में हथियार उठाना एक नेक काम समझ रही थी। फ़रीदुन की गदा काम आई और जहाक़ को क़ैद कर लिया गया। उसके हाथ-पैर चमड़े की रस्सी से बांध दिए गए। फिर उसको ग़ार में डाल दिया गया और उसके मुंह पर पत्थर रख दिए गए, ताकि संसार के लोग सुख की सांस ले सकें। इसके बाद फ़रीदुन ने शहर के बुज़ुर्गों और बुद्धिमानों को जमा करके कहा कि "जहाक़ जैसे अत्याचारी शाह ने वर्षों राज किया और इस ज़मीन को लोगों के ख़ून से रंगा। उसने न ख़ुदा को याद किया और न नेकी की राह पर चला। ख़ुदा ने मुझे भेजा, ताकि मैं उसके ज़ुल्म से जनता को मुक्त करूं। ख़ुदा ने मुझे इस क़ाबिल बनाया और मैं इस परीक्षा में सफल हुआ। अब आप मुझमें नेकी के अतिरिक्त कुछ और नहीं देखेंगे। आप सब ख़ुदा का शुक्र अदा करें। हथियार और युद्ध को भूलकर अपने परिवार के साथ सुख-चैन से रहें।"

ये बातें सुनकर जनता ख़ुश हुई। फ़रीदुन शाही तख़्त पर बैठा और न्याय तथा सत्य के रास्ते पर चला। ज़ुल्म की रस्म ख़त्म हुई और लोगों ने चैन की सांस ली।

दास्तान-ए-साम व सीमुर्ग़

जाबुलिस्तान का अमीर साम नरीमान अपने ज़माने का नामवर पहलवान था। उसके पास आराम की सारी वस्तुएं मौजूद थीं। मगर औलाद न होने से दुखी रहता था। वर्षों गुज़र गए। आख़िर साम की पत्नी नौबहार गर्भवती हुई और उसने एक लड़के को जन्म दिया। बच्चे का चेहरा लाल, आंखें काली और सिर के बाल बिल्कुल सफ़ेद थे। अपने बेटे की यह शक्ल-सूरत देखकर मां ग़म में डूब गई। सप्ताह-भर तक साम से यह बात छुपाई गई, क्योंकि उसको यह समाचार सुनाने की हिम्मत किसी में नहीं थी।

बच्चे की दाई दिलेर औरत थी। उससे नहीं रहा गया और वह साम के पास गई और कहने लगी, "स्वामी! बधाई हो, आपके यहां एक नेक चेहरे वाले मोटे-ताजे तन्दुरुस्त बच्चे ने जन्म ले लिया है, जिसका चेहरा सूर्य की तरह सुर्ख़ व तेजस्वी है, बस, उसके सिर के बाल सफ़ेद हैं। आपके भाग का लिखा यही था। इसका दुख न करें। यह ख़ुशी की घड़ी है, इसलिए आप ख़ुशी मनाएं!"

दाई की बात सुनकर साम तख़्त से उतरा और लपककर अन्दर नौबहार के पास पहुंचा, जहां बच्चा था। बच्चे को देखकर साम सहम गया और भयभीत होकर सोचने लगा कि मुझसे क्या ग़लती हुई, जो ख़ुदा ने मुझे

ऐसा बच्चा दिया। फिर उसको इस बात की चिन्ता सताने लगी कि सफ़ेद बाल, काली आंखें और लाल मुंह के इस बच्चे को देखकर सब उसका मज़ाक़ उड़ाएंगे कि वर्षों बाद तो पुत्र जन्मा, वह भी विचित्र शक्ल-सूरत के साथ। साम को लगा कि यह बच्चा मनहूस है। शैतान का दूसरा रूप है। इसका यहां रहना ईरान के लिए अपशकुन हो सकता है। इसलिए इसको यहां नहीं रखना है, बल्कि कहीं दूर फिंकवा देना है। इतना सोचकर साम बाहर आया और सिपाहियों को हुक्म दिया कि यहां से दूर जो अलबुर्ज़ पर्वत है, जिस पर सूरज सीधा चमकता है, वहां इस शैतान बच्चे को फेंक आएं।

सिपाही नवजात शिशु को मां के प्यार से दूर, बिना दूध व लिबास के, अकेला पहाड़ पर छोड़ आए, जिसको यह भी नहीं पता था कि काला रंग क्या होता है और सफ़ेद रंग किसे कहते हैं। वह पहलवान का बेटा रात-दिन अकेला पड़ा कभी भूख से रोता, तो कभी अंगूठा चूसता। उस अलबुर्ज़ की चोटी पर सीमुर्ग़ पक्षी का घोंसला था। अपने भूखे बच्चों के लिए चारे की तलाश में जब वह नीचे की तरफ़ उड़ा, तो बच्चे के रोने की आवाज़ से सारा पहाड़ गूंजता पाया। सीमुर्ग़ और नीचे उतरकर बच्चे के पास पहुंचा और देखा कि :

यकी शीर ख्वारे, खरुशन्दे दीद
ज़मीन हम चू दरियाए जूशन्दे दीद
जे खाराश गहवारा व दाया ख़ाक
तन अज जामे दूर, लबआज शीर पाक

(एक बच्चा जलती ज़मीन पर पड़ा रोए चला जा रहा है, जिसका पालना कांटों की झाड़ थी और धाय थी गर्म ज़मीन। उसके होंठ दूध के बिना सूखे हुए थे और तन पर कोई कपड़ा मौजूद न था।)

सीमुर्ग़ को बच्चे पर दया आ गई और वह अपने भूखे बच्चों को भूलकर नीचे उतरा, जलते पत्थर पर से बच्चे को चोंच से उठाया और दमान की तरफ़ उड़ा, जहां उसका घोंसला था। उसके बच्चे इस रोते हुए सुन्दर बालक को देखकर ताज्जुब में पड़ गए। उनके मन में भी सीमुर्ग़ की तरह

प्यार उमड़ा और प्यार से बच्चे का बदन अपने पैरों से सहलाने लगे। सीमुर्ग़ के मन में इस बच्चे के लिए ममता उमड़ आई थी। उसने बड़े प्यार से अपने बच्चों के साथ उसको भी पाला। यहां तक कि वह एक लम्बा-चौड़ा जवान बन गया।

एक दिन अलबुर्ज़ पर्वत से एक काफ़िला गुज़र रहा था, तो उसके लोग सफ़ेद बालों वाले इस लड़के और सीमुर्ग़ को देखकर ताज्जुब में पड़ गए। लौटकर उन्होंने यह कहानी सब लोगों को सुनाई। धीरे-धीरे, जंगल की आग की तरह यह बात एक शहर से दूसरे शहर तक फैल गई कि पर्वत पर एक जवान रहता है, जिसकी आंखें काली और बाल सफ़ेद हैं। आख़िर यह ख़बर साम नरीमान के कानों तक भी पहुंची।

एक रात साम ने सपने में घोड़े पर एक हिन्दुस्तानी सवार को देखा, जो ख़ुशख़बरी सुना रहा है कि उसका बेटा ज़िन्दा है। यह देख, साम एकाएक जागा और चौंककर बिस्तर से उठ बैठा। उसने बुद्धिमानों एवं ज्योतिषियों को जमा किया। उनके सामने काफ़िले वालों की बातें और अपना सपना कह सुनाया, ताकि उलझी गुत्थी को सुलझा सकें और साम को उचित सलाह दे सकें।

सभी ने हक़ीक़त जानकर साम की निन्दा की और कहा कि उसने ख़ुदा की दी हुई नियामत का अनादर किया है, जब कि –

कि बर संग बर ख़ाक शीर व पलंग
चे माही बे आब अन्दरुन या नहंग
हमे बच्चे रा परवान्दे अन्द
सताइश वे यज़दान रसान्दे अन्द

(क्या गुफ़ा, क्या ज़मीन, हर जगह शेर और चीते; पानी में मछली और घड़ियाल अपने बच्चों को पालते हुए ख़ुदा का शुक्र अदा करते हैं।)

इसके बाद उन्होंने साम को बुरा-भला कहते हुए समझाया भी कि सिर्फ सफ़ेद बाल होने के कारण तुमने उस मासूम बच्चे को अपने से अलग कर दिया और बियाबान पहाड़ पर छोड़ आए। याद रखो, ख़ुदा जिसको ज़िन्दा

रखना चाहता है, उसको कोई भी नहीं मार सकता है। इसलिए सारे कष्ट झेलने के बाद भी तुम्हारा बेटा ज़रूर ज़िन्दा होगा। जाकर उसको वापस लाओ और ख़ुदा से माफ़ी मांगो।

रात को जब साम सोया, तो फिर उसने एक सपना देखा कि हिन्दुस्तान की पहाड़ियों की ओर से सिपाहियों के साथ एक जवान हाथ में झंडा उठाए चला आ रहा है। उसके दोनों तरफ़ दो बुद्धिमान चले आ रहे हैं! उनमें से एक आगे बढ़ा और डपटकर बोला, "ओ नापाक मर्द! तू इतना कठोर दिल का भी हो सकता है कि जिस बच्चे को तूने ख़ुदा से रो-रोकर मांगा था, उसी को पहाड़ पर फिंकवा दिया? उसको तो तूने सफ़ेद बालों की सज़ा दे दी, मगर अपने को भी देख! तेरे सिर के बाल भी सफ़ेद हो रहे हैं। क्या इन पर रोज़ नए रंग लगाएगा? तू अपने को किसी तरह बाप कहलाने का हक़दार नहीं है, जब कि तेरे बेटे को एक पक्षी ने पाल-पोसकर बड़ा किया है।"

साम घबराकर सपने से जागा और अलबुर्ज़ की ओर जाने की तैयारी करने लगा। जब पर्वत के पास पहुंचा, तो देखा कि उसकी चोटी पर सीमुर्ग़ का बड़ा-सा घोंसला किसी क़िले की तरह नीचे से नज़र आ रहा है, जिसमें एक जवान बड़े आराम से टहल रहा है। साम समझ गया कि यह फ़ुर्तीला मज़बूत जवान उसी का बेटा है! घोंसले तक जाने के लिए साम पहलवान रास्ता ढूंढ़ता रहा, मगर वहां पहुंचने की कोई राह उसे नज़र नहीं आई। उसे महसूस हुआ जैसे सीमुर्ग़ का घोंसला सितारों के नज़दीक हो, जहां पहुंचना ग़ैरमुमकिन है। साम ने ख़ुदा के आगे सिर झुकाया, उससे क्षमा याचना करते हुए कहा कि "ओ मालिक! मुझ पर रहम कर और मुझे रास्ता दिखा, ताकि मैं अपने बेटे तक दोबारा पहुंच सकूं।"

एकाएक घोंसले से सीमुर्ग़ ने नीचे नज़र डाली, तो साम को चोटी के नीचे पहाड़ पर खड़े पाया। समझ गया कि वह बच्चे का बाप है। सीमुर्ग़ जवान के पास आया और कहने लगा कि "बहादुर! मैंने तुम्हें आज तक एक दाया की तरह पाला है। तुमको बोलना सिखाया है। अब वक़्त आ गया है, जब तुम्हें अपने घर लौट जाना चाहिए। तुम्हारा बाप तुम्हें ढूंढ़ रहा है। आज से मैंने तुम्हारा नाम 'दस्तान' रखा है और आज के बाद तुम्हें

इसी नाम से पुकारा जाएगा।"

"क्या आपका दिल मुझसे भर चुका है, जो मुझे मेरे बाबा के पास भेज रहे हैं?" सीमुर्ग़ की बात सुनकर दस्तान की आंखों में आंसू भर आए और वह कहने लगा कि –

नशीमे तो रख़शन्दे गाह, मनअस्त
दो परें तो, फ़रें कुलाह, मन अस्त

(मैं इस घोंसले और इस चोटी के साथ पलकर बड़ा हुआ हूं। आपके इन दो डैनों ने मुझे ज़िन्दगी दी है।)

दस्तान की बातें सुनकर सीमुर्ग़ ने उसको दिलासा देते हुए कहा कि "मैं तुमसे रिश्ता नहीं तोड़ रही हूं। मैं हमेशा ही दाया की तरह तुम्हें प्यार करूंगी, लेकिन तुमको जाबुलिस्तान लौटना होगा, जहां तुम्हें पहलवानी व जंग करनी पड़ेगी। यह पक्षी का घोंसला तुम्हारे किस काम आएगा। लेकिन मेरी तरफ़ से एक निशानी लेते जाओ। ये मेरे पंख हैं। जब तुम पर कोई कठिनाई आए, इन परों को आग में डाल देना, मैं फ़ौरन उड़कर तुम्हारी सहायता करने पहुंच जाऊंगी!" इतना कहकर मादा सीमुर्ग़ ने अपनी पीठ पर दस्तान को बिठाया और पहाड़ की चोटी से उड़कर नीचे साम के पास पहुंचा दिया।

अपने सामने एक लम्बे-चौड़े मज़बूत जवान को देखकर साम की आंखें भर आईं। उसने सीमुर्ग़ को धन्यवाद दिया, जिसने उस नवजात को पाल-पोसकर आज तक ज़िन्दा रखा। फिर बेटे से अपने किए की क्षमा मांगी। जाबुलिस्तान के पहलवानों एवं जवानों ने जो इतना बलवान जवान देखा, तो उसको चारों तरफ़ से घेरकर उसकी तारीफ़ करने लगे। ख़ुशी के नारों के साथ साम नरीमान ख़ुदा के आगे सिज़दे में गिरा और बोला कि इस गुनाहगार बन्दे पर अब दया कर।

दस्तान सफ़ेद दाढ़ी-मूंछ और बाल के साथ तमाम जगह घूमता-फिरता था। उसको सब दस्तान यानी 'जालज़र' के नाम से पुकारते थे, क्योंकि उसका यह नाम सीमुर्ग़ ने रखा था।

दास्तान-ए-जाल व रुदाबे

शाह फ़रीदुन के तीन बेटे थे, जो आपस में बहुत लड़ते-झगड़ते थे। यह देखकर शाह फ़रीदुन बहुत चिन्तित रहता था। एक दिन उसने सलाह-मशविरा करने के बाद अपने साम्राज्य को तीन हिस्सों में बांट दिया, ताकि एक-एक हिस्सा अपने बेटों में बांट दे। इससे वे अपने-अपने मुल्क़ और अपनी हुकूमत में व्यस्त हो जाएंगे और आपसी मनमुटाव एवं कड़वाहट समाप्त हो जाएगी। यह सोचकर उसने सबसे बड़े बेटे रुस्तम को रोम और बाख़्तर का हिस्सा दिया। मझले बेटे तूर को चीन और तुर्किस्तान का, तीसरे बेटे इरज को ईरान और अरबिस्तान का भाग दिया।

इस बंटवारे के बाद भी उनके आपसी झगड़े समाप्त नहीं हुए और एक दिन इरज अपने दोनों बड़े भाइयों के हाथों मारा गया। फ़रीदुन को अपने छोटे बेटे से बहुत-सी आशाएं थीं। सब धूल में मिल गईं। इरज की पत्नी 'माहआफ़रीद' गर्भवती थी। पति के देहान्त के बाद उसने चांद-सी बेटी को जन्म दिया।

फ़रीदुन पोती पर जान छिड़कता था। जब वह जवान हुई, तो उसने अपने भाई के बेटे से, जो ईरान का नामी पहलवान था और जिसका नाम पिसंग था, अपनी पोती की शादी कर दी। कुछ समय बाद पिसंग एवं इरज की पुत्री के घर एक पुत्र का जन्म हुआ। उस पुत्र का नाम मनुचहर रखा गया। फ़रीदुन पड़पोते का मुंह देख-देखकर ख़ुश होता था।

समय के उतार-चढ़ाव के साथ फ़रीदुन भी बूढ़ा होता चला गया और एक दिन उसने अपने हाथों से मनुचहर के सिर पर ताज रखा और कहा कि "मैं अब इस संसार से विदा ले रहा हूं। मैंने तीनों बेटों के ज़ख़्म उठाए हैं। अब केवल तुमसे ही आशा है कि तुम इस हुकूमत की बागडोर अच्छी तरह संभालोगे।"

इसी के साथ फ़रीदुन ने साम नरीमान नाम के पहलवान से कहा कि मैं तो जा रहा हूं, मगर मेरे पीछे ईरान और मेरे पड़पोते मनुचहर का ध्यान रखना। इतना कहकर फ़रीदुन ने आसमान की तरफ़ सिर उठाकर कहा, "खुदाया! मैं तुम्हारा शुक्र अदा करता हूं कि तुमने मुझे तख़्त व ताज दिया। कठिनाई के समय में मेरी सहायता की और मुझे इंसाफ़ की राह पर चलाया।

माज़नदरान के दैत्यों और भेड़ियों ने जो उपद्रव मचाया, उससे ईरान का शहंशाह मनुचहर चिन्तित हुआ। जाबुलिस्तान के सरदार साम नरीमान पहलवान ने उन दैत्यों और भेड़ियों को ख़त्म करने के लिए ईरान की यात्रा की तैयारी शुरू कर दी और जाने से पहले उसने अपनी ज़िम्मेदारी अपने बेटे जालज़र को सौंपते हुए कहा कि –

चुनान दान कि जाबुलिस्तान खान तुस्त
जहान सर बे सर जीरे फरमान तुस्त

(अब तुम अपने को जाबुलिस्तान का (शासक) समझो। सारा राज्य तुम्हारी आज्ञा का पालन करेगा।)

इसके बाद साम ने आगे जालज़र को उपदेश देते हुए कहा कि "सारे ख़ज़ाने की कुंजी तुम्हारे हाथ में है। तुम जहां आराम और ऐश करना, वहीं पर न्याय के कामों के लिए युद्ध करने से पीछे भी न हटना! मुझे तुम पर विश्वास है, क्योंकि तुम युद्ध की सारी कलाओं में निपुण हो!"

पिता की बातें सुनकर 'जालज़र' ने जवाब दिया कि –

कसी ब गुनाहगार ज़े मादर बे ज़ाद
मन आनअप सज़द नर बे नालम बेदाद

(मैं मां के पेट से ही गुनाहगार पैदा हुआ हूं। मगर मैं वह हूं, जो कभी फ़रियाद में रोता नहीं हूं।)

जालज़र ने पिता की जुदाई को अपने अन्दाज़ से बयान करते हुए कहा कि आपने मुझे हमेशा अपने से अलग रखा। कभी मुझे पहाड़ पर छोड़ आए थे, जहां मैं अकेला था। मेरी गिनती पक्षियों में होती थी। अब आप मुझे यूं अकेला छोड़कर युद्ध में जा रहे हैं।

साम ने जालज़र को सीने से लगाया। तभी फ़ौज के कूच का नगाड़ा बज उठा। पिता-पुत्र भारी मन से एक-दूसरे से अलग हुए।

साम के ईरान की तरफ़ चले जाने के बाद काबुल के नए शासक जालज़र ने एक दिन तो शिकार खेलकर गुज़ारा और दूसरे दिन वह सहरा की तरफ़ चल पड़ा।

सुए किश्वर हिन्दुस्तान कर्द राइ
सुए काबुल व दनबर व मुर्ग़ व माइ
बे हर जाइगाही बिया रास्ती
मई व रुंद व रामिशिगरान खास्ती

(जालज़र दोस्तों, बहादुरों व चन्द सिपाहियों के संग हिन्दुस्तान और काबुल की तरफ़ चल पड़ा। यह काफ़िला किसी झरने या चश्मे के समीप सुस्ताने को ठहरता, तो जालज़र संगीत की फ़रमाइश करता और गायकों की तान पर दोस्तों के संग शराब के जाम उठाता।)

इसी हंसी-ख़ुशी के साथ वह काफ़िला आख़िर काबुल पहुंचा। काबुल के शासक का नाम मेहराब था। वह एक बुद्धिमान और दिलेर आदमी था। मेहराब जहाक़ की नस्ल से था। जब उसने सुना कि साम का बेटा जाल काबुल की ओर आ रहा है, तो वह बहुत ख़ुश हुआ और उसके स्वागत

के लिए उसने ज़र-जवाहर, खिलअत, दीबा, दीनार, याकुत, इत्र व अम्बर के साथ ग़ुलाम और सिपाहियों का उपहार भेजा, जिसमें एक सोने का कामदार हार और मोतियों का ताज भी था।

जब जालज़र के पास यह उपहार लेकर मेहराब पहुंचा, तो जालज़र ने उसे बड़े सम्मान के साथ फ़िरोज़े के तख़्त पर बिठाया। महफ़िल सज गई। गायकों ने तान छेड़ी और संगीतकारों ने साज़ बजाने शुरू कर दिए। शराब से भरे जाम आए और अतिथि के आगे पेश किए गए। व्यंजन से भरा जाम ख़ान (थाल) सामने रखा गया। मेहराब ने जब साम के बेटे जालज़र की ओर निगाह भरकर देखा, तो उसका दिल धड़क उठा! चेहरे पर ख़ुशी की लाली फैल गई। मन में जालज़र के लम्बे क़द और बलिष्ठ भुजाओं को देखकर सोचने लगा कि जिसके पास ऐसा पुत्र हो, उसको और क्या चाहिए, उसको तो संसार की सारी दौलत मिल गई है।

चू मेहराब बरख़ास्त अज ख्वाने जाल
निगह फर्द जाल, अन्दर आन बरजव याल
चनीन गुफ्त व मेहतरान जाल जर
कि ज़िबनदेह तर जीन कि बन्दद कमर

(जब मेहराब अपनी जगह से उठा और चलने लगा तो जालज़र उसके बलिष्ठ कन्धे और सीने को देखकर चकित रह गया। यह देखकर जालज़र को उसके एक दिलेर साथी ने बताया कि मेहराब से कहीं सुन्दर उसकी बेटी है।)

मेहराब की बेटी की प्रशंसा सुनकर उसको देखने के लिए जालज़र बेचैन हो उठा। उस लड़की के प्रति जालज़र का मन अनुराग से भर उठा और आंखों से नींद उड़ गई। एक बेचैनी उसको सारी रात तड़पाती रही।

चूंकि मेहराब जालज़र के खेमे में उस दिन गया था और जालज़र ने अच्छा आदर-सत्कार किया था। इसलिए चलते समय जालज़र ने बड़े प्यार से पूछा भी था कि यदि कोई इच्छा हो तो कहें। मेहराब ने जालज़र के इस सम्मानपूर्वक कथन को सुनकर जवाब दिया था कि "ऐ नामदार! मेरी

सिर्फ़ एक इच्छा है कि आप अपनी महानता का परिचय दें और एक दिन हमारे अतिथि बनने का सौभाग्य हमें बख्शें।" उसकी बात सुनकर जालज़र के मन में मेहराब की लड़की को एक नज़र देखने की इच्छा मचल उठी। मगर फिर सहज होकर उसने मेहराब को जवाब दिया कि इसके अलावा आप मुझसे और कुछ भी चाहते तो, मैं इनकार कभी न करता। लेकिन मेरे पिता साम नरीमान और ईरान के बादशाह मनुचहर यह कभी पसन्द नहीं करेंगे कि मैं जहाक़ के ख़ानदान के किसी सदस्य का अतिथि बनकर उसके साथ 'ख़ान' (भोजन का थाल) पर बैठूं।

जालज़र का जवाब सुनकर मेहराब उदास होकर लौट आया, मगर जालज़र के दिल व दिमाग़ से उसकी लड़की का ख़याल नहीं उतरा।

मेहराब जब जालज़र से मिलकर लौटा तो उसने अपनी पत्नी सीनदुख्त से उसकी ख़ूब प्रशंसा की। उसकी बेटी 'रुदाबे' भी वहीं बैठी थी। पिता के मुख से जालज़र के गुणों की विस्तार के साथ चर्चा और उसके चेहरे एवं व्यक्तित्व का बयान सुनकर रुदाबे को लगा कि उसका मन जालज़र को देखने के लिए व्याकुल हो उठा है।

रुदाबे की पांच सखियां ऐसी थीं, जो उसके दिल का हर भेद जानती थीं। रुदाबे ने अपने मन की इच्छा उनके सामने खोल दी। सुनकर सखियां उनको समझाने लगीं कि यह कैसी दीवानगी तुम पर तारी हो गई है, जो तुम उस सफ़ेद बालों वाले की ओर खिंची जा रही हो, जब कि सात देशों के दिलेर और सुन्दर राजा एवं राजकुमार तुम्हारे सौन्दर्य पर मुग्ध हैं?

उपदेश-भरी ये बातें सुनकर रुदाबे ने उनको झिड़का कि कैसी बेवक़ूफ़ी से भरी बातें कर रही हो। तुम लोगों के सोचने का अन्दाज़ ग़लत है। असल में जब मैं चांद की दीवानी हूं, तो फिर सितारे मेरे किस काम के? मैं तो जालज़र की दिलेरी और बहादुरी पर मिटी हूं, न कि उसके चेहरे पर। उसके प्यार के आगे रोम और चीन के बादशाह की भी मेरे सामने कोई क़ीमत नहीं है।

रुदाबे के ये तेवर देखकर सखियां समझ गईं कि रुदाबे के मन में जालज़र का अनुराग अपनी गहरी जड़ें जमा चुका है। यह बात समझकर उन्होंने रुदाबे से कहा कि ओ चांद जैसे चेहरे वाली मेरी सखी! हम तुम्हारी ही बात मानने को तैयार हैं। हम तो तुम्हारी एक बात पर हज़ार जान से निछावर हैं। जो कहोगी, हम वही करेंगी। तुम अगर चाहती हो कि हम जादू सीखकर जालज़र को तुम्हारे पास ले आएं, तो हम वही करेंगी, यहां तक कि अगर इस राह में हमारी जान भी चली जाए, तो हम पीछे नहीं हटेंगी।

पांचों सखियों ने एक तरक़ीब सोची। अपने को ख़ूब सजाया, अच्छे कपड़े पहने और जालज़र के खेमे की तरफ़ चल पड़ीं। बहार का मौसम था। हर तरफ़ हरियाली और रंग-बिरंगे फूल खिले थे। सखियां नदी किनारे पहुंचीं। जालज़र का खेमा नदी के पास था। फूल चुनती हुईं, वे जालज़र के खेमे के ठीक सामने खड़ी हो गईं। उन्हें खड़ा देखकर जालज़र ने पूछा कि ये सुन्दर परियां कौन हैं? उसको जवाब मिला कि ये मेहराब की बेटी की सखियां हैं, जो रोज़ यहां नदी किनारे फूल चुनने आती हैं।

यह सुनकर जालज़र बेचैन हो उठा। धैर्य जाता रहा। तीर-कमान मंगवाया और एक नौकर के साथ धीरे-धीरे नदी किनारे टहलने लगा। रुदाबे की सखियां नदी के दूसरे किनारे पर थीं। जालज़र अवसर की ताक में था कि किसी बहाने सखियों से बात करने की राह निकाल सके और रुदाबे का हालचाल मालूम हो सके। तभी पानी पर एक मुर्ग़ाबी तैरती हुई नज़र आई। फ़ौरन जालज़र ने कमान पर तीर चढ़ाया और देखते-देखते मुर्ग़ाबी पर निशाना लगा दिया। तीर खाकर मुर्ग़ाबी उड़ी और सखियों की तरफ़ जाकर गिर पड़ी। जालज़र ने नौकर को मुर्ग़ाबी लेने दूसरे किनारे की तरफ़ भेजा। उसको मुर्ग़ाबी उठाते देखकर सखियों ने पूछा कि यह तीर चलाने वाला कौन है? ऐसा निशानेबाज़ तो हमने आज तक नहीं देखा?

नौकर ने उनको जवाब दिया कि यह साम दिलावर के बेटे जालज़र बहादुर हैं। इनके मुक़ाबले का बलवान कोई दूसरा नहीं है और न ही इनका जैसा दूसरा हसीन मर्द किसी ने आज तक देखा है।

सुनकर सखियां खिलखिलाकर हंस पड़ीं और कहने लगीं कि ऐसा नहीं है। मेहराब की लड़की सौन्दर्य में चांद और सूरज से भी ज़्यादा है। इसके बाद उनमें से एक ने कहा कि –

सजा बाशद व सख़्त दर खूर बुअद
कि रुदाबे व ज़ाल हमसर बुअद

(एक जहान का नामवर पहलवान है, तो दूसरी अपने ज़माने की रूपवती है। क्या अच्छा हो कि रुदाबे व जाल का विवाह हो जाए।)

सखियों का यह प्रस्ताव सुनकर नौकर ख़ुश हुआ और कहने लगा कि इससे बढ़कर क्या बात हो सकती है कि चांद व सूरज का गठबन्धन हो जाए। इतना कह वह नौकर मुर्ग़ाबी उठाकर नदी के उस पार वापस चला आया और जालज़र को सारी बातें कह सुनाईं।

ये बातें सुनकर जालज़र इतना ख़ुश हुआ कि उसने आदेश दिया कि रुदाबे की सखियों को खिलअत व ज़र-जवाहर भेंट में दिया जाए। सखियों ने उपहार स्वीकार किया और कहा कि यदि कोई पैग़ाम कहना हो तो पहलवान ज़रूर हमसे कह दें।

जालज़र थोड़ा-सा आगे बढ़ा और सखियों के समीप पहुंचकर उसने रुदाबे के बारे में प्रश्न पूछे। उसके गुणों को सुनकर जालज़र के मन में रुदाबे का प्रेम और भी गहराई से ठाठें मारने लगा। उसके चेहरे के भाव देखकर सखियां जालज़र के मन का हाल समझ गईं और कहने लगीं कि हम ज़रूर आपके बारे में रुदाबे को बताएंगी। यदि आपको उनका दीदार करना है, तो रात को रुदाबे के महल की ओर आएं और उनकी झलक देख लें।

सखियों ने वापस जाकर यह शुभ समाचार रुदाबे को सुनाया। जब रात हुई, तो रुदाबे ने सखियों को छुपाकर पहलवान को लेने भेजा और स्वयं महल की छत पर खड़ी होकर उसकी प्रतीक्षा करने लगी।

जब रुदाबे ने जालज़र को आता देखा, तो ख़ुशी से चिल्लाई और उसके स्वागत में आंखें बिछाईं। जालज़र ने भी दूर से छत पर खड़ा, जो

चांद देखा, तो ख़ुश होकर उसने रुदाबे के सलाम का जवाब उसी गर्मी और मोहब्बत से दिया।

रुदाबे ने अपने लम्बे बाल खोलकर नीचे क़मन्द की तरह जालज़र के पास गिरा दिए, ताकि जालज़र उसके सहारे ऊपर छत तक पहुंच जाए। यह देखकर जालज़र ने रुदाबे के बालों का चुम्बन लिया और कहा कि यह न समझना कि तुम्हारी सुगन्धित ज़ुल्फ़ों को मैं क़मन्द बनाऊंगा। इतना कहकर उसने अपनी क़मन्द निकाली और उसके सहारे वह ऊपर चढ़कर रुदाबे के पास पहुंचा। रुदाबे को अपनी बांहों में भरकर जालज़र ने कहा कि मैं तुम्हारा आशिक हूं और तुम्हारे अलावा किसी और से विवाह करने वाला नहीं हूं, लेकिन यह भी हक़ीक़त है कि किसी भी क़ीमत पर मेरे पिता और ईरान के शाह इस बात पर राजी नहीं होंगे कि मैं जहाक़ के परिवार में विवाह करूं।

जालज़र की यह बात सुनकर रुदाबे उदास हो गई और उसके आंसू उसके गालों पर बह निकले। रुदाबे ने भरे कंठ से कहा कि अगर जहाक़ जालिम था, तो मेरा इसमें क्या अपराध है। मैंने तो आपकी बहादुरी के क़िस्से सुन-सुनकर अपना दिल आपको सौंप दिया और यह प्रण किया कि आपके अतिरिक्त कोई दूसरा इंसान मेरा पति नहीं बन सकता। मुझसे शादी करने वालों की सूची बहुत लम्बी है, मगर मैं तो आपके प्यार में डूब चुकी हूं।

जालज़र ने मोहब्बत-भरी नज़रों से रुदाबे को देखा और उसकी बातें सुनकर किसी गहरी सोच में डूब गया। थोड़ी देर बाद उसने दिलासा देते हुए रुदाबे से कहा कि ऐ दिले आराम, तुम दुखी न हो। मैं ख़ुदा से दुआ करूंगा कि वह साम और मनुचहर के दिलों से घृणा को ख़त्म कर दे और तुम्हारे लिए उनके मन में प्रेम का बीज बो दे। मुझे यक़ीन है कि ईरान का नेक और रहमदिल शाह हम पर ज़ुल्म नहीं करेगा।

रुदाबे ने सौगन्धं खाई कि जालज़र के अतिरिक्त वह इस दुनिया में किसी को अपना पति नहीं मानेगी और न ही अपना दिल किसी और को देगी। इस तरह से दो ख़ूबसूरत चेहरे वालों ने आपस में वचन दिया, मोहब्बत

की क़समें खाईं और एक-दूसरे के प्रति वफ़ादार रहने का दृढ़ निश्चय करके वे दोनों एक-दूसरे से जुदा हुए। जालज़र लौटकर अपने खेमे की तरफ़ चला गया।

जालज़र पल-भर के लिए भी रुदाबे के ख़याल से मुक्त नहीं हो पाया। बार-बार उसको एक ही चिन्ता खाए जा रही थी कि इस बन्धन को पिता साम और शाह मनुचहर कभी स्वीकार नहीं करेंगे। इस परेशानी में एक दिन गुज़र गया।

दूसरे दिन जालज़र ने बुद्धिमानों व धर्म पंडितों को बुलाया और उनसे बातें करनी आरम्भ कीं, और अपने दिल का भेद कुछ इस तरह से बताना शुरू किया कि "मैं जानता हूं कि विवाह की रस्म की शुरुआत इंसानों के बीच बहुत पुरानी है। मर्द औरत से शादी इसलिए करता है कि वह उसकी नस्ल आगे बढ़ाए और यह संसार आबाद और ख़ुशहाल बना रहे! अफ़सोस इसी बात का है कि साम नरीमान की नस्ल आगे नहीं बढ़ पाएगी, क्योंकि जालज़र के कोई औलाद पैदा नहीं होगी। पहलवान और दिलेरी की रस्म इस ज़मीन से उठ जाएगी। मेरा ख़याल था कि मेहराब की बेटी रुदाबे से विवाह करूं, जिसके प्रेम का बीज मेरे दिल की ज़मीन में गड़ गया है। मुझे दूसरी कोई लड़की रुदाबे से अधिक गुणवान एवं सुन्दर नज़र नहीं आती है। अब आप इस बारे में क्या राय देंगे?"

अमीर जालज़र की बात सुनकर सारे बुज़ुर्गों ने सिर नीचे कर लिए और गहरी चिन्ता में डूब गए। जाल ने दोबारा अपनी बात जारी रखी कि मुझे पता है, आप सब मुझे उपदेश देंगे। मगर मैंने रुदाबे को इतना नेक पाया है कि मैं उसके बिना ख़ुश रहना तो दूर, ज़िन्दा भी नहीं बचूंगा। आप सब मेरी मदद करें, ताकि मैं इस संकट से उबर सकूं। यदि आपने मेरे इस लक्ष्य को सफल बनाया, तो विश्वास कीजिए मैं आप सबके प्रति इतनी नेकी करूंगा, जितनी आज तक बुज़ुर्गों, बुद्धिमानों के प्रति किसी ने नहीं दिखाई है।

बुज़ुर्गों ने जब जालज़र की मोहब्बत की बुनियाद रुदाबे के प्रति इतनी मज़बूत देखी, तो उन्होंने कहा, "ए नामदार! हम सब आपके हुक्म के नौकर हैं। आपके सुख के अतिरिक्त और कुछ नहीं सोचते हैं। विवाह की इच्छा करना कोई बुरी बात नहीं है। माना कि रुदाबे आपकी महानता के मुक़ाबले की नहीं है, मगर वह दिलेर और नामदार है। उसमें शान व शौक़त की कमी नहीं है! ठीक है कि शाह जहाक़ एक अत्याचारी शासक था। उसने ईरानियों पर बहुत ज़ुल्म किए थे, मगर साथ ही वह एक बलवान, सुव्यवस्थित हाकिम भी था। इस गिरह को सुलझाने की एक तरक़ीब समझ में आती है कि आप अपने दिल का हाल अपने पिता साम नरीमान को लिख भेजें और उनको अपने इस राज़ में शरीक करें। यदि अमीर साम आपके प्रति नम्र रहे, तो उनकी इच्छा के विरुद्ध शाह मनुचहर कोई भी क़दम नहीं उठाएंगे।"

जालज़र ने पिता को एक लम्बा ख़त लिखा, जिसमें अपने बचपन का ज़िक्र, मां-बाप के प्यार की कमी के बयान के बाद उसने रुदाबे की तारीफ़ लिखी और फिर उससे शादी करने की अपनी इच्छा लिखी। बेटे का पत्र पढ़कर साम सकते में आ गया। आश्चर्य से उसकी आंखें फटी रह गईं। उसको यह बात हज़म नहीं हो पा रही थी कि उसकी नस्ल का सिलसिला फ़रीदुन से है और अब उसी जहाक़ से वह कैसे ख़ानदानी रिश्ता जोड़ सकता है? अन्त में साम नरीमान ने ख़ुदा से कहा कि आख़िर जाल ने अपनी असलियत दिखा ही दी! जो परिन्दों के बीच पलकर पहाड़ पर बड़ा हुआ हो, उससे इसी तरह की हरकत की उम्मीद की जा सकती है।

दुखी उदास साम रणक्षेत्र से वापस आया और सारे दिन इस उधेड़बुन में रहा कि अगर बेटे को रोकता हूं, तो अपना वचन तोड़ता हूं। मगर उसका साथ दूं, तो जानबूझकर खाने में ज़हर कैसे मिला सकता हूं? परिन्दे द्वारा लालन-पालन किए गए इस लड़के का और उस दैत्य के घर में बड़ी हुई लड़की का आपस में निर्वाह कैसे होगा? तब जाबुलिस्तान का शासक कौन बनेगा? साम यह सब सोचते हुए टूटे दिल से बिस्तर पर लेट गया।

सुबह उठते ही साम ने सबसे पहले आदेश दिया कि बुद्धिमानों,

ज्योतिषियों और धर्म पंडितों को बुलाया जाए। जब वे सब जमा हो गए, तो साम नरीमान ने रुदाबे एवं जालज़र की समस्या उनको बताते हुए कहा कि किस तरह दो विभिन्न गुणों का मेल हो सकता है। एक आग है, तो दूसरा पानी। फ़रीदुन और जहाक़ के ख़ानदान का आपसी मिलाप कैसे सम्भव है? ज्योतिषी सितारे देखें और बुद्धिमान सोचें कि आख़िर जाल की भाग्यरेखा क्या कहती है और हमारे ख़ानदान की क़िस्मत में आगे क्या लिखा है?

ज्योतिषियों ने पूरा एक दिन इस काम में लगा दिया। अन्त में वे प्रसन्नचित्त साम के पास पहुंचे और यह शुभ समाचार सुनाया कि रुदाबे एवं जालज़र का मिलन शुभ है। इन दोनों से एक दिलेर औलाद पैदा होगी, जो अपनी तलवार के दम पर दुनिया को झुकाएगी। ईरान के दुश्मनों के दांत खट्टे करेगी और पहलवानों का नाम रोशन करेगी।

साम ज्योतिषियों की बातें सुनकर ख़ुश हुआ और उनको दरहम और दीनारें बख्शीं। उसके बाद सन्देशवाहक को जालज़र के पास इस पैग़ाम के साथ भेजा कि मैं तुम्हारे फ़ैसले से पूरी तरह राजी नहीं हूं, मगर चूंकि तुम्हें वचन दे चुका था कि तुम्हारी हर इच्छा पूरी करूंगा, इसलिए तुम्हारी ख़ुशी में ही मेरी ख़ुशी है। मैं यहां से शहंशाह मनुचहर के पास जा रहा हूं, ताकि उन्हें यह सूचना देकर उनसे इजाज़त लूं।

रुदाबे और जालज़र के बीच पैग़ाम ले जाने वाली औरत बहुत चालाक थी। जब जाल के पास साम का पुत्र पहुंचा, तो उसने यह ख़ुशख़बरी उस औरत के द्वारा रुदाबे के पास पहुंचाई। रुदाबे ने ख़ुश होकर उसे इनाम दिया। जब वह औरत रुदाबे के कमरे से निकल रही थी, उस समय सीनदुख्त ने उसको देख लिया और पूछा कि वह कौन है और यहां क्या कर रही है? औरत ने बड़ी चालाकी से बात बताई कि मैं दुखियारी औरत हूं। कपड़े व ज़ेवर लेकर बड़े घरों में बेचने जाती हूं। शाह काबुल की बेटी ने मुझसे कुछ क़ीमती कपड़े मंगाए थे, वही देकर लौट रही थी। सीनदुखत ने पूछा कि रुदाबे ने जो क़ीमत उन चीज़ों की दी है, वह कहां है? इस पर उस

औरत ने फ़ौरन जवाब दिया कि शहज़ादी ने कल देने का कहा है।

इस बात को सुनकर सीनदुख्त का शक पक्का हो गया। उसने उस औरत के पास रुदाबे का दिया कपड़ा और अंगूठी देखी, तो क्रोध से उबल पड़ी। उस औरत को महल से बाहर निकलवाकर फिर रुदाबे के पास पहुंची और बोली, "बेटी, यह कौन-सा तरीक़ा तुमने अपनाया है? सारी ज़िन्दगी मैंने तुम्हें प्यार से रखा, पाला-पोसा, तुम्हारी हर इच्छा पूरी की और अब तुम मुझसे अपने दिल की बातें छुपा रही हो? यह औरत कौन है? यहां क्यों आई थी? वह अंगूठी तुमने किसके लिए भेजी है? तुम शाही ख़ानदान की लड़की हो। तुमसे ज़्यादा ख़ूबसूरत व गुणी कोई दूसरी लड़की नहीं है। क्यों तुम अपनी बदनामी करवाना चाहती हो और मां को शोक में डुबोना चाहती हो?"

मां की फटकार सुनकर रुदाबे ने सिर झुका लिया। उसकी आंखों से दो मोटे-मोटे आंसू लुढ़ककर गालों पर बह आए। उसने मां से कहा, "मैं जालज़र के अनुराग में उसी दिन से बंध गई हूं, जब से वह जाबुल से काबुल आया। मैं उसकी वीरता की दीवानी हो चुकी हूं। मेरा चैन और आराम सब-कुछ छिन गया है। हमने साथ-साथ बैठकर बातें की हैं, एक-दूसरे को वचन दिया है, मगर ऐसा कोई क़दम नहीं उठाया, जिससे आपकी इज़्ज़त को ठेस पहुंचे। जालज़र मुझसे विवाह करना चाहता है। इजाज़त पाने के लिए उसने इस बात की सूचना अपने साम को दी। पहले वह ग़मगीन हुए, फिर उन्होंने बेटे की ख़ुशी देखी। यह औरत वही ख़ुशख़बरी लेकर आई थी और उसी की ख़ुशी से मैंने यह अंगूठी जाल को भेजी थी।"

सीनदुख्त ने बेटी के मुंह से जब ये बातें सुनी, तो ठगी-सी रह गई! उसके बाद उसने रुदाबे से कहा कि जालज़र नामवर पहलवान साम नरीमान का बेटा है। ईरान का शाह यह विवाह होना कभी पसन्द नहीं करेगा, क्योंकि उसके मन में जहाक़ के प्रति विष भरा हुआ है। हो सकता है कि वह इस ख़बर को जानकर क्रोध में आकर कहीं पूरे काबुल को ही वीरान न कर दे और हमारे ख़ानदान को जड़ से उखाड़ फेंके। इसलिए इस बात को लेकर इतनी ख़ुशी ठीक नहीं है। इतना कहकर सीनदुख्त ने उस औरत को बुलाकर

उससे प्यार से व्यवहार किया और इस भेद को छुपाए रखने के लिए कहा। फिर वह बेटी के बिस्तर के सिरहाने गई, जहां रुदाबे लेटी रो रही थी।

मेहराब जब रात को महल में दाख़िल हुए, तो उसने सीनदुख्त को दुखी और परेशान पाया। मेहराब ने सीनदुख्त से पूछा कि क्या बात है, जो वह इतनी उदास और परेशान नज़र आ रही है?

सीनदुख्त ने चिन्तित होकर कहा कि मैं आने वाली मुसीबत की घड़ी से भयभीत हूं। जब यह महल, यह दौलत, ये दोस्त, यह महफ़िल कुछ भी बाक़ी नहीं रहेगा। हमने कितनी मेहनत और लगन से पौधा लगाया था। उसकी किस प्यार से सिंचाई और गुड़ाई की थी। अब जब उसके साये में बैठने का समय आया, तो वह ज़मीन पर गिर गया। उस दरख़्त ने केवल दुख और चिन्ता के अलावा कुछ न दिया। बस इसी सोच-विचार से मेरा मन व मस्तिष्क परेशान है। साफ़ दिखाई दे रहा है कि कुछ भी स्थिर नहीं है। पता नहीं, इसका क्या अंजाम होने वाला है।

मेहराब को यह सुनकर ताज्जुब हुआ। फिर उसने सीनदुख्त से कहा कि हां, यही ज़माने का दस्तूर है। हमसे पहले जिनके पास महल और ख़ज़ाना था, वह भी इस नश्वर संसार से चले गए। इस संसार में स्थिर कुछ भी नहीं है। एक आता है, दूसरा चला जाता है।

मगर यहं फ़लसफ़ा तो बहुत पुराना है। इसमें नई क्या बात है, जो आज तुम इस पर इतनी चिन्ता करके अपने को दुखी बना रही हो? सीनदुख्त की आंखें भर आईं। उसने धीरे से कहा कि मैंने इशारे-इशारे में तुमसे बात कही थी। मगर वह भेद नहीं खोला था। लेकिन कैसे मैं तुमसे वह भेद छुपा सकती हूं। हमारी बेटी जालज़र की ही बातें करती है। उसको हर तरह के उपदेश देकर, समझा-बुझाकर हार गई। मगर उसका दिल जालज़र की ओर से नहीं हटता।

इतना सुनते ही मेहराब अपनी जगह से उठ खड़ा हुआ। म्यान से

तलवार निकाली और चीख़ पड़ा कि रुदाबे को मेरी इज़्ज़त का भी ख़याल नहीं। वह ख़ानदान की इज़्ज़त ख़ाक में मिलाना चाहती है। अच्छा है कि मैं उसी का ख़ून इस धरती पर बहा देंगे।

सीनदुख्त ने लपककर पति का दामन पकड़ा और कहा कि कुछ मेरी भी सुनो। जो चाहो सो करो, मगर बेगुनाह का ख़ून मत बहाओ। मेहराब ने पत्नी को धक्का देकर अलग कर दिया और चीख़ा कि काश! मैं रुदाबे को उसी दिन दफ़ना देता, जिस दिन वह पैदा हुई थी। वह कम-से-कम इस तरह का क़दम उठाकर मुझे बदनाम तो न कर पाती। अगर साम और मनुचहर ने यह भेद जान लिया कि जालज़र ने जहाक़ के ख़ानदान की लड़की को दिल दे दिया है, तो वह हममें से किसी को भी ज़िन्दा नहीं छोड़ेंगे। उसी दम हमें क़त्ल कर देंगे।

सीनदुखत ने जल्दी से कहा, "भयभीत न हो! साम को यह भेद पता है और वह शाह के पास गया हुआ है, ताकि उसका मन फेर सके!"

मेहराब सीनदुख्त की बात सुनकर आश्चर्यचकित रह गया और बोला, "ऐ औरत! साफ़-साफ़ कहो, मुझसे कुछ भी न छिपाओ! मैं कैसे इस बात पर यक़ीन कर लूं कि पहलवानों का सरताज साम हमसे रिश्ता करने की बात सोच सकता है! अगर मनुचहर व साम का भय न हो, तो सच्ची बात तो यह है कि जाल से बेहतर दामाद हमें नहीं मिलेगा। किस तरह शाह के क्रोध से बचा जाए?"

सीनदुख्त ने कहा, "मैंने तुमसे सब-कुछ सच कहा है।" मेहराब की उत्तेजना कम नहीं हुई थी। उसने आदेश दिया कि फ़ौरन रुदाबे को बुलाओ।

सीनदुख्त पति के तेवर से डरी हुई थी कि कहीं रुदाबे को कोई दुख न पहुंचे, सो पति से उसने वचन लिया कि वह रुदाबे को किसी प्रकार की हानि नहीं पहुंचाएगा। तभी वह बेटी को आवाज़ देगी, वरना नहीं। मेहराब ने वचन दिया कि वह रुदाबे को वैसी ही लौटाएगा, जैसी वह मेरे पास आएगी। सीनदुख्त बेटी के पास पहुंची। उसको ख़बर सुनाई कि मेहराब उसके भेद को जान गया है और उसकी जान बख्श दी है। रुदाबे बिना

किसी भय के जालज़र के प्यार में शराबोर पिता के सम्मुख पहुंची। उसको देखते ही मेहराब ग़ुस्से में चीख़ उठा और बेटी को फटकारना शुरू कर दिया। रुदाबे ने जो पिता का क्रोध देखा, तो चुपचाप आंखें बन्द किए मोटे-मोटे आंसू गिराती रही और थोड़ी देर बाद अपने कमरे में वापस आ गई।

यह समाचार जब शाह मनुचहर के कानों तक पहुंचा, तो उसके माथे पर बल पड़ गए और वह सोचने लगा कि फ़रीदुन का ख़ानदान वर्षों जहाक़ के जुल्म को समाप्त करने में संघर्षरत रहा। अब जाल और रुदाबे का यह मिलन कौन सी ख़ुशी देगा। कहीं ऐसा तो नहीं है कि कल जाबुल का यह शासक हमारे विरोध में खड़ा होकर ईरान का शाह बनने का सपना देखने लगे। अच्छा यही है कि जाल को इस विवाह के लिए मना करूं!

इस बीच साम जंग से वापस लौट आया था। मनुचहर ने अपने बेटे और बुज़ुर्गों को उसके स्वागत के लिए भेजा। जब साम मनुचहर के दीदार के लिए पहुंचा, तो स्वयं मनुचहर ने उठकर उसको अपने तख़्त पर साथ बिठाया और जंग के हालात तथा रास्ते की थकन के बारे में विस्तार से जानना चाहा। साम ने शाह को दुश्मनों के क़िस्से सुनाए और जीत की ख़बर भी सुनाई। फिर सोचने लगा कि इसी समय रुदाबे व जाल की बात भी छेड़ दे, तो अच्छा है। शाह मनुचहर अभी ख़ुश भी है। उसकी बात ध्यान से सुनेंगे। मगर शाह मनुचहर ने फ़ौरन ही साम से कहा कि अब जहां तुमने इतना कष्ट उठाया है, वहीं पर लश्कर लेकर काबुल और हिन्दुस्तान की तरफ़ जाओ और जहाक़ के परिवार की आख़िरी निशानी को भी ख़त्म कर दो, ताकि यह संसार उसके नापाक नाम से पाक हो जाए और मुझे भी सन्तोष मिले।

यह सुनते ही साम की ज़बान पर आए शब्द वहीं दम तोड़ गए! चुपचाप उसने झुककर शाह के क़दमों का बोसा लिया और कहा – आपकी यदि यही इच्छा है, तो मैं ऐसा ही करूंगा। इतना कहकर वह फ़ौज के साथ सीस्तान की तरफ़ चल पड़ा।

शाह मनुचहर के इरादे की ख़बर जब काबुल पहुंची, तो पूरे शहर में सनसनी फैल गई और लोग उत्तेजित हो उठे। मेहराब का परिवार निराशा में डूब गया। रुदाबे की आंखों से आंसू की लड़ियां गिरने लगीं। जालज़र के पास यह खबर पहुंची, तो सोचा कि यह कैसा अन्याय है? जालज़र यह सुनकर परेशान हो उठा। उसी हालत में वह पिता की फ़ौज के पीछे काबुल की ओर हो लिया।

साम नरीमान ने अपने बड़े अफ़सरों को बेटे के स्वागत के लिए भेजा। जालज़र थका, उदास चेहरा लिये अन्दर आया, जिस पर शिकायत का भी भाव था। ज़मीन चूमी और साम पहलवान को अभिवादन करने के बाद कहा, "ऐ बेदार दिल वाले पहलवान! आपका वैभव सदा बना रहे। सारा ईरान आपकी दिलेरी का गुणगान करता है। सारी जनता आपसे ख़ुश है, मगर मैं अकेला आपसे बहुत दुखी हूं। वही लोग आपसे न्याय पाते हैं और मुझे आपसे सदा अन्याय मिलता रहा है। मैं परिन्दे के साथ पलकर बड़ा होने वाला ऐसा इंसान हूं, जिसने आज तक किसी को दुख नहीं पहुंचाया है। अभी तक किसी का बुरा नहीं चाहा। मेरा सिर्फ़ इतना अपराध है कि मैं साम का बेटा हूं। मुझे पैदा होते ही मां से अलग करके पहाड़ पर फेंक दिया। फिर काले और सफ़ेद का प्रश्न उठाकर ख़ुदा से झगड़ा किया। तब से आज तक मैं मां-बाप दोनों के प्यार से महरूम रहा, तो भी ख़ुदा ने मुझ पर दया की और सीमुर्ग़ ने मुझे पाला, जवान किया। मैं युद्ध-कला में निपुण सभी गुणों से सुसज्जित एक ऐसा पहलवान हूं, जिसका जवाब इस धरती पर दूसरा नहीं है। जब से आपको देखा और पाया, मैंने आपकी हर आज्ञा का पालन किया और आपकी सेवा करनी चाही। सारी दुनिया में बस मेहराब की लड़की को ही सच्चे दिल से पाने की इच्छा की, जो सुन्दर और मर्यादा वाली है; संक्षेप में कहूं तो हर तरह से महान है!

निश्स्तम बे काबुल बेफरमान तो
निगेह दाश्तम राइ व पैमान तो
बेगुफ्ती कि हरगिज़ नि आजारमत
दरख्ती कि कश्ती बेबार आर मत

(मैंने आपके हुक्म के ख़िलाफ़ कभी क़दम नहीं उठाया। आपके कहने से काबुल का शासक बना। आपने वचन दिया था कि मुझे अब कभी दुख नहीं देंगे और जो पेड़ आपने लगाया है, उसमें फल लगेंगे और आप उसे कभी नहीं काटेंगे।)

जे माजेन्दरान हदिए इन साख्ती
हम अज़ गुरगसरान बैदिन ताख्ती
कि विरान कुनी काख-ए आबादे मन
चनीन दाद ख्वाही हमी दादे मन

(आपने मेरी हर इच्छा पूरी करने का वायदा किया था, मगर जब मैंने अपनी इच्छा आपसे कही, तो आप माज़नदरान से फ़ौज लेकर लड़ने आ गए। ताकि मेरी इच्छाओं का महल ख़ाक में मिला दें। इसी तरीक़े से शायद आप मुझे वचन देकर न्याय करना चाहते हैं।)

मन इनक पीशे तो इस्तादेह अम
तन जिन्दे ख्श्म तोरा दादेह अम
बेंरेह मि आयम बे दू नीमेह कुन
जे काबुल म पैमाइ ब मन सुखन

(मैं आपके आगे आपका सेवक बना खड़ा हूं। यदि आप चाहें तो इस ज़िन्दा बदन को अपने गुस्से से ख़त्म कर दें और आदेश दें कि मेरे तन को आरी से दो टुकड़े कर दें, मगर आप काबुल के बारे में मुझसे एक शब्द भी नहीं कहेंगे!)

आख़िर में जालज़र ने पिता से कहा –

बे कुन हर चे ख्वाही फरमान तोरास्त
बे काबुल गज़न्दी बुअद आन मरास्त

(यह बात आपसे साफ़ कह दूं कि आप जो चाहें करें, मगर मैं काबुल को नुक़सान नहीं पहुंचने दूंगा। जब तक मैं ज़िन्दा हूं, मेहराब को आप हाथ नहीं लगा सकते हैं। पहले आप मेरा सिर तन से जुदा करें, फिर काबुल की तरफ़ क़दम बढ़ाएं।)

जालज़र की ये बातें सुनकर साम ख़ामोश हो गया और चिन्ता में डूब गया। आख़िर कुछ देर बाद अपना सिर उठाया और कहा, "मेरे दिलेर बेटे! आपकी शिकायत उचित है कि मैंने तुमको प्यार देने में अपना कर्तव्य नहीं निभाया। मैंने तुम्हारी कोई इच्छा पूरी नहीं की, जब कि मैंने तुम्हारी हर आरज़ू पूरी करने का वचन दिया था। शाह का आदेश मैं टाल नहीं सकता था। इसलिए फ़ौज लेकर आना पड़ा। मगर तुम ग़मगीन मत हो। अपने तेवरी के बल तोड़ो। मेरे साथ बैठो। हम मिलकर इस समस्या का समाधान ढूंढेंगे। लेकिन साथ-ही-साथ यह भी ज़रूरी है कि मैं शाह को तुम्हारे प्रति मेहरबान और उनका दिल तुम्हारे लिए नर्म बनाऊं। यह भी बहुत ज़रूरी है।"

इसके बाद साम ने ख़तनबीस को बुलाने का आदेश दिया, ताकि वह शाह के नाम पत्र लिखवा सके। साम ने शाह मनुचहर को सम्बोधित करते हुए लिखा कि शहंशाह! मैं एक सौ बीस साल से आपकी सेवा कर रहा हूं। इस लम्बे समय के दौरान, मैंने दुश्मनों की फ़ौजों को हराकर देशों के दरवाज़े शाह के लिए खोले हैं। ईरान का जो भी शत्रु मुझे जहां कहीं दिखा, मैंने उसको गदा से मार गिराया। देश का बुरा चाहने वालों को कुचल डाला। मेरी तरह का पहलवान घुमावदार घटनाओं को इतना याद नहीं रखता, फिर भी मैं कुछ दिन पहले ही माज़नदरान के दैत्यों को जो शाह के विरोध में खड़े हुए थे, उन्हें हराकर लौटा था।

इसी तरह से उस अज़दहे को भी मार गिराया, जो पशु-पक्षी और इंसान का जीना मुश्किल किए हुए था। संक्षेप में इन गुज़रे वर्षों में मेरा बिस्तर घोड़े की ज़ीन और आराम के नाम पर रणक्षेत्र का मैदान रहा है। मैंने आपकी सेवा और सुरक्षा में यह ज़िन्दगी गुज़ार दी। मेरी मनोकामना आपकी विजय और ख़ुशी थी।

अब मैं बूढ़ा हो रहा हूं। मुझे ख़ुशी है कि मैं शाह की सेवा करते-करते बुढ़ापे तक पहुंचा हूं। अब बारी मेरे जालज़र की है! उसको सारे गुणों से सजाकर मैंने शाह की सेवा के लिए तैयार किया है। आप उसको देखेंगे तो ख़ुश हो जाएंगे। उसके दिल में आपकी मोहब्बत और निष्ठा ने पैर जमा

दिए हैं। अब जालज़र की आरज़ू है कि वह आपकी सेवा में हाज़िर हो और ज़मीन का चुम्बन ले।

कुछ वर्षों पहले मैंने कुछ बुज़ुर्गों के सामने जालज़र को यह वचन दिया था कि मैं अब उसे कभी अपने से अलग नहीं करूंगा और उसकी हर इच्छा पूरी करूंगा। अब काबुल की तरफ़ भी मैं शाह के आदेश के कारण ही आया हूं। जालज़र ने मेरा वचन मुझे याद दिलाते हुए यह प्रण किया है कि मैं काबुल में तभी दाख़िल हो सकता हूं, जब उसकी लाश पर से गुज़रूं। ऐसा करने के पीछे कारण यह है, जालज़र मेहराब की लड़की से विवाह करना चाहता है, जो जहाक़ के ख़ानदान से है।

शाह! मेरा सिर्फ़ एक बेटा है। मुझे इस बात की भी चिन्ता है कि उसको दिया वचन कहीं टूट न जाए। ऐसे संकट के समय में आप हमारी मदद करें।

जैसे ही पत्र का लिखना समाप्त हुआ, फ़ौरन जालज़र वह पत्र लेकर तेज़ रफ़्तार घोड़े पर बैठ हवा से बातें करता हुआ शाह मनुचहर के दरबार की तरफ़ दौड़ पड़ा। मनुचहर के पास पहुंचा, तो उसने साम के बेटे के स्वागत के लिए बुज़ुर्गों का एक गिरोह भेजा। जालज़र महल में दाख़िल हुआ। ज़मीन चूमी और शाह मनुचहर को साम का पत्र दिया।

शाह मनुचहर ने बड़े तपाक से उसका स्वागत किया और आदेश दिया कि रास्ते की धूल और थकन झाड़कर जालज़र को मुश्क व अम्बर की सुगन्ध से बसा दिया जाए! जब ख़त शाह मनुचहर ने पढ़ा और जाल की मनोकामना को जाना, तो हंस पड़ा और जाल से कहा, "ओ दिलेर! ऐसी इच्छा करके तुमने मेरी परेशानी बढ़ा दी है। मैं तुम्हारी इस इच्छा से बहुत ख़ुश तो नहीं हूं। मगर बूढ़े साम की बात को टाल भी नहीं सकता। कुछ दिन तुम मेरे पास रुको, ताकि मैं बुद्धिमानों, धर्म-पंडितों से सलाह-मशविरा कर सकूं।"

इसके बाद महफ़िल सज गई। ख़ान रखे गए! शराब, शबाब, साज़ व संगीत से फ़िज़ा गूंज उठी। तीन दिन तक ज्योतिषी सितारे मिलाते रहे और अन्त में शाह मनुचहर को यह शुभ समाचार मिला कि यह रिश्ता

मुबारक साबित होगा। जाल से जन्मा बेटा बहादुर और नामवर पहलवान होगा। सुनकर शाह मनुचहर बहुत ख़ुश हुआ और उसने बुद्धिमानों और पंडितों को बुलाया, ताकि वे जालज़र की अक़्ल की परीक्षा ले सकें और देख सकें कि जालज़र कितना तेजस्वी है।

इधर मेहराब को जब साम की फ़ौज का पता चला, तो वह सीनदुख़्त और रुदाबे पर क्रोधित होकर बोला कि उसकी बेवक़ूफ़ी से काबुल शेर के चंगुल में फंस चुका है। काबुल को वीरान करने के लिए शाह मनुचहर ने जो फ़ौज भेजी है, उसका और साम का मुक़ाबला कौन कर सकता है! हम तबाह व बर्बाद हो गए। अब इस तबाही से बचने का एक ही तरीक़ा बचा है कि मैं तुम्हारा सिर भरे बाज़ार में तलवार से अलग करूं, ताकि मनुचहर का क्रोध शान्त हो। जनता तबाह और बर्बाद होने से बच जाए।

सीनदुख़्त एक समझदार, दयावान औरत थी। उसने मेहराब से विनती करते हुए कहा कि मेरी एक बात ग़ौर से सुनो, बाद में भले ही मेरी हत्या कर देना। ठीक है कि हम पर संकट आन पड़ा है। उसको टालने के लिए अच्छा है कि तुम ख़ज़ाने का मुंह खोल दो। मुझे बहुमूल्य उपहार दो, जिसको लेकर मैं साम के पास जाऊं और उसको भेंट देकर किसी तरह उसको इस बात पर राजी करूं कि वह काबुल पर हमला न करें। मेहराब ने जवाब दिया कि हमारी जान ख़तरे में है। ऐसे समय में ख़ज़ाने की किसको चिन्ता है। ख़ज़ाने की कुंजी उठाओ और जो चाहो करो।

सीनदुख़्त ने चलने से पहले मेहराब से वचन लिया कि वह उसके पीछे रुदाबे को कोई दुख नहीं पहुंचाएगा। इसके बाद उसने ख़ज़ाना खोला। उसमें से सोना-मोती निकाले! तीस अरबी घोड़े और तीस ईरानी घोड़े, सोने के साठ जाम, जो मुश्क अम्बर, याकूत और फ़िरोज़े से भरे थे और सौ ऊंटों पर विभिन्न उपहारों को लादकर वह साम के खेमे की तरफ़ बढ़ी।

साम के पास ख़बर पहुंची कि काबुल से उपहारों का काफ़िला आया है। साम का आदेश मिलते ही सीनदुख़्त खेमे में दाख़िल हुई और साम के

सम्मुख पहुंचकर उसने अदब से झुककर ज़मीन का चुम्बन लिया और कहा कि मैं काबुल के शासक की ओर से उनके भेजे उपहार एवं सन्देश लेकर आई हूं। साम ने नज़रें उठाकर जो सामने देखा, तो दो मील तक मेहराब के भेजे घोड़ों-ऊंटों और उपहारों की पंक्ति खड़ी थी। यह देखकर साम आश्चर्य में पड़ गया। साम के सामने फिर समस्या आन खड़ी हुई कि यह उपहार यदि वह स्वीकार करता है, तो मनुचहर की प्रताड़ना सुननी पड़ेगी कि वह शत्रुओं की भेंट स्वीकार करता है। यदि यह सब-कुछ लौटा देता है, तो बेटे का दिल दुखेगा और साम का वचन टूटेगा।

साम चिन्ता में डूब गया। आख़िर उसने सिर उठाया और सीनदुख्त से कहा कि यह भेंट वह जालज़र को दे दे! यह आदेश सुनते ही सीनदुख्त की ख़ुशी की सीमा न रही और इस ख़ुशी में उसने साम के पैरों पर मोती बिखेरने का आदेश दिया और कहा, "इस दुनिया में आप जैसा कोई दूसरा मददगार नहीं है। आपकी आज्ञा का पालन बुज़ुर्ग भी करते हैं और आपके आदेश के आगे संसार का सिर झुका हुआ है! यदि मेहराब से कोई अपराध हुआ है, तो इसमें काबुल की जनता का क्या दोष, जो आप फ़ौज के साथ आए? काबुल-निवासी आपके प्रशंसक और आपके समर्थक हैं। आपकी ख़ुशी में वे ज़िन्दा हैं, आपके पैरों की धूल को सिर-आंखों पर चढ़ाते हैं। जिस ख़ुदा ने सूरज और चांद, मौत और ज़िन्दगी बनाई है, उसके बारे में सोचें और निर्दोषों का ख़ून न बहाएं।"

साम सन्देशवाहक की इस वाक्पटुता को सुनकर चकित रह गया और सोचने लगा कि आख़िर मेहराब ने इतने सारे दिलेरों को छोड़ इस औरत को ही क्यों भेजा है? साम ने सीनदुख्त से कहा कि मैं जो भी पूछूं, उसका सही जवाब देना। तुम कौन हो और मेहराब से तुम्हारा क्या रिश्ता है? रुदाबे देखने-सुनने में तथा अक्ल और चाल-चलन में कैसी है? जाल रुदाबे पर किस हद तक मरता है?

सीनदुख्त ने साम की बात सुनकर कहा कि यदि आप मेरी जान बख़्श दें, तो मैं आपसे सारी बातें साफ़-साफ़ कह दूं। साम ने उसकी जान बख़्श दी। इसके बाद सीनदुख्त ने कहा, "नामवर! मैं मेहराब की पत्नी और रुदाबे

की मां सीनदुख़्त, जहाक़ के ख़ानदान से हूं। मेहराब के महल में हम सब आपके प्रशंसक हैं और आपके प्रति हमारे दिलों में सम्मान एवं प्यार भरा है। मैं आपके पास इसलिए आई हूं, ताकि जानूं कि आपके मन में क्या है?

अगर हम पापी व बुरे ख़ानदान से हैं और शाही ख़ानदान से रिश्ता बनाने के क़ाबिल नहीं हैं, तो मैं आपके सामने खड़ी हूं, आप चाहें तो मुझे मार दें और चाहें ज़ंजीर में बंधवाकर क़ैद में डलवा दें। मगर काबुलवासियों के दिन काले न बनाएं। उन बेगुनाहों के ख़ून से अपने हाथ न रंगें।"

साम ने आंखें उठाकर सीनदुख़्त को देखा। समझदार, सुन्दर, खुले विचार रखने वाली शेर की तरह बहादुर उस औरत की बात का साम ने जवाब दिया कि ऐ समझदार औरत! इस तरह से दुखी एवं परेशान न हो। तुम्हारा परिवार सुरक्षित है! मैं तुम्हारी बेटी से रिश्ते का इच्छुक हूं। मैंने शाह को इसी सिलसिले में पत्र डाला है, ताकि वह इच्छा का ध्यान रखें। मैं भी कोशिश में लगा हूं। इसलिए चिन्ता की कोई बात नहीं है। मगर यह रुदाबे कैसी अप्सरा है, जिसने जालज़र का दिल इस तरह मुट्ठी में जकड़ लिया है। मुझे उसको दिखाओ, ताकि मैं उसका रंग व रूप देख सकूं कि आख़िर वह कैसी है।

ये बातें सुनकर सीनदुख़्त ख़ुश हुई और साम से कहने लगी कि आप कष्ट करें और हमारे ग़रीबख़ाने को रौनक बख़्शें। हमें भी ख़ुशी होगी और आप भी वहां रुदाबे को देख लेंगे! हमें अगर आपने यह सम्मान दिया, तो आप देखेंगे कि सारा काबुल आपकी किस तरह पूजा करता है!

साम हंसा और कहने लगा कि अब फ़िक्र की कोई बात नहीं। यह इच्छा भी पूरी हो जाएगी। जैसे ही शाह का आदेश पहुंचेगा। हम बुज़ुर्गों, सिपाहियों और जाबुल के महत्त्वपूर्ण लोगों के साथ काबुल के अतिथि बनेंगे। साम के इस जवाब को सुनकर सीनदुख़्त मुतमइन हुई और ख़ुशी-ख़ुशी साम के पास से काबुल लौट आई।

उधर शहंशाह मनुचहर जालज़र की अक्ल एवं समझ की परीक्षा ले रहा था। जालज़र बुद्धिमान पंडितों के सामने बैठा उनके प्रश्नों का उत्तर दे रहा था। उसी में से एक बुद्धिमान ने जाल से पूछा कि मैंने बाहर हरे-भरे दरख़्त देखे और हर वृक्ष में तीस शाखाएं थीं। इसका भेद बताओ? दूसरे ने पूछा कि दो घोड़े मैंने देखे हैं। इनमें से एक सफ़ेद और दूसरा काला है। दोनों एक-दूसरे के पीछे दौड़ते रहते हैं, मगर कोई किसी के आगे नहीं निकल पाता है। इसका कारण क्या होगा?

इस तरह के उससे अनेक प्रश्न किए गए, जिसका जवाब उसने एक के बाद एक इस तरह से दिया कि वह बारह दरख़्त साल के बारह महीने हैं! उसी तरह काले-सफ़ेद घोड़े रात और दिन हैं!

इस तरह से जालज़र ने सारे प्रश्नों के उत्तर बड़ी समझदारी से देना आरम्भ किया और अन्त में बुद्धिमानों एवं पंडितों को अपनी बुद्धि की प्रखरता से प्रभावित किया। उसकी यह तेज़ी और समझदारी देखकर मनुचहर बेहद ख़ुश हुआ।

सुबह उठकर जालज़र तैयार हुआ और शाह मनुचहर से चलने की इजाज़त मांगी और कहा कि रुदाबे इन्तज़ार कर रही होगी। सुनकर शाह मनुचहर हंसा और कहने लगा, “आज के दिन तुम मेरे पास और ठहरो। कल तुमको साम के पास भेज दूंगा।”

इसके बाद शाह मनुचहर ने डुग्गी पिटवा दी कि सारे दिलेर, पहलवान, बहादुर, कोने-कोने से जमा हों और अपनी तलवार के ज़ौहर, तीर-कमान का हुनर और जो भी युद्ध-कला उनको आती है, उसकी नुमाइश करें और अपनी बहादुरी का प्रदर्शन करके, अपने बल का परिचय दें।

जालज़र तीर व कमान लेकर घोड़े पर बैठा और मुक़ाबले के मैदान में उतरा, जहां पुराने दरख़्तों की पंक्तियां थीं। जालज़र ने तीर कमान पर चढ़ाया और छोड़ा। तीर पेड़ के तने के अन्दर से सनसनाता हुआ दूर चला

गया। यह देखकर दर्शकों की वाहवाही से वातावरण गूंज उठा। एक के बाद एक परीक्षा में वह सफल होता चला गया। उसका बल देखकर शाह मनुचहर बहुत प्रभावित हुआ।

शाह मनुचहर ने साम के पत्र का उत्तर लिखवाया कि तुम्हारा पैग़ाम मिला, जिससे तुम्हारी ख़ैरियत मालूम हुई। दिलेर बेटे जाल की हर तरह की परीक्षा ली। लड़का बुद्धिमान व युद्ध-कला में दक्ष है। उसकी इच्छा पूरी कर दी है और अब उसको प्रसन्नचित्त उसके पिता के पास भेज रहा हूं। दिलेरों से बुराई दूर रहे और हमेशा वह कामयाब और प्रसन्नचित्त रहें।

जालज़र के पैर ख़ुशी के मारे ज़मीन पर नहीं पड़ रहे थे। उसने पिता के पास फ़ौरन सन्देश भेजा कि शाह ने हमारी आरज़ू पूरी कर दी है। यह सन्देश पाकर साम ख़ुशी से खिल उठा और बेटे के स्वागत की तैयारी करने लगा। उसने मेहराब व सीनदुख्त के पास ख़बर भेजी कि जाल शाह के हुक्म से वापस लौट आया और साथ में शुभ समाचार भी लाया है कि शाह ने उसकी इच्छा मान ली है। इसलिए अपने वायदे के अनुसार अपने सारे दलबल के साथ आपके महल में हम आने की तैयारी कर रहे हैं।

मेहराब के गालों के गुलाब खिल उठे। सीनदुख्त को अपने पास बुलाया और उसकी प्रशंसा करते हुए कहा कि तुम्हारी राय नेक थी, जिससे सारे हालात ठीक हो गए! एक बड़े शाही ख़ानदान से हमारे सम्बन्ध बने और हमको आदर एवं सम्मान मिला। ख़ज़ाने का मुंह खोल दो। मोती लुटाओ और जाबुलिस्तान के शाह की ख़ातिर में जो चाहो करो। स्वादिष्ट भोजन, शराब, गाना, साज़ व आवाज़ का बढ़िया इन्तज़ाम करो।

ज़्यादा देर नहीं गुज़री थी कि साम दिलेर अपने बहादुर बेटे जालज़र और सिपाहियों के संग बड़ी शान से मेहराब के महल में पधारे। जैसे ही साम की नज़र रुदाबे पर पड़ी, जो स्वर्ग की अप्सरा की तरह सजी हुई थी, उसके रूप और गुण को देखकर ठगा रह गया और मन-ही-मन बेटे की पसन्दगी की प्रशंसा करने लगा।

एक महीना हंसी-ख़ुशी से गुज़र गया। इसके बाद साम नरीमान ने सीस्तान का रुख़ किया। जाल एक सप्ताह और मेहराब के महल में रहा। इसके बाद रुदाबे व सीनदुख्त के साथ और बुज़ुर्गों के साथ जाबुल लौट आया।

जाबुल आईने की तरह सजा हुआ था। साम ने बहुत बड़े जश्न का इन्तज़ाम किया था। बहू और बेटे के स्वागत में उसने सोना और मोती निछावर कर दिये थे। इसके बाद जालज़र जाबुलिस्तान के तख़्त पर बैठा और शाह मनुचहर के आदेश अनुसार पताका हाथ में उठा युद्ध करने माज़न्दरान की तरफ़ चल पड़ा।

कुछ महीने बाद रुदाबे का उदास उतरा चेहरा देखकर सीनदुख्त चिन्तित हुई और बेटी से पूछने लगी कि –

बेदू गुफ़्त मादर कि एह जाने माम
चे बुदत कि गश्ती चनीन ज़र्दफ़ाम

(मां की जान, कुछ कहो तो कि तुम्हें क्या तकलीफ़ है, जो इस तरह से तुम दिन-ब-दिन पीली होती जा रही हो?)

मां की बात सुनकर रुदाबे ने अपनी परेशानी कही –

चुनान गश्ते बी ख्वाब व पशुमुरदे अम
तो गुई कि मन ज़िन्दे या मुरदे अम

(पता नहीं मुझे क्या हो गया है, जो नींद नहीं आती और मैं थकी-थकी रहती हूं। लगता है कि मैं ज़िन्दा नहीं, मुर्दा हूं।)

सीनदुख्त को पता चला कि बेटी रुदाबे गर्भवती है। जैसे-जैसे महीने चढ़ रहे थे। रुदाबे की बुरी हालत थी। एक दिन रुदाबे मूर्च्छित हो गई। यह देखकर सीनदुख्त परेशानी के मारे रोने-चिल्लाने लगी! यह ख़बर जब जालज़र के पास पहुंची, तो वह परेशान होकर रुदाबे के सिरहाने पहुंचा।

रुदाबे का यह हाल देखकर उसकी आंखें भर आईं और दिल दर्द से फटने लगा। रात को जब रुदाबे पसीने से नहा गई, तो उसकी यह हालत देखकर जालज़र को याद आया कि चलते हुए उससे सीमुर्ग़ ने क्या कहा था। जालज़र के चेहरे पर मुस्कुराहट फैल गई और उसने सीनदुख्त को यह बात बताई।

जालज़र ने आग का अलाव सुलगवाया और उसमें सीमुर्ग़ का पंख डाल दिया। एकदम से चारों तरफ़ अंधेरा छा गया! थोड़ी देर बाद ही सीमुर्ग़ वहां पहुंच गई! सीमुर्ग़ को देखकर जालज़र ने सादर सिर झुकाया। सीमुर्ग़ ने जालज़र को प्यार किया और दिलासा देते हुए कहा कि –

चनीन गुफ़्त सीमुर्ग़ कइन ग़म चेरा अस्त
बेचश्म हज़ बर अन्दरून नम चेरा अस्त
अज इन सर व सीमीन बर माह रुइ
यकी शीर बाशद तोरा नाम जुइ

(दस्तान! तुम्हारी आंखें क्यों नम हैं? परेशानी की जगह ख़ुशख़बरी है कि यह चांद से चेहरे वाली एक पुत्र को जन्म देने वाली है, जो बड़ा नामवर होगा।)

सीमुर्ग़ ने आने वाले बच्चे की प्रशंसा में ज़मीन व आसमान के कुलाबे मिला दिए और अन्त में कहा कि चूंकि बच्चा बहुत बड़ा है, इसलिए एक तेज़ खंजर मैं दे रही हूं। इसको अपने पास रखो। सीमुर्ग़ की बताई तरक़ीब के अनुसार नौ महीनों बाद हकीमों को बुलाया गया। उन्होंने रुदाबे को शर्बत पिलाया, जिससे वह बेहोश हो गई। तब हकीम ने रुदाबे का पेट काटकर रुस्तम को बाहर निकाल लिया।

रुस्तम ने बहुत बचपन में ही युद्ध की सारी कला सीख ली। उसकी इच्छा थी कि वह ईरान के दुश्मन को पछाड़ने रणक्षेत्र में जाए। रुस्तम को पिता जालज़र ने अपने पिता साम नरीमान का गदा दिया। इसके बाद रुस्तम घोड़े की ज़िद करने लगा। वह जो घोड़ा देखता और उस पर बैठता, तो उसकी कमर झुक जाती। आख़िर उसने एक दिन घोड़े का बच्चा मैदान में घास चरता देखा। रुस्तम उसको देखकर आगे बढ़ा, मगर रखवाले ने

उसको रोका और कहा कि इस पर कोई सवारी नहीं कर सकता है। यह बहुत अड़ियल है। इसका नाम रख़्श है। इसको चाहने वाले बहुत हैं। जो भी इस पर ज़ीन कसता है और बैठने की कोशिश करता है, उस पर इसकी मां हमला कर देती है।

यह बात सुनकर भी रुस्तम ने रख़्श पर चढ़ने का अपना इरादा नहीं छोड़ा। जैसे ही मादा घोड़ी आगे बढ़ी, रुस्तम ने उसके सिर पर एक घूंसा मारा। मादा घोड़ी सिर झुकाए, बिना लात मारे, अस्तबल में जाकर खड़ी हो गई और रुस्तम उचककर रख़्श की पीठ पर जा बैठा। रख़्श की पीठ झुकी नहीं। उसी तरह वह अकड़ी सीधी पीठ किए रुस्तम को बिठाए दौड़ती रही।

रुस्तम और रख़्श सदा साथ रहते। रुदाबे और जालज़र रुस्तम जैसे बेटे को पाकर निहाल हो गए थे।

दास्तान-ए-सोहराब

एक दिन रुस्तम जब सोकर उठा, तो उसने अपने मन को उदास पाया। तरकश में तीर भरे और कमर कस वह शिकारगाह की तरफ़ जाने का इरादा कर अपने घोड़े रख़्श पर जा बैठा और उसको एड़ लगाई। रख़्श हवा से बातें करता तूरान सीमा के पास पहुंच गया। उस बियाबान में उसने गूरखरों के झुंड-के-झुंड बिखरे देखे, जिन्हें देखकर रुस्तम के उदास चेहरे पर ख़ुशी की लाली दौड़ गई और ख़ुशी से उसने रख़्श की लगाम खींची और नीचे कूदा। तीर व कमान, गदा और कमन्द से देखते-ही-देखते उसने कई गूरखर मार गिराए।

झाड़ और पेड़ों की सूखी टहनियों को जमा करके उसने एक अलाव सुलगाया और उस पर एक गूरखर को भूनना आरम्भ कर दिया। उसके बाद पेट भरकर शिकार खाया और चैन की नींद सो गया। रख़्श घास चरता हुआ रुस्तम के पास ही घूमता रहा।

उस शिकारगाह से सात-आठ तूरानी घुड़सवारों का गुज़रना हुआ। घोड़े के खुरों के निशान देखते, उनका पीछा करते हुए एक पानी के झरने के पास पहुंचे, जहां रख़्श पानी पी रहा था। रख़्श के देखते ही उन्होंने उसको पकड़ना चाहा और कमन्द उसकी गर्दन की तरफ़ फेंकी। रख़्श ने ग़ुस्से में जवाबी हमला किया और किसी को लात मारी, किसी की गर्दन अपने दांतों

से दबाई। इस तरह से उनमें से तीन सवारों को मार गिराया। यह देखकर अन्य सवारों ने रख़्श की दीवानगी पर क़ाबू पाने के लिए हर तरफ़ से कमन्द फेंकी और उसको क़ैद कर लिया। फिर रख़्श को हर ओर से खींचते हुए, वे सवार उसे अपने शहर तूरान की तरफ़ ले गए।

रुस्तम जब सोकर उठा, तो उसे रख़्श कहीं नज़र नहीं आया। थोड़ी देर इधर-उधर ढूंढ़ने के बाद वह रख़्श के लिए चिन्तित हो उठा। दुख में डूबा मन बार-बार यही सवाल कर रहा था कि वायुवेग से दौड़ने वाले उस घोड़े को वह आख़िर कहां ढूंढ़े? अबा, तरकश, गदा और म्यान में तलवार बांधे, रुस्तम पैदल चलते हुए इस बात से भी उत्तेजित था कि कैसे इस बियाबान को पैदल पार करे और युद्ध की इच्छा रखने वालों के साथ क्या व्यवहार करे। उसको इस ख़याल से अपमान का अहसास हो रहा था कि जब तुर्क पूछेंगे कि रख़्श कैसे चोरी हुआ, तो उसको बताना पड़ेगा कि उस समय रुस्तम जैसा होशियार पहलवान बेख़बर पड़ा सो रहा था। अपने मन को कड़ा कर वह रख़्श के पैरों के निशानों के पीछे-पीछे हो लिया।

रुस्तम जैसे ही समनगान शहर के समीप पहुंचा, उसके आने की ख़बर जंगल की आग की तरह वहां के बादशाह व जनता के बीच फैल गई कि ताजबख़्श पहलवान पैदल ही चला आ रहा है। उसका घोड़ा रख़्श शिकारगाह से कहीं भाग गया है।

हमीं गुफ़्त हर कस कि इन रुस्तम अस्त
व या आफ़ताब सपीदेह दम अस्त

(हर कोई यही कह रहा था कि यह रुस्तम पहलवान है या सुबह का उगता सूरज है।)

शाह अपने दरबारियों के संग रुस्तम के स्वागत के लिए राजमहल से निकला और रुस्तम के समीप पहुंचकर घोड़े से उतरा और कहा कि तुम मेरे दोस्त हो। तुमसे जंग क्या करना। इस शहर में तुम्हारे आने से हम सब ख़ुश हैं। तुम्हारी हर इच्छा हमारे सिर आंखों पर है।

रुस्तम के मन में सिपाहियों से घिरे बादशाह को देखकर जो शंका

उठी थी, वह बादशाह के विनम्र सम्बोधन से जाती रही। उसकी बातों को ध्यान से सुनने के बाद, रुस्तम ने कहा कि इस चरागाह से रख़्श बिना लगाम और जीन के जाने कहां चला गया है। सिरकंडों के झुंड के पास जो छोटा-सा झरना है, वहां से रख़्श के पैरों के निशान समनगान शहर तक हैं। मैं अहसानमन्द हूंगा, यदि आप रख़्श को वापस दिला दें। इस नेक काम के लिए आपको धन्यवाद दूंगा। यदि रख़्श नहीं मिला, तो मैं बहुतों के सिर धड़ से अलग कर दूंगा।

बादशाह ने रुस्तम के क्रोध को देखकर उसको धीरज बंधाया कि ऐसी बातें उसके व्यक्तित्व से मेल नहीं खातीं। वह शाही मेहमान है। रख़्श को ढूंढ़ने में उग्रता दिखाने से कोई लाभ नहीं। बेहतर है कि वह आराम से चलकर शाही महल में आराम करें और शराब व लज़ीज़ खाने से अपनी थकान दूर करें। इस बीच रख़्श भी मिल जाएगा –

कि तुनदी व तेज़ी नयायद बेकार
बे नर्मी बरआयद ज़े सूराख़ मगर

(तेज़ी और उग्रता से काम नहीं बनता है। नरमी से सांप भी अपने सूराख़ से निकल आता है।)

रुस्तम शाह की बातों को सुनकर ख़ुश हुआ और उसका चिन्तामुक्त मन अब शाही महल में मेहमान बन थकान उतारने पर राजी हो गया। बादशाह रुस्तम को अपने महल में सम्मान के साथ ले गया और प्रेमपूर्वक अपने पास बिठाया और हुक्म दिया कि ज्योतिषियों को फ़ौरन हाज़िर किया जाए, ताकि वह रख़्श के पाए जाने की सम्भावना पर स्वयं रुस्तम पहलवान के सामने विचार-विमर्श कर सकें। इसके बाद साज़ व आवाज़ और शबाब व शराब की महफ़िल जमी। रुस्तम थका हुआ था। उसको जल्द ही नींद आ गई। जब वह सो गया, तो सेवकी ने उसका बिस्तर लगाकर गुलाब व अम्बर से बसा दिया।

आधी रात गुज़र चुकी थी। समय ने रात के ढलने का गजर बजाया, तभी सुगन्धित शमा हाथों में उठाए एक काया आहिस्ता-आहिस्ता चलती

हुई रुस्तम के सिरहाने आकर खड़ी हो गई। जैसे कुछ कहना चाह रही हो, मगर उसको किसी भेद की तरह अपने पर्दे में छुपाए हो। उस पर्दे के पीछे एक सुन्दर चांद जैसी कन्या थी, जिसका चेहरा अंधेरे में सूरज की तरह दमक रहा था। उसके जिस्म से रंग व ख़ुशबू का सैलाब उमड़ रहा था। उसका लम्बा क़द सूर्य के दरख़्त की तरह ऊंचा और सीधा था। उसके दोनों गाल यमन के अक़ीक़ की तरह सुख़ थे और उसके होंठ ऐसे थे, जिन्हें देखकर आशिक़ों का दिल उनके सीने में तड़पकर रह जाए। ख़ुदा के बनाए इस हसीन शाहकार को अपने सामने पाकर रुस्तम जैसा बहादुर भी हैरान रह गया। उसने ख़ुदा की महानता के आगे मन-ही-मन सिर झुकाया और पूछा –

बे पुरसीद अज़ व गुफ़्त नाम तो चीस्त
चे जुई शबे तीरेह काम तो चीस्त

(तुम कौन हो, तुम्हारा नाम क्या है? इतनी रात गए तुम यहां किस लिए आई हो?)

उस सुन्दर कन्या ने रुस्तम को जवाब दिया, "मैं समनगान बादशाह की लड़कियों में से एक हूं। मेरा नाम तहमीना है। मैं अपने दुख के बारे में आपको बताना चाहती हूं कि इस संसार में मेरा जोड़ा इन बादशाहों के बीच कोई नहीं है, जिसको मैं चुन सकूं। फिर आगे बोली –

ज़े परदे बेरून कस नदीदेह मरा
न हरगिज़ कस आवा शनिदेह मरा

(मुझे बेनकाब आज तक किसी ने नहीं देखा है। यहां तक कि मेरी आवाज़ भी ग़ैर मर्द ने नहीं सुनी है।)

कुछ पल ठहरकर तहमीना ने कहा कि आपकी बहादुरी के बेहद चर्चे सुने थे कि आप दैत्य, शेर, चीते, घड़ियाल किसी से भी नहीं डरते। आपके बाज़ुओं में इतना बल है कि आप सबको पछाड़कर रख देते हैं। काली अंधेरी रात में आप इस तरह तूरान की सीमा में दाख़िल होने से भी नहीं हिचके। एक गूरखर को भूनकर अकेले ही खा लेते हैं। जब भी आपकी गदा चलती

है, तो शेर व चीते तक थर्रा उठते हैं। उकाब अगर आपकी नंगी तलवार देख लेता है, तो भय से शिकारगाह की तरफ़ जल्द उड़ान भरने का साहस नहीं जुटा पाता है। आपके द्वारा फेंकी कमन्द का निशाना अचूक है और आपके चलाए तीरों के भय से बादल तक ख़ून के आंसू रोने लगते हैं। आपके बारे में ये सारी बातें सुन-सुनकर मैं दांतों तले उंगली दबाती थी। ऐसे ही मर्द को पाने की कामना मेरे मन में थी कि ख़ुदा ने आपको इस शहर में भेजा। मुझे तो आपको पाने की इच्छा है। यदि आप भी ऐसा सोचते हैं, तो मैं हाज़िर हूं। परिन्दों व मछलियों के अलावा यहां हमें देखने वाला कोई नहीं है। सच पूछें, तो मैं आपको अपने पूरे वजूद के साथ पसन्द करती हूं और ख़ुदा की मर्ज़ी हुई, तो आपसे एक पुत्र रखती हूं। चूंकि आप शूरवीर हैं, इसलिए ख़ुदा मुझे वैसी ही सन्तान भी देगा, जो पहलवानी में हमारा नाम रोशन करेगा। तीसरी जो सबसे महत्त्वपूर्ण बात है कि आपके घोड़े रख़्श को मैं कहीं से भी ढूंढ़कर ले आऊंगी, चाहे मुझे पूरा समनगान ही क्यों न छानना पड़े। इतना कहकर तहमीना ख़ामोश हो गई।

रुस्तम ने अपने सामने यूं परी चेहरे वाली हसीना को जो बात करते देखा, तो उसके होश उड़ गए। चूंकि उसने रख़्श को ढूंढ़ निकालने का प्रण लिया था, जिसके लिए उसको धन्यवाद देना ज़रूरी था, इसलिए रुस्तम ने तहमीना की बातों का जवाब दिया कि –

बेफ़रमूद ता मोबदी पुर हुनर
बियायद बेख़्वाहाद वराअज़ पिदर

(एक हुनरमन्द बुज़ुर्ग आकर तहमीना के पिता से उसका हाथ रुस्तम के लिए मांगने का निवेदन करेगा।)

शाह समनगान के पास जब यह ख़बर पहुंची, तो उसने ख़ुशी से यह रिश्ता मंज़ूर किया। अपने रस्म व रिवाज के अनुसार उसने दोनों का विवाह कर दिया।

जब सूरज का गोला अंधेरी ज़ुल्फ़ों को झटककर ऊपर आया, उस समय रुस्तम ने तहमीना से विदाई ली। रुस्तम ने अपने बाज़ू पर बंधा बाज़ूबन्द खोला जिसकी बड़ी चर्चा थी। उसको तहमीना के हवाले करता हुआ बोला, "यदि लड़की हुई तो उसके बालों में यह सजा देना, ताकि उसके भाग्य का सितारा चमके। यदि लड़का हुआ तो उसके बाज़ू पर बाप की यह निशानी बांधना और बताना कि वह साम नरीमान जैसे पहलवानों के वंश से है।" इतना कहकर रुस्तम ने उस परी चेहरा तहमीना की आंखों का चुम्बन लिया। तहमीना रोते हुए रुस्तम से अलग हुई और रुस्तम ने अपने दुख को छिपा लिया।

सुबह, शाह समनगान ने रुस्तम से उसका हाल-चाल पूछा कि उसकी आवभगत में कोई कमी तो नहीं रह गई। फिर रख़्श के मिलने की खुशख़बरी रुस्तम को सुनाई। अपने सामने रख़्श को पाकर रुस्तम ने उसको प्रेम से थपथपाया। शाह से विदा ली और रख़्श की पीठ पर जीन कसी और हवा से बातें करता हुआ समनगान से सीस्तान की तरफ़ चल पड़ा और रास्ते-भर गुज़री यादों की मिठास में डूबा रहा। सीस्तान से जाबुलिस्तान की तरफ़ घोड़ा मोड़ा, मगर वतन पहुंचकर किसी के आगे ज़बान न खोली कि इस बीच उसने क्या देखा और क्या पाया।

चू नोह माह बेगुज़श्त बर दुख़्त-ए-शाह
यकी कूदक आमद चू ताबन्देह माह

(नौ महीने बाद शाह की बेटी ने एक चांद से बेटे को जन्म दिया।)

जो ख़ानदान शुद व चेहरा शादाब कर्द
वरा नाम तहमीनह सोहराब कर्द

(वह हंसता था, तो उसका चेहरा खिल उठता था। उसका नाम तहमीना ने सोहराब रखा।)

चो यक माह शुद हमचू यक साल बूद
बरश चुन बरे रुस्तम जाल बूद

(जब वह एक महीने का हुआ, तो लगता था कि साल का है। उसका सीना रुस्तम और जाल पहलवानों जैसा था।)

चो सह साल शुद साज़े मैदान गिरफ़्त
पंजुम दिल-ए-शीर मदन गिरफ़्त

(वह जब तीन साल का हुआ, तो युद्ध-कला में दक्ष हो गया। जब पांच साल का हुआ, तो वह पूरा शेर दिल मर्द बन गया।)

चो दह साल शुद ज़े आन ज़मीन कस नबूद
कि यार अस्त बा उ नबर्द आजमूद

(जो दस साल का हुआ तो उसके बराबर का कोई इस ज़मीन पर न था, जो उससे युद्ध कर सके।)

बरे मादरं आमद परसीद अज़ वई
बे दु गुफ्त गुस्ताख़ व मन बेगुई

(एक दिन सोहराब मां के पास आया और बड़ी निडरता से पूछने लगा कि –)

जे तुख़्म कियम व अज कुदामीन गोहर
चे गुयम चू परसद कसी अज पिदर
गर इन पुरसिश अज बेमान्द नहान
नमानम तोरा जिन्देह अन्दर जहान

(मैं किसके वंश से हूं, किसका बेटा हूं, जब कोई मुझसे मेरे बाप का नाम जानना चाहेगा, मैं क्या जवाब दूंगा। मेरे इस सवाल के जवाब को अगर तुमने छिपाया, तो मैं तुम्हें ज़िन्दा नहीं छोड़ूंगा।)

सोहराब की बातें सुनकर तहमीना ने कहा कि इतनी जल्दबाज़ी ठीक नहीं है। पहले मेरी बात सुनो, सुनकर ख़ुश हो।

तो पूरे गवे पीलतन रुस्तमी
जे दस्ताने सामी व सज नीरमी

(तुम हाथी जैसी काया रखने वाले रुस्तम पहलवान के बेटे हो, जिसके बाप और दादा साम नरीमान और जालज़र जैसे पहलवान थे।)

इतना कहकर तहमीना अपनी जगह से उठी और रुस्तम का भेजा ख़त बेटे के पास लाई और बोली कि तुम्हारे बाबा ने इस ख़त के साथ अपने बेटे के लिए तीन थैली सोने से भरी और तीन क़ीमती याकूत ईरान से भेजे थे। जो क़ासिद यह ख़त लेकर आया था, उसने यह ज़बानी पैग़ाम भी दिया था कि इस भेद को शाह अफ़रासियाब को कभी पता नहीं चलना चाहिए, क्योंकि वह रुस्तम पहलवान का जानी दुश्मन है और तूरान के लिए भी किसी लानत से कम नहीं है। हो सकता है कि वह तुमसे बदला ले और मां और बेटे दोनों को मरवा डाले। तहमीना ने आगे सोहराब से कहा –

पिदर गर बे दानव कि तो जिन निशान
शदस्ती सरअफ़राज़ गर्दनकुशान
हमान गह बेख़्वानद तोरा निज़्देह ख़ीश
दिल-ए-मादरत गदर्द अज दर्दे रीश

(तेरे बाबा को मैंने पैग़ाम में तेरे बारे में नहीं बताया। यदि उन्हें पता चल जाता कि उनका पुत्र उन्हीं की तरह है, तो वह फ़ौरन तुझे अपने पास बुला लेते और तेरी मां का कलेजा तेरी जुदाई का ग़म न सह पाता।)

यह सुनकर सोहराब ने मां से पूछा, “आख़िर इस भेद को तुमने मुझसे क्यों छिपाया, जब कि रुस्तम जैसे नामी पहलवान के नाम से जंग की तारीख़ लिखी जाएगी। ऐसे ख़ानदान की हक़ीक़त को मुझसे छुपाने का क्या तुक था। अब मैं एक फ़ौज तैयार करूंगा और तुर्को से युद्ध करूंगा। शाह काऊस के विरोध में खड़ा हो ईरान से तूस तक जाऊंगा। उस समय मेरे आगे गुरगीन, गुदर्ज, गिव, नौज़र, बहराम जैसे नामी पहलवान भी नहीं टिक पाएंगे।

बे रुस्तम दहम गंज व तख़्त व कुलाह
निशानामश बरगाह काउस शाह

(रुस्तम को ताज, तख़्त, ख़ज़ाना दूंगा और उसको काऊस के तख़्तेशाही पर बादशाह की तरह बिठाऊंगा।)

मैं ईरान से तूरान तक युद्ध करूंगा और सब जगह विजय-पताका फहराता हुआ अफ़रासियाब से उसका तख़्त छीनूंगा और आपको ईरान की मलिका बनाऊंगा।

चू रस्तम पिदर बाशद व मन पिसर
वेगेती नामानद यकी ताजवर
जो रौशन बुअद रुए ख़रशीद व माह
सितारे चिरा बर फ़राजद कुलाह

(यदि रुस्तम जैसा बाप और सोहराब जैसा बेटा हो, तब संसार में कोई भी बादशाह नहीं टिक पाएगा। जब सूरज और चांद चमक सकते हैं, तो फिर सितारों के सिर पर मुकुट क्यों?)

इतना कहने के बाद सोहराब मां से बोला कि पहले तुम मुझे एक घोड़ा लेकर दो। जिसके खुर फ़ौलाद के हों, जो हाथियों का बल और परिन्दे की उड़ान, मछली की फुर्ती और हिरन की चुस्ती रखता हो। फिर देखना मैं क्या करता हूं। तहमीना ने बेटे की बात सुनी और बेहतरीन घोड़ा देने का वचन दिया। अस्तबल खोले गए। लोग अपने बेहतरीन घोड़ों को लेकर सोहराब के पास पहुंचे। सोहराब ने घोड़ा पसन्द करना आरम्भ किया। मगर जिस घोड़े पर वह उचककर बैठता, उसी की पीठ ज़मीन से आ लगती। यह देखकर सोहराब उदास हो गया। सारे घोड़ेवान अपने घोड़ों के साथ निराश लौटने लगे। तभी उनमें से एक आदमी आगे बढ़ा और सोहराब से कहा कि उसके पास रख़्श की नस्ल से घोड़े का एक बच्चा है, जो सोहराब के बताए गुणों से भरपूर है। यह सुनकर सोहराब का चेहरा ख़ुशी से खिल उठा।

रख़्श की नस्ल का वह घोड़ा पल-भर में सोहराब के आगे पेश किया

गया। उसका क़द और बल देखकर सोहराब ने उसको पसन्द कर लिया। प्यार से उसकी पीठ थपथपाई और उस पर जीन कसकर सवारी की। सोहराब उसकी फ़ुर्ती व चुस्ती देखकर कह उठा कि बेहतरीन घोड़ा मेरे हाथ लगा है। इसके बाद सोहराब घर लौटा और एक बड़ी फ़ौज जमा की, जिसमें दक्ष योद्धा थे।

सोहराब ने अपने नाना से सहायता व नेतृत्व का अनुरोध किया और बताया कि वह ईरान की तरफ़ फ़ौज लेकर बढ़ने वाला है। शाह समनगान ने नवासे की जो यह दिलेरी देखी, तो उसका मन रखने के लिए उसको हर प्रकार का समर्थन देने का वचन दिया। ताज, तख़्त, जिरह-बख़्तर, घोड़े, हथियार, सोना-चांदी, मोती, हीरे उसको दिए और दूध पीते बच्चे की इस बहादुरी पर आश्चर्यचकित हो उसे पूरे शाही ठाठ से लड़ने के लिए विदा किया।

शाह अफ़रासियाब को सूचना मिली कि सोहराब ने युद्ध का बेड़ा उठा लिया है। अपनी फ़ौज में वह इस तरह अलग दिखता है, जैसे चमन में सर्व का दरख़्त, जब कि उसके मुंह से दूध की बू आती है, मगर शाह काऊस से लड़ने का हौसला रखता है। संक्षेप में उसकी प्रशंसा में यही कहा जा सकता है कि देखने में जैसा आता है, उससे कहीं ज़्यादा गुणवान है।

शाह अफ़रासियाब यह सुनकर ख़ुश हुआ और हंसा। फिर उसने हुक्म दिया कि हुमान और बरमान जैसे युद्ध में दक्ष योद्धाओं की अध्यक्षता में बारह हज़ार दिलेर सिपाहियों से तैयार फ़ौज सोहराब को दी जाए। इस सहायता द्वारा सोहराब आगे बढ़ेगा और उस फ़ौज से जूझने के लिए रुस्तम आगे बढ़ेगा। ऐसे समय में यह भेद खुलने न पाए कि रुस्तम और सोहराब बाप-बेटे हैं।

रुस्तम जैसा परिपक्व पहलवान इस बहादुर नन्हे पहलवान के हाथों मारा जाएगा। जब ईरान बिना रुस्तम के कमज़ोर पड़ जाएगा, उस समय मैं शाह काऊस का जीना हराम कर दूंगा। मान लो कि रुस्तम के हाथों

सोहराब की हत्या हो जाती है, तो भी उस पहलवान का दिल ख़ून के आंसू रोएगा।

इस षड्यन्त्र का नक्शा बना लेने के बाद दोनों पहलवान योद्धा सोहराब के समीप पहुंचे और शाह अफ़रासियाब का भेजा उपहार, जो दस घोड़ों और दस ऊंटों पर भरा हुआ था, दिया और साथ ही शाह का लिखा ख़त भी दिया, जिसमें उसने सोहराब को प्रोत्साहन देते हुए लिखा था कि अगर तुम ईरान के तख़्त को हासिल कर पाए, तो समझो कि इस संसार में न्याय का राज़ होगा। यहां से वहां तक रास्ते में कोई रुकावट नहीं होगी। समनगान और तूरान व ईरान एक हो जाएंगे। तुम्हारे पास कुछ सिपाही भेज रहा हूं। तुम हाथी दांत के तख़्त पर मोतियों का ताज़ पहनकर बैठो और मेरे भेजे सिपहसालार हुमान और बरमान पर विश्वास रखो। वे तुम्हारा साथ देंगे और तुम्हारी आज्ञा का पालन करेंगे। जब सोहराब ने शाह अफ़रासियाब के उपहार देखे, तो प्रसन्न हुआ। मगर हुमान अपने सामने लम्बे-चौड़े शूरवीर को देखकर ठगा-सा रह गया। सोहराब ने शाह का पैग़ाम सुना और उनका ख़त पढ़ा।

सोहराब ने फ़ौज को ईरान की तरफ़ कूच करने का आदेश दिया। सोहराब को देखकर कोई भी उससे युद्ध की चुनौती नहीं ले सकता था। चाहे वह शेर हो या मगरमच्छ! फ़ौज के कूच से सब तरफ़ एक हंगामा मच गया। रास्ते में जो भी आया, वह कुचला गया।

ईरान सीमा पर एक सफ़ेद क़िला था, जिसका (रक्षक) हुजीर जैसा बलवान ज़ंगजू योद्धा था। वहां गज़दहुम की एक बेटी गिर्दआफ़रीद भी थी, जो बाप की तरह ही युद्ध-कला में निपुण थी। मगर गज़दहुम अब बूढ़ा हो चुका था। हुजीर ने क़िले के ऊपर से सोहराब की फ़ौज को आते देखा और नीचे उतरा, ताकि सोहराब को अच्छा सबक़ सिखा सके। सोहराब ने हुजीर को देखकर अपने घोड़े को एड़ लगाई और सफ़ेद क़िले की तरफ़ तेज़ी से बढ़ा।

सोहराब को तनहा देखकर हुजीर ने पूछा कि क्या तुम अकेले ही युद्ध

करने आए हो, तो समझो तुम घड़ियाल के जबड़े में फंस चुके हो। सोहराब ने पूछा कि तुम कौन हो, तुम्हारा नाम क्या है? तुम्हारे चाहने वाले कहीं तुम्हारी मौत पर रोएं न! यह सुनकर हुजीर ने कहा कि मेरे मुक़ाबले का कोई दूसरा योद्धा ज़मीन पर नहीं है। मेरा नाम हुजीर है और मैं इस क़िले का रक्षक हूं। अभी तुम्हारा सिर धड़ से अलग किए देता हूं। उसकी ललकार सुनकर सोहराब हंस पड़ा। भाले, तलवार और तीरों से दोनों के बीच युद्ध छिड़ गया। अन्त में सोहराब हुजीर का सिर धड़ से अलग करना ही चाहता था कि हुजीर ने उससे जान बख़्शने की विनती की; जिसे सुनकर सोहराब ने उसको क्षमा कर दिया और बन्दी बनाकर हुमान के पास भेज दिया। हुमान यह देखकर दांतों तले उंगली दबाकर रह गया। सफ़ेद क़िले के अन्दर जब ख़बर पहुंची कि हुजीर बन्दी बना लिया गया है, तो वहां कोहराम मच गया। औरतों-मर्दों के रोने-चिल्लाने की आवाज़ें बुलन्द हो गईं।

जब गज़दहुम की बेटी गिर्दआफ़रीद को पता चला कि सिपहसालार बन्दी बना लिया गया है, तो दुख से उसने ठंडी सांस भरी और उदास होकर गहरे सोच में डूब गई। गिर्दआफ़रीद एक ऐसी लड़की थी, जो युद्ध-कला में निपुण थी और उसके मुक़ाबले का दूसरा कोई हमउम्र नहीं था। वह हुजीर की इस पराजय से अपने को बहुत अपमानित महसूस कर रही थी। बिना समय गंवाए उसने झटपट एक फ़ौजी दस्ता तैयार किया और अपने बालों को जिरह में छिपाया, कमर में तलवार कसी और घोड़े पर बैठ वह किसी शेरनी की तरह क़िले के दरवाज़े से बाहर आई। अपने फ़ौजी दस्ते के पास पहुंचकर उसने सिपाहियों को ललकारा, तो ऐसा महसूस हुआ जैसे बादलों के बीच बिजली कड़की हो। पहलवानों को समाप्त करने की चुनौती सुनकर सोहराब मुस्कुराया, फिर होंठ भींचकर मन-ही-मन कहा कि अब कौन मुसीबत में फंसने इधर आ रहा है। सोहराब ने जिरह-बख़्तर पहना और बाहर की तरफ़ निकला।

गिर्दआफ़रीद ने कमान पर तीर चढ़ाया और एक के बाद एक सोहराब की तरफ़ फेंकने लगी। सोहराब ने ढाल सिर के सामने करके घोड़ा दुश्मन की तरफ़ दौड़ाया। गिर्दआफ़रीद ने कमान कन्धे पर टांगी और भाले को

उछालकर सोहराब की तरफ़ निशाना बांधा और फ़ौरन ही कमन्द फेंकी। सोहराब को यह देखकर क्रोध तो आया, पर वह यह भी समझ चुका था कि दुश्मन युद्ध-कला में निपुण है। अपनी तरफ़ आने वाले भाले को सोहराब ने हाथ से रोका और फ़ौरन गिर्दआफ़रीद की कमर पर दे मारा और उसको जीन से नीचे गिरा दिया। गिर्दआफ़रीद ने किर्च म्यान से निकाली और सोहराब के भाले पर मार दी। भाले के दो टुकड़े हो गए और गिर्दआफ़रीद जीन पर संभलकर बैठ गई। मगर यह भी समझ गई कि उसका मुक़ाबला सोहराब से है, जिसके सामने टिकना कठिन है। कुछ सोचकर उसने घोड़े को एड़ लगाई और सरपट दौड़ाती हुई क़िले की तरफ़ भागी।

सोहराब ने जो यह देखा कि दुश्मन हाथ से निकला जा रहा है, तो उसने घोड़े को गिर्दआफ़रीद के पीछे दौड़ाया। जब क़रीब पहुंचा तो उसने लपककर हाथ बढ़ाया और सवार की टोपी पर हाथ मारकर उसका तुर्क पकड़ लिया। टोपी के हटते ही गिर्दआफ़रीद के लम्बे बाल कन्धे पर बिखर गए। यह देखकर सोहराब चकित रह गया और सोचने लगा, यदि ईरान की औरतें इतनी दिलेर हैं, तो उनके मर्दों का क्या हाल होगा। वह समझ गया कि अभी तक वह लड़की से युद्ध कर रहा था। गिर्दआफ़रीद उसी हालत में घोड़ा दौड़ाती भागती जा रही थी। यह देखकर सोहराब ने कमन्द निकाली और उसकी तरफ़ फेंकी, जो उसकी कमर में जाकर कस गई। सोहराब के खींचने से गिर्दआफ़रीद घोड़े की पीठ से नीचे ज़मीन पर आन गिरी। सोहराब ने उसके पास पहुंचकर चेतावनी देते हुए कहा कि मुझसे अब आज़ाद होने की कोशिश मत करना। पहले यह बताओ कि तुम जैसी सुन्दर लड़की को मुझसे युद्ध करने की ऐसी क्या मजबूरी आन पड़ी?

गिर्दआफ़रीद ने सोहराब से कहा कि हमारे बीच हो रहे इस युद्ध को दोनों तरफ़ खड़े योद्धाओं ने देखा है। मेरे खुले बालों से सब-कुछ समझ गए हैं। वे ज़रूर आपस में बात कर रहे होंगे कि आप जैसा शेरों का शेर पहलवान, एक लड़की से लड़ रहा है। यह बात आपकी बदनामी का कारण बनेगी। इसलिए बेहतर है कि हम आपस में समझौता कर लें। इसी में हमारी भलाई और अक़्लमन्दी है। चूंकि दोनों फ़ौजें आमने-सामने खड़ी हैं। ऐसी

हालत में इस युद्ध-विराम को फिर से रणक्षेत्र में बदलने की कोशिश उचित नहीं है। वास्तव में वह सफ़ेद क़िला, उसका ख़ज़ाना, यह फ़ौज, यहां तक कि उसका स्वामी भी तुम्हारे आदेश का नौकर है और तुम इन सबके मालिक बन चुके हो। इतना कहकर गिर्दआफ़रीद ने अपने चेहरे का नक़ाब हटाया और चेहरा सोहराब की तरफ़ घुमाया।

सोहराब उसके काले बालों की ओर तो पहले ही आकर्षित हो चुका था। अब जो उसका चेहरा देखा, तो लगा, जैसे वह स्वर्ग-वाटिका में पहुंच गया हो। उसके गाल रस-भरे ख़ोशे थे। उसकी हिरनी जैसी दोनों आंखों पर कमान जैसी भवें थीं। सोहराब के दिल पर उस लड़की के हुस्न का जादू चल गया और मन-ही-मन कहने लगा कि तुमसे मुलाक़ात भी हुई तो रणक्षेत्र में।

सोहराब ने चन्द पल बाद गिर्दआफ़रीद की बात का जवाब देते हुए कहा कि ठीक है। मगर एक बात याद रखना कि तुममें मुझसे लड़ने की ताक़त नहीं है।

गिर्दआफ़रीद ने चेहरा क़िले की तरफ़ घुमाया और चलने को मुड़ी। सोहराब भी उसके पीछे-पीछे हो लिया। जैसे ही क़िले के दरवाज़े के पास गिर्दआफ़रीद पहुंची, दरवाज़ा खुला और उसके अन्दर दाख़िल होते ही फ़ौरन बन्द हो गया। सोहराब बन्द दरवाज़े के पीछे ही रह गया।

क़िले के बूढ़े, जवान, बच्चे सभी हुजीर के क़ैद हो जाने और गिर्दआफ़रीद के इस तरह युद्ध पर निकल जाने से दुखी और चिन्तित थे। गिर्दआफ़रीद के पिता गज़दहुम को जैसे ही बेटी के आने की ख़बर मिली, वह गिर्दआफ़रीद की तरफ़ लपका और उससे कहने लगा, "मेरी नेकदिल शेरनी! तेरी ज़ुदाई से तेरे बाप का दिल वीरान हो गया था। एक तरफ़ तुझे युद्ध में जाने का शौक़ है, तो दूसरी ओर अपना यह रूप दिखा रही है। कहीं ये दोनों बातें हमारी बदनामी का कारण न बन जाएं। बहरहाल ख़ुदा का लाख-लाख शुक्र है कि तू शत्रुओं के चंगुल से सही-सलामत लौट आई है।"

पिता की बात सुनकर गिर्दआफ़रीद खिलखिलाकर हंस पड़ी। सिपाहियों को देखने के लिए उसने जो क़िले के बाहर झांका तो क़िले के बन्द दरवाज़े के सामने सोहराब को घोड़े पर बैठा देखा। उसको देखकर गिर्दआफ़रीद बोली कि ऐ जवान मर्द! क्यों बेकार में कष्ट उठा रहे हो। लौट जाओ, क्योंकि अब तुम मुझे नहीं पकड़ सकते हो! सोहराब ने गिर्दआफ़रीद की बात सुनकर कहा कि वह सारे वायदे क्या हुए, जिसमें तुमने यह क़िला, यह फ़ौज और ख़ज़ाने का मालिक मुझे बनाया था? सुनकर गिर्दआफ़रीद हंसी। सोहराब क्रोध से बोला –

बेदू गुफ़्त सोहराब कि एइ परी चहर
बे ताज व बेतख़्त व बेमाह व बेमहर
कि इन बारह बे ख़ाक पस्त आवरम
तोरा एइ सितमगर बेदस्त आवरम

(ऐ चांद जैसे चेहरे वाली परी! मैं तख़्त व ताज, चांद और चकोर की सौगन्ध खाकर कहता हूं कि इस क़िले की बुनियाद को ख़ाक में मिला दूंगा। एक बार तुम मेरे हाथ लग जाओ, तो फिर मज़ा चखाऊंगा।)

सोहराब की बातें सुनकर गिर्दआफ़रीद हंसी और जवाब में बोली, "ईरान और तूरान में दोस्ती प्रलय तक नहीं हो पाएगी। इसलिए इस बात का ग़म मत करो। यह भी हक़ीक़त है कि तुम तूरान के नहीं हो। यह क़द, यह काठी, यह पेशानी, यह सीना तुम्हारे यहां पहलवानों का हो ही नहीं सकता। लेकिन जब शाह को ख़बर मिलेगी कि एक तुर्क फ़ौजी पहलवान आया हुआ है, तो शाह और रुस्तम दोनों ही तुम्हारे विरोध में खड़े हो जाएंगे और याद रखो कि तुम रुस्तम जैसे नहीं हो। ये दोनों मिलकर तुम्हारी सारी फ़ौज का सफाया कर देंगे। मैं नहीं कह सकती कि तुम्हारा क्या हश्र करेंगे। बहरहाल अब तुम्हारे लिए सिर्फ़ एक ही रास्ता बचा है कि तुम अपनी फ़ौज को तूरान कूच करने का हुक्म दो और स्वयं अपने देश लौट जाओ।"

गिर्दआफ़रीद की बात सुनकर सोहराब ने अपने को अपमानित महसूस किया। क्रोध में उसने जवाब दिया कि आज तो शाम हो गई है, मगर कल

सुबह मेरी तलवार और तीर तुम्हारे इस अपमान का करारा जवाब देंगे। इतना कहकर सोहराब लौट गया।

सोहराब की इस तरह क्रोध-भरी चुनौती सुनकर सफ़ेद क़िले में रोना-पीटना मच गया। गज़दहुम विचारों में डूब गया, ताकि कोई तरक़ीब निकाल सके। आख़िर में थककर उसने मुंशी को बुलाया और शाह के नाम एक ख़त लिखने को कहा। ख़त के शुरू में बादशाह की प्रशंसा में चन्द पंक्तियां लिखवाईं, फिर इधर की ख़बर देते हुए आगे लिखवाया कि एक पहलवान आया था, जो मुश्किल से चौदह साल का था। वह सर्व की तरह लम्बा और सूरज के समान ओजस्वी मुखमंडल वाला था, जिसके कन्धे शेर की तरह बलिष्ठ थे। ऐसे हाथ-पैर रखने वाला पहलवान आज तक तुर्कों में मैंने नहीं देखा था।

चू शमशीर हिन्दी बे चंग आयदश
जे दरिया व अज़ कूह नंग आयदश
चू आवाज़-ए-उ रअद गुर्रनदे नीस्त
चू बाज़ू-ए-उ तीग़ बर्रनदे नीस्त
ब ईरान व तूरान चनो मर्द नीस्त
जे गर्दान कस उ रा हम आवुरद नीस्त
बे नाम अस्त सोहराब गुर्द-ए-दिलेर
न अज़ दीव पीचद न अज़ पील व शीर

(जब वह अपनी हिन्दुस्तानी तलवार चलाता है, तो समुन्दर और पहाड़ शरम से गड़ जाते हैं। उसकी आवाज़ का मुक़ाबला बिजली की कड़क और बाज़ुओं की मज़बूती के सामने तेज़ तलवार भी टिक नहीं सकती। ईरान व तूरान में ऐसा बांका जवान नहीं है। उसकी तुलना किसी भी पहलवान से नहीं की जा सकती है। उस शूरवीर का नाम सोहराब है, जो न तो शेर, न हाथी और न दैत्य से डरता है।)

गज़दहुम ने सोहराब की बहादुरी की चर्चा करते हुए पत्र में आगे लिखवाया कि जो भी कहा जाए, मगर ऐसा विश्वास जागता है कि यह

या तो रुस्तम का या रुस्तम के समान किसी पहलवान का वंशज है। हुजीर अभी उसी का बन्दी बना हुआ है। संक्षेप में कहूं, तो मैंने तूरान के सब सवारों को देखा है, मगर ऐसा ओजस्वी पहलवान मेरी नज़रों से अब तक नहीं गुज़रा।

गज़दहुम ने यह पत्र ख़ुफ़िया तरीक़े से शाह के पास भेजा, ताकि तुर्क सवारों की निगाह सन्देशवाहक पर न पड़ सके।

सुबह होते ही तूरान सिपाहियों ने कमर कसी और अपने सिपहसालार सोहराब के पीछे हो लिये, मगर सफ़ेद क़िले के पास जाकर उन्होंने देखा कि दरवाज़ा खुला है और क़िले में न आदम है, न आदमजात। क़िले के तहख़ाने के चोर रास्ते से गज़दहुम के साथ सभी भाग गए थे। अब क़िला ख़ाली पड़ा था। सोहराब किसी शेर की तरह दहाड़ रहा था, मगर उसको उस चोर रास्ते का पता नहीं था। इसलिए हाथ मलता हुआ सोच रहा था, गिर्दआफ़रीद कहीं नज़र नहीं आ रही है।

इधर जब ख़त ईरान के शाह काऊस के पास पहुंचा, तो उसे यह जानकर दुख हुआ कि तूरान का पहलवान फ़ौज के साथ चढ़ाई करने को आगे बढ़ रहा है। बादशाह ने फ़ौरन फ़ौज के महत्त्वपूर्ण योद्धाओं व पहलवानों की सभा बुलाई, ताकि सब मिलकर इस समस्या पर विचार करें। तूस, गूदर्ज़, गिव, गुरगीन, बहराम, फरहाद सभी नामी पहलवान जमा हो गए। उन सबने जब गज़दहुम का पत्र पढ़ा, तो एकमत होकर बोले कि इस जैसे पहलवान का मुक़ाबला करना हमारे बस की बात नहीं। अच्छा हो कि इस बड़े काम के लिए रुस्तम की सहायता मांगी जाए। गिव को जाबुलिस्तान भेजा जाए, ताकि वह रुस्तम को सविस्तार इस तूरानी पहलवान का विवरण देते हुए कहे कि ईरान का तख़्त व ताज ख़तरे में है।

गिव ख़त लेकर जाबुलिस्तान की तरफ़ रवाना हुआ। जब जाबुलिस्तान क़रीब आया, तो उसने ख़ुशी का नारा लगाया, जिसको सुनकर रुस्तम को पता चल गया कि ईरान से सवारी आई है। फ़ौरन स्वागत की तैयारी की गई। गिव ने रुस्तम को शाह काऊस का ख़त दिया। रुस्तम ने पत्र खोलकर पढ़ा, जिसमें उसकी बहादुरी की तारीफ़ में शाह ने संसार की कोई उपमा नहीं छोड़ी थी और अन्त में लिखा था –

दिल व पुश्त गर्दान-ए-ईरान तोइ
बेचंगाल व नीरूइ शीरान तोइ

(तुम ईरान के दिल और उसके रक्षक हो, जिसके हाथों में शेर के जैसा बल है।)

रुस्तम पूरा ख़त पढ़कर मुस्कुराया और गिव से तूरानी पहलवान सोहराब का बयान सुनकर सोच में पड़ गया। उसको याद आया कि शाह समनगान की बेटी से उसका एक पुत्र है, जिसके लिए उसने उपहार भेजा था। मगर वह तो अभी बच्चा है। वह इस उम्र में फ़ौज लेकर कैसे ईरान पर आक्रमण की सोच सकता है और हुजीर जैसे पहलवान को बन्दी बना सकता है।

रुस्तम ने गिव से कहा कि ईरान जाने से पहले आओ कुछ देर गप-शप कर लें। ज़माने बाद मिले हैं। बहुत कुछ है, कहने और सुनने को। दोनों ने जब शराब पीनी शुरू की और इतना मस्त हो गए कि ईरान जाना ही भूल गए। जब एक दिन गुज़र गया, तो गिव ने रुस्तम को ईरान जाने की याद दिलाई। इस पर रुस्तम ने ज्योतिषियों को बुलाया। उन्होंने कहा कि एक ख़ान सामने है। सुनकर रुस्तम ने ख़ान की महफ़िल जमाई। साज़-आवाज़ का भी इन्तज़ाम हुआ और इस तरह से स्वादिष्ट भोजन व शराब में तीन दिन और गुज़र गए। रुस्तम इस बात को भूल ही गया कि उसको शाह काऊस ने बुलाया है। गिव ने रुस्तम से कहा कि अब देर करना ठीक नहीं है। एक तरफ़ वह तूरानी पहलवान आफ़त मचाए है और दूसरी तरफ़ शाह काऊस उत्तेजित हो रहा है। उसका क्रोध तुम जानते हो और

यह भी जानते हो कि वह अधिक बुद्धिमान भी नहीं है कि धैर्य रख सके। गिव के समझाने से रुस्तम ने ईरान जाने की तैयारी शुरू कर दी। रख़्श पर जीन कसी और सिपाहियों के संग जाबुलिस्तान से धूल के बादल उड़ाता ईरान की तरफ़ चल पड़ा।

रुस्तम जब ईरान पहुंचा तो रास्ते से ही तूस, गूदर्ज़ आदर के कारण अपने घोड़ों से उतर रुस्तम के पीछे पैदल चलने लगे। शाह काऊस के पास पहुंचकर रुस्तम घोड़े से उतरा और पैदल चलता हुआ शाह काऊस के सम्मान में झुका। उस पर नज़रें पड़ते ही शाह काऊस आक्रोश के कारण पहले ही गिव पर झपटा और शेर की तरह गुर्राकर दहाड़ा कि रुस्तम कौन है, जो मेरा हुक्म मानने से इनकार करे। यदि मैं चाहूं तो अभी इसके सिर को धड़ से अलग कर सकता हूं। फिर तूस से कहा कि इन दोनों को ले जाओ और ले जाकर फांसी पर चढ़ा दो। किसी को मुझसे एक भी शब्द कहने की आवश्यकता नहीं है।

पहलवान तुस ने शाह का यह हुक्म सुनकर रुस्तम का हाथ पकड़ा, मगर शाह काऊस का यह फ़ैसला सुनकर गिव का कलेजा मुंह को आ गया कि रुस्तम का स्वागत शाह ने किस तरह किया। रुस्तम का यह अपमान देखकर सारे दरबार को सांप सूंघ गया। शाह काऊस के रौद्र रूप और अपमानजनक व्यवहार ने रुस्तम को तो दीवाना ही बना दिया और वह शाह काऊस पर चीख़ पड़ा कि आपका हर काम पहले से बदतर है। आपको यह तख़्त व ताज शोभा नहीं देता। आप उस तुर्क पहलवान को ज़िन्दा फासी पर चढ़वाएं, क्योंकि जो बुरा चाहता है, उसको सज़ा मिलनी चाहिए। मेरे रख़्श और मेरी तलवार के प्रभाव में रोम, समसार, माज़नदरान, मिस्र, चीन और हामावरान हैं। आप भी मेरे कारण आज ज़िन्दा हैं। फिर आपके दिल में मेरे लिए इतनी दुश्मनी क्यों? इतना कहकर रुस्तम ने ज़ोर से तूस के हाथ पर अपना हाथ मारा और ग़ुस्से से जाने को मुड़ा और रख़्श पर सवार होकर बोला –

चू ख़शम आवरम शाह काउस कीस्त
चेरा दस्त याज़द बे मन तूस कीस्त

मरा ज़ूर व फीरूजी अज़ दावर अस्त
न अज़ बादशाह व न अज़ लश्कर अस्त

(यदि मुझे ताव आ गया, तो फिर मेरे लिए न शाह काऊस की कोई क़ीमत है और न तूस की जिसने मेरी तरफ़ हाथ बढ़ाने की ज़ुर्रत की है। मेरे बाज़ुओं का बल और विजय ही निर्णय करने वाले हैं, न कि बादशाह और उसकी फ़ौज।)

ज़मीन बन्देह व रख़्श गाह मनस्त
नगीन गुर्ज़ व मग़फर कुलाह मनस्त
सर नीज़े व गुर्ज यार मन अन्द
दो बाज़ू व दिल शहरयार मन अन्द

(यह रख़्श ही मेरा साम्राज्य है और यह गदा व ज़रा मेरा ताज है। भाले व गदा मेरे यार हैं। मेरा दिल और ये मेरे दोनों बाज़ू, जिनका मैं बादशाह हूं।)

शब तीरेह अज़ तीग़ रख़्शान कुनम
बर आवुरद दीगे बर सर अफ़शान कुनम
चे आज़ार दम उ न मन बन्दे अम
यकी बन्द-ए-आफरीनन्दे अम

(अंधेरी रात को मैं अपनी तलवार से रोशनी देता हूं। यदि इसको चला दूं, तो कटे हुए सिर-ही-सिर बिखर जाएंगे इस ज़मीन पर। मैं आज़ाद पैदा हुआ हूं, न कि किसी का ग़ुलाम। इसलिए मैं सिर्फ़ ख़ुदा का बन्दा हूं।)

दिलेरान बेशाही मरा ख़्वास्तन्द
हुमान गाह व अफ़सर बियारास्तन्द
सुए तख़्त शाही नकरदम निगाह
निगाह दाश्तम रस्म व आईन-ए-राह

(दिलेर मुझे शाह बनाना चाहते थे और तख़्ते-शाही पर मुझे बिठाना

चाहते थे, मगर मैंने सिंहासन की तरफ़ नज़रें उठाकर भी नहीं देखा, क्योंकि मेरी नज़रें नेकी और सत्य की राह पर टिकी हुई थीं।)

इतना कहने के बाद भी रुस्तम का गुस्सा शान्त नहीं हुआ और उसने कहा कि जब शाह कबाद सहायता मांग रहे थे। उस समय मेरे पितामह साम खड़े न होते, तो आज काऊस को यह ताज व तख़्त नसीब न होता। वे ही उन्हें अलबुर्ज़ पर्वत की क़ैद से आज़ाद करके ईरान लाए थे। अच्छा है कि अब सोहराब पहलवान इस ईरान की धरती पर आकर बच्चे और बुज़ुर्ग का वजूद मिटा दे। तुम सब मिलकर इस समस्या का हल ढूंढ़ो। अब ईरान में कोई मुझे आज के बाद नहीं देखेगा। अब इस ज़मीन पर सिर्फ़ गिद्ध मंडराएंगे। इतना कहकर रुस्तम ने रख़्श को एड़ लगाई और रख़्श हवा से बातें करने लगा।

रुस्तम के इस तरह चले जाने से सबका दिल दुखी हो उठा, क्योंकि रुस्तम मानो गड़रिया था और वे सब उसके रेवड़। सभी गुदर्ज को उलाहना दे रहे थे कि तुम्हीं इस घटना के ज़िम्मेदार हो, क्योंकि शाह तुम्हारी ही सुनते हैं। तुम्हीं ने कान भरे हैं। अब रूठी क़िस्मत को तुम अपनी चाटुकारिता से वापस बुला सकते हो?

सारे पहलवानों ने मिलकर सलाह-मशविरा किया कि अब क्या करना चाहिए। इसके बाद गुदर्ज शाह काऊस के पास गया और शाह को पुरानी दुश्मनी व बुरे दिनों में रुस्तम की सहायता की सारी घटनाएं याद दिलाईं और कहा कि रुस्तम के बिना ईरान तबाह हो जाएगा। शाह काऊस की आंखें खुल गईं। पिछली सारी घटनाएं नज़रों के सामने घूम गईं और वह अपने व्यवहार पर लज्जित हुआ। उसने गुदर्ज से कहा कि तुम्हारा उपदेश सही है। तेज़ी और ग़ुस्से से काम बनता नहीं, बिगड़ता है। जैसे भी हो, तुम रुस्तम को मनाकर मेरे पास जाओ, ताकि मेरी चिन्ता व दुख की कालिमा छटे।

गुदर्ज शाह काऊस के पास से बाहर आया। जब पहलवानों को काऊस की शर्मिन्दगी का पता चला, तो वे घोड़े दौड़ाते हुए रुस्तम की तरफ़ भागे

और चारों तरफ़ से घेर लिया। सबने रुस्तम का गुणगान करते हुए कहा कि आपके पैरों के नीचे सारी दुनिया है। आपका तख़्त हमारे सिर-आंखों पर है। आपसे छुपा तो नहीं है कि काऊस बेवकूफ़ है और बिना सोचे-समझे बोलता है। अगर आप शाह से नाराज़ हैं, तो ईरानवासियों का गुनाह क्या है? शाह काऊस अपने किये पर शर्मिन्दा हैं।

उन सबकी बातें सुनकर रुस्तम ने जवाब दिया कि मुझे काऊस की ज़रा भी परवाह नहीं है। मैं उससे क्यों डरूं। मेरी दुनिया तो यह घोड़ा और मेरे बाज़ू हैं। वह भूल जाता है कि उनकी हर लड़ाई को मैंने ही जीत में बदला है। मैं ख़ुदा के अलावा किसी से नहीं डरता।

गुदर्ज ने जब रुस्तम का क्रोध कम होते देखा, तो कहा कि सच्चाई तो यह है कि शाह काऊस बुरी तरह से उस तूरानी पहलवान से भयभीत हैं। फिर, ईरान की रक्षा हम सबका कर्तव्य है। गूदर्ज की बातों से रुस्तम का दिल व दिमाग़ ठंडा हुआ और सबके मनाने से वह शाह काऊस के पास जाने को राज़ी हुआ। शाह काऊस ने रुस्तम को दूर से आता देखकर उसके स्वागत में बांहें फैलाईं और अपने व्यवहार के लिए क्षमा मांगी और कहा कि इस विकट समस्या के समाधान के लिए मैंने तुम्हें बुलाया था। जब तुम देर से पहुंचे तो चिन्ता के कारण मैं उत्तेजित हो गया। यदि मेरे किसी शब्द से तुम्हें दुख पहुंचा है, तो मैं उसके लिए फिर से क्षमा मांगता हूं। शाह का विनम्र स्वर सुनकर रुस्तम ने कहा कि आपका हर हुक्म हमारे सिर-आंखों पर है। शाह काऊस ने कहा कि आज साज़ व आवाज़, ऐश व तरब की महफ़िल जमती है। कल लड़ाई के लिए फ़ौज कूच करेगी।

शाही बाग़ में जश्न का इन्तज़ाम हुआ। शराब से मस्त और ख़ुशी में डूबे सारे पहलवान व योद्धागण देर रात तक शराबनोशी करते रहे।

सुबह ने जब अपनी कोलतार जैसी चादर दूर फेंक दी, उस समय एक लाख सिपाहियों की फ़ौज ने कूच का नगाड़ा बजाया। जब फ़ौज चली, तो इस

काफ़िले से हवा नीली और ज़मीन काली हो रही थी। फिर दो मील तक खेमे गाड़े गए। इस शोर को सुनकर दूसरी ओर सोहराब के कान खड़े हुए। उसने दूर से ऊंचाई पर खड़े होकर इस फ़ौज का पड़ाव देखा। हुमान इतनी बड़ी फ़ौज देखकर भयभीत हो उठा। उसको देखकर सोहराब हंसा और बोला, "इस समय शाह अफ़रासियाब का नाम लेकर मैं इस मैदान को ख़ून के समन्दर में बदल दूंगा।" इसके बाद सोहराब ने शराब का जाम भरा और बिना ग़म के ख़ुशी-ख़ुशी उसको पी गया। उसको युद्ध आरम्भ होने की कोई चिन्ता नहीं थी।

मगर दूसरी तरफ़ शाह काऊस के सिपाही मैदान के चारों तरफ़ एक दुर्ग की परिधि बनाते हुए फैल रहे थे और धीरे-धीरे करके पहाड़, टीले और मैदान में लोगों व योद्धाओं की संख्या बढ़ती ही जा रही थी। खेमों के अलावा ज़मीन कहीं नज़र नहीं आ रही थी।

शाम ढली, सूरज ने मुंह मोड़ा और अपने काले डैने फैलाए। उस समय रुस्तम शाह काऊस के पास पहुंचा और कहा कि मैं भेष बदलकर दुश्मन का हाल-चाल लेने जाना चाहता हूं, ताकि देखूं कि उधर के हालात क्या हैं। रुस्तम की बात सुनकर शाह काऊस ने यह काम उसी पर छोड़ते हुए कहा कि रुस्तम स्वयं फ़ैसला कर सकता है, क्योंकि रणक्षेत्र का ज्ञान उससे अधिक किसको है!

रुस्तम ने तुर्कों का भेष बदला और हिसार के अन्त तक गया। जब वह क़िले के समीप पहुंचा, तो उसको तुर्क सिपाहियों का शोर सुनाई पड़ा। रुस्तम क़िले में इस तरह दाख़िल हुआ जैसे हिरनों के झुंड में शेर घुसता है।

तुर्क योद्धा युद्ध के भय से मुक्त चमकते चेहरे लिये ख़ुशी से एक-दूसरे को प्रोत्साहन देते हुए जाम-पर-जाम चढ़ा रहे थे। सलामती के नारों से माहौल गूंज रहा था। यह माहौल देखकर रुस्तम को सोहराब की महानता एवं रणक्षेत्र की निपुणता का पता चला कि वह कितना बड़ा योद्धा है। मन-ही-मन रुस्तम सोचने लगा कि समनगान में जो मेरा बेटा तहमीना के पास पल रहा है,

उसको मैं इसी नौजवान पहलवान के पास रण-विद्या सीखने के लिए भेजूंगा, क्योंकि इस उम्र में यूं लश्कर लेकर ईरान की तरफ़ रुख़ करना कोई मामूली बात नहीं है।

जब रुस्तम और अन्दर दाख़िल हुआ, तो उसको तख़्त पर बैठा सोहराब नज़र आया। उसके बलिष्ठ कन्धे, चौड़ा सीना, लम्बा क़द देखकर उसकी आंखें चमकीं, जैसे उसने एक शादाब सर्व के दरख़्त को सामने खड़ा देख लिया हो। सोहराब का चेहरा खिले गुलाब जैसा हो रहा था और सीना शेर की भांति तना हुआ था। उसी के पास एक तरफ़ अफ़रासियाब का सरदार हुमान बैठा हुआ था और दूसरी तरफ़ तहमीना का भाई जिन्दारज़्म बैठा हुआ था। रुस्तम को सोहराब को पहचानने में देर नहीं लगी।

रुस्तम योद्धाओं की भीड़ से दूर एक ऐसी जगह जा बैठा, जहां से सारा दृश्य उसको एक साथ नज़र आ रहा था। सब अपने में मस्त एक-दूसरे की प्रशंसा करते हुए खुशियां मना रहे थे। तभी ज़िन्दारज़्म किसी काम से बाहर की तरफ़ आया, तो एक लम्बे-चौड़े पहलवान को वहां बैठा देखा। वह शंकित हो सोचने लगा कि इस डील-डौल का तो कोई पहलवान हमारे बीच नहीं है। फिर, यह कौन है जो इस तरह हमारे बीच यूं बैठा है। उसने आगे बढ़कर रुस्तम से पूछताछ करना आरम्भ कर दिया। रुस्तम उसके पैने प्रश्नों का क्या उत्तर देता, सो रुस्तम ने एक भरपुर घूंसा उसकी गर्दन पर जमा दिया। उसकी रूह बदन छोड़ गई और उसकी लाश वहीं छोड़कर रुस्तम बाहर निकल आया। जिन्दारज़्म को तहमीना के बेटे के साथ इसलिए भेजा था, ताकि वह सोहराब की, अपने बाप रुस्तम को पहचानने में मदद करेगा।

इधर सोहराब को चिन्ता लगी कि उसके पास से उठा जिन्दारज़्म पहलवान यानी उसका मामा अभी तक क्यों नहीं लौटा। बड़ी देर से सोहराव को उसकी ख़ाली जगह अखर रही थी। आख़िर सोहराब ने बेचैन होकर उसको देखने के लिए अन्य सिपाहियों को भेजा। वे दुखी लौटे और उन्होंने यह बुरी ख़बर सुनाई कि वह बहादुर पहलवान तो मुर्दा पड़ा है। सुनते ही सोहराब अपनी जगह से उचका और बाहर की तरफ़ लपका। उसके पीछे सारी महफ़िल चल पड़ी। सबने देखा कि फ़ौज का सबसे बलवान पहलवान

जिन्दारज़्म मुर्दा पड़ा है। सोहराब ने उत्तेजित होकर कहा कि आज कोई भी सिपाही सोएगा नहीं। सारी रात नेज़े पर खड़े होकर पहरा देना होगा, क्योंकि हमारे यहां एक भेड़िया घुस आया है, जिसने सबसे बेहतर भेड़ का शिकार कर लिया है। अगर ख़ुदा मेहरबान रहा, तो कमन्द और अपने घोड़े की नस्ल से ईरान व उसके निवासियों को कुचलकर रख दूंगा।

इतना कहकर सोहराब ने तख़्त पर बैठकर सबको बुलाया और कहा कि यदि मैं इस महान युद्ध में मारा जाऊं, तो इसका यह अर्थ हर्गिज़ मत लगाना कि हमारी लड़ाई ख़त्म हो गई।

तुर्क लिबास पहने जब रुस्तम शाह काऊस की तरफ़ लौटा, तो उसको देखकर गिव ने म्यान से तलवार निकाल ली। यह देखकर रुस्तम ने उसको डांटते हुए उसके सिर पर एक ज़ोर का घूंसा जमाया, तब गिव ने रुस्तम को पहचान कर हंसना शुरू किया। मगर फ़ौरन ही चोट के दर्द से कराहना भी शुरू कर दिया। फिर गिव ने रुस्तम से पूछा कि इस अंधेरी रात में, वह पैदल कहां से आ रहा था। रुस्तम ने हंसकर कहा कि नेकी करने के सिवा और कुछ करने नहीं रह गया था। यह कहकर रुस्तम शाह काऊस के पास पहुंचा। रुस्तम ने बादशाह से तूरान योद्धाओं का हाल-चाल बताने के बाद सोहराब के व्यक्तित्व का बयान करते हुए कहा कि ऐसा पहलवान तो ईरान में भी नहीं है। उसको देखकर लगता है, जैसे साम पहलवान के परिवार का हो! इसके बाद रुस्तम ने तूरानी फ़ौज के पहलवान योद्धा को मार डालने की बात बताई और शाह काऊस से विदा लेकर वह सारी रात लश्कर को तरतीब देने में व्यस्त रहा।

जब सूरज ने अपनी सुनहरी ढाल उठाई, तो सारी दुनिया रोशनी से भर उठी! सोहराब ने जिरह-बख़्तर पहना और काले घोड़े पर बैठा। कमर में हिन्दुस्तानी तलवार बंधी थी और सिर पर शाही टोपी थी। सोहराब हुजीर

के पास जाकर बोला – तुमको मेरी रहनुमाई करनी पड़ेगी। रास्ते के बारे में सारी जानकारी देनी पड़ेगी। एक बात याद रखना कि धोखा और झूठ मेरे साथ नहीं चलेगा। चूंकि तुम मेरे साथ हो और आज़ाद भी होना चाहते हो, तो इस बात का ध्यान रखना कि ज़रा भी बेईमानी चलने न दूंगा। ईरान के बारे में जो कुछ जानना चाहूंगा, वह सब सच-सच बताना पड़ेगा। इस काम के इनाम के रूप में तुमको धन व खिलअत दूंगा। यदि तुमने ख़बरें ग़लत दीं, तो तुम्हें कारागार में डाल दूंगा।

हुजीर ने सोहराब की बात सुनकर कहा कि आप ईरान के सिपाहियों के बारे में जो कुछ पूछेंगे, मैं आपको सच-सच बताऊंगा। झूठ क्यों बोलूंगा। मुझे मालूम है कि सच से अच्छा और झूठ से बदतर इस दुनिया में दूसरा कुछ नहीं है। सोहराब ने कहा कि मैं गिव, तूस, गुदर्ज, बहराम और प्रसिद्ध पहलवान रुस्तम के बारे में जानना चाहता हूं। पहले यह बताओ कि इन तम्बुओं के बीच वह खेमा किसका है, जिसका पर्दा दीबा के विभिन्न रंगों से सजाया गया है। वहां पर सौ हाथी हैं। एक काला घोड़ा और फ़िरोज़े का जड़ा तख़्त है। उस खेमे पर सूर्य की तरह सुनहरे रंग की पताका फहरा रही है, जिसकी छड़ का मूठ सुनहरा है और उस पर ऊदे कासनी रंग का गिलाफ़ चढ़ा हुआ है। जिसका खेमा चारों तरफ़ से योद्धाओं से घिरा हुआ है। उस पहलवान का नाम बताओ।

हुजीर ने जवाब दिया कि यह खेमा शाह काऊस का है। इसी तरह से उसने सारे पहलवानों के खेमे सोहराब को बताए। आख़िर में सोहराब ने पूछा कि हरी पताका वाला वह खेमा किसका है, जहां पर वह पहलवान भारी और मज़बूत कन्धों के साथ बैठा है। ऐसा व्यक्तित्व तो मैंने ईरान के पहलवानों में नहीं देखा। उसकी पताका भी सबसे बड़ी है। उस पर अजदहा की तस्वीर बनी है और पास बड़ा-सा घोड़ा खड़ा है?

हुजीर ने पल-भर ठहरकर सोचा कि यदि वह रुस्तम का पता सही बता देगा, तो यह अद्‌भुत पहलवान जाने क्या हानि रुस्तम को पहुंचाए! बेहतर है कि मैं रुस्तम का नाम न लूं और यह भेद सोहराब से छुपाए ही रखूं। यह फ़ैसला करके हुजीर ने सोहराब को जवाब दिया कि चीन से

कोई सालार आया हुआ है। सोहराब ने पूछा कि उसका नाम क्या है, तो हुजीर ने बताया कि मैं तो यहां क़िले में था। मुझे इस चीनी पहलवान के बारे में कुछ पता नहीं है।

सोहराब का जिज्ञासु मन उदासी की पर्तों में डूब गया। आख़िर उनको रुस्तम का पता चल पाया। मां ने चलते हुए पिता की जो पहचान बताई थी, वह तो इसी पहलवान से मिलती-जुलती है। उसका मन शंकित था कि आख़िर हुजीर की बताई बात को कितना सच माने। मगर दूसरा कोई चारा भी उसके पास न था। आख़िर सोहराब से रहा नहीं गया और उसने हुजीर से पूछा कि क्या बात है कि तुमने सारे पहलवानों के खेमे दिखाकर उनकी प्रशंसा में ज़मीन-आसमान एक कर दिया; मगर जो इन सारे पहलवान का सरदार है, उस महान पहलवान रुस्तम के बारे में एक भी शब्द तुम नहीं बोले। रुस्तम तो पूरी दुनिया का पहलवान है और हर देश, हर सीमा का वह रक्षक है। ऐसे योद्धा की यूं छिपकर रहने की कोई तुक समझ में नहीं आती। तुमने यह बात पहले ही बताई थी कि रुस्तम सबसे महत्त्वपूर्ण पहलवान है। जब काऊस शाह इतनी बड़ी फ़ौज के साथ स्वयं रणक्षेत्र में आए हैं, उस समय रुस्तम जैसे पहलवान के न होने पर मन में शक होता है।

सुनकर हुजीर को जवाब देते नहीं बना। फिर भी उसने बात बनाते हुए कहा कि बहार का मौसम है। ज़रूर रुस्तम जाबुलिस्तान की तरफ़ गए हुए होंगे। जश्न व महफ़िल का दौर जारी होगा। हुजीर की बात सुनकर सोहराब ने कहा कि यह बात मत कहो कि जंग से रुस्तम ने पीठ मोड़ ली है। इस युद्ध के लिए ईरान के शाह ने हर कोने से पहलवानों एवं योद्धाओं को जमा किया है। ऐसे संकट के समय रुस्तम जैसा पहलवान गायकों के सामने बैठा संगीत का मज़ा ले रहा होगा? तुम्हारी इस बात को सुनकर सारी दुनिया क़हक़हा लगाएगी। तुम मुझसे कुछ छिपा रहे हो। याद रखो, तुमने मुझे वचन दिया है। यदि वह शर्तनामा तुमने तोड़ा, तो मैं तुम्हारा सिर धड़ से अलग कर दूंगा। मैं भेद जानना चाहता हूं, न कि उलटी-सीधी बातें सुनने का उत्सुक हूं। पहले कह चुका हूं कि सच बोलने की क़ीमत दूंगा – मोतियों से भर दूंगा।

सोहराब की बातें सुनकर हुजीर ने जवाब दिया कि जो भी रुस्तम जैसे पहलवान से युद्ध करने का साहस जुटाएगा, वह इस दुनिया में नहीं टिकेगा। रुस्तम की ताक़त के आगे बलवान हाथी भी कुछ नहीं है और उसके घोड़े रख़्श के आगे सारे घोड़े बेकार हैं। उसके एक बार गदा घुमाने से दो सौ लोग जान से हाथ धो बैठते हैं। उसके जिस्म में सौ पहलवानों की ताक़त है और उसका क़द दरख़्त से भी ऊंचा है। यदि रणक्षेत्र में उसे ग़ुस्सा आ गया तो क्या हाथी, क्या शेर, क्या पहलवान, सबकी गर्दन मरोड़कर रख देता है। रुस्तम के बारे में जब हुजीर बता रहा था, उस समय उसके मन में यह बात उमड़ रही थी कि इस बलवान को रुस्तम की ताक़त का अन्दाज़ा हो जाए तो अच्छा है, वरना यह उसको मारकर ही दम लेगा। मैं यदि झूठ बोलने पर मार डाला जाऊं तो क्या फ़र्क़ पड़ता है। मगर मेरे सच बोलने से अगर रुस्तम मारा जाता है, तो इस ईरान को कौन बचाएगा। सारे पहलवान बूढ़े हो रहे हैं और उनमें रुस्तम सरीखा तेज भी नहीं है कि वे दुश्मन के दांत अकेले खट्टे कर सकें। इसलिए मुझे इस जवान का हौसला पस्त करना पड़ेगा। ऐसा सोचकर हुजीर ने जोश में कहा कि आप मेरे ख़ून से हाथ रंगना चाहें, तो रंग लें, मगर हक़ीक़त यह है कि –

हमी पीलतन रा न ख्वाही शिकस्त
हुमाना कत आसान नयायद बेदस्त
न बायद तोरा जुस्त ब उ नबर्द
बर आरद बे आवुरद गह अज तो गर्द

(आप हाथी जैसी काया रखने वाले रुस्तम को हरा नहीं सकते हैं। पहले तो उस तक पहुंचना ही बहुत कठिन है। फिर उससे लड़ना आपके बस की बात नहीं है, क्योंकि उससे पंजे लड़ाना स्वयं अपनी मिट्टी छंटवाना है।)

सोहराब ने उसकी बड़ी-बड़ी बातें सुनकर अपना चेहरा दूसरी तरफ़ मोड़ लिया, ताकि उसके चेहरे के भाव को हुजीर पढ़ न ले। हुजीर की भेद-भरी बातों को सुनकर सोहराब ने अजीब-सा महसूस किया। इसके बाद

वह गहरी सोच में डूब गया। फिर कुछ सोचकर एक सुनहरी टोपी जिरह-बख़्तर के नीचे छिपाई और एक तुर्की रोमी टोपी सिर पर लगाई। इसके बाद तीर-कमान, माला, कमन्द और गदा को उठाया और तेज़ी से घोड़े पर बैठा। उसकी रगों में गर्म ख़ून जोश मार रहा था।

सोहराब हाथ में भाला पकड़े चिंघाड़ता हुआ घोड़ा दौड़ा रहा था। रास्ते की धूल आसमान को ढक रही थी। सोहराब के बाज़ुओं की मछलियों को तड़पता और उसके वायुवेग को देखकर आसपास ऐसा सन्नाटा छा गया, जैसे गूरखर के झुंड शेर को आता देखकर झाड़ियों में दुबक जाते हैं। ईरान की शाही फ़ौज में ऐसा पहलवान किसी की नज़र से नहीं गुज़रा था। सोहराब ईरानी योद्धाओं व पहलवानों की भीड़ को चीरता हुआ सीधे शाह काऊस के पास पहुंचा और शाह को ललकारते हुए कहा, "ओ आज़ाद मर्द काऊस, तुम किस तरह का युद्ध इस मैदान में करोगे! कैसे तुम शाह काऊस बन बैठे, जब कि तुम्हें शेरों की जंग का कुछ ज्ञान ही नहीं है। मैं यह भाला अगर अपनी मुट्ठी में घुमाकर फेंकूं, तो यह सारे तुम्हारे योद्धा एक आन में बेजान हो जाएंगे।

"उस दिन जब जिन्द पहलवान मरा था, तो मैंने सौगन्ध खाई थी कि ईरान का कोई भी हथियारबन्द मेरे हाथ से बचकर नहीं जाएगा और काऊस को ज़िन्दा फांसी पर चढ़ाऊंगा। कहां हैं, ईरान के नामी पहलवान! क्यों नहीं वे मुझसे युद्ध करने के लिए आगे बढ़ते!" इतना कहकर सोहराब ख़ामोश हो गया। मगर ईरान की तरफ़ से उसको जवाब देने के लिए किसी ने मुंह नहीं खोला।

सोहराब ने कमान चढ़ाई और एक ही तीर से सत्तर खेमों की कीलों को एक साथ उखाड़ दिया। एकाएक तम्बू नीचे ज़मीन पर आन लगे। यह देखकर फ़ौज में एक सनसनी-सी फैल गई और भयभीत शाह काऊस को सदमा पहुंचा। उसने पुकारकर कहा, "कोई है जो जाकर रुस्तम को इस घटना की ख़बर दे कि उस तूरानी पहलवान का दिमाग़ अक्ल से ख़ाली हो रहा है? मेरे पास रुस्तम जैसा कोई दूसरा पहलवान नहीं है, जिसे मैं रुस्तम के स्थान पर युद्ध करने को कह सकूं। इसलिए रुस्तम को फ़ौरन

यहां पहुंचना ज़रूरी है।"

तूस शाह काऊस का यह सन्देश लेकर रुस्तम के पास पहुंचा। शाह का पैग़ाम सुनकर रुस्तम झुंझलाकर कहने लगा कि हर बादशाह की तरह शाह काऊस ने मुझे एकदम बुलवाया है। फिर ग़ुस्से से बोला –

गही जंग बूदी गही साज़-व-बज़्म
नदीदम ज़े काऊस जुज रंज-ए-रज़्म

(कभी कहते हैं जंग करो, तो कभी साज़-आवाज़ के साथ बज़्म में रहने को कहते हैं। सच है, काऊस के हाथों सिवाय युद्ध के दुख के मैंने कुछ हासिल नहीं किया।)

बाहर निकलकर रुस्तम ने रख़्श पर जीन कसने का हुक्म दिया। सिपाहियों को चुना और खेमे से मैदान की तरफ़ जो निगाह दौड़ाई तो दूर से गिव का कुलाह नज़र आया। बाहर जल्दी चलने का शोर सुनकर बबरे-बयान (रुस्तम का विशेष चीते की खाल का बना वस्त्र) पहनते हुए रुस्तम ने मन-ही-मन कहा कि यह आज़ादी की नहीं, बल्कि एक इंसान के अहं पर सन्तुष्टि की लड़ाई है। रुस्तम ने किसानी कमरबन्द कसा और रख़्श पर बैठकर सरपट भागा।

रणक्षेत्र में रुस्तम सोहराब को देखकर एक बार फिर बुरी तरह प्रभावित हो उठा। सोहराब अपने सिपाहियों से अलग जाकर रुस्तम से बोला कि अकेले लड़ें तो कैसा रहेगा! मैं नहीं चाहता कि हमारी फ़ौजें एक-दूसरे का ख़ून बहाएं। रुस्तम ने नज़रें उठाकर उस मज़बूत काठी वाले पहलवान को ऊपर से नीचे तक देखा।

रुस्तम ने सोहराब से कहा कि ओ जवान! ज़रा जोश ठंडा करो। ज़मीन ख़ुश्क़ है और हमारे सिर पर गर्म व नर्म हवा बह रही है। युद्ध करते हुए मैं बुढ़ापे की दहलीज़ पर आन खड़ा हुआ हूं और इस बीच असंख्य योद्धाओं को मौत की मीठी नींद सुला चुका हूं! जो भी मुझसे युद्ध करने आया है, मैंने बिना किसी फ़र्क़ के उसको हरा दिया। इसलिए पहले मुझे अच्छी तरह से देख लो, फिर मुझसे युद्ध करने का प्रण लो। मेरी बहादुरी के गवाह –

ये पर्वत, ये मैदान, ये दरिया और ये सितारे हैं, जिन्होंने मुझे लड़ते देखा है। मेरी मर्दानगी को परखा है कि कैसे मैंने हर परीक्षा में सफलता प्राप्त की है। इसलिए मेरे दिल में तुम्हारे लिए रहम उमड़ रहा है और मैं नहीं चाहता कि तुमको मसलकर रख दूं। मुझे तुम्हें देखकर महसूस होता है कि तुर्क पहलवानों में तुम-सा कोई भी नहीं है और ईरान में तुम्हारा जोड़ा ढूंढ़ने से भी नहीं मिलेगा।

रुस्तम का आख़िरी जुम्ला सुनकर सोहराब का दिल धड़क उठा। उसने रुस्तम से पूछा कि क्या मैं आपसे एक सवाल कर सकता हूं, जब कि आपने मेरी नस्ल के बारे में जिज्ञासा प्रकट की है। इसलिए मैं आपसे कुछ पूछना चाहता हूं। क्या आप मेरे सवाल का जवाब सही देंगे? मुझसे कुछ भी नहीं छुपाएंगे कि –

मन इदून गुमानम कि तो रुस्तमी
कि अज़ तुख़्मे नामवर नीरमी

(मुझे महसूस हो रहा है कि जैसे आप नामवर पहलवान नरीमान के वंशज हों और आपका नाम रुस्तम है।)

रुस्तम ने सोहराब को देखा और जवाब दिया कि –

चनीन दाद पासुख कि रुस्तम नीयम
हम अज़ तुख़्म-ए-साम नीरम नीयम
कि उ पहलवान अस्त व कहतर अम
न ब तख़्त व गाहम न ब अफ़सर अम

(मैं रुस्तम नहीं हूं और न ही साम नरीमान और जाल का वंशज हूं। वे नामवर पहलवान हैं और मैं एक बहुत मामूली आदमी जिसके पास न तख़्त है, न सल्तनत है, न दरबार है।)

रुस्तम का यह जवाब सुनकर सोहराब के दिल पर बिजली-सी गिरी। निराशा में डूबते हुए उसे महसूस हुआ कि जैसे एकाएक चमकीला दिन रात के अंधेरे में डूब गया हो।

रुस्तम और सोहराब ने जंग के लिए कमर कसी और अपने-अपने हथियार लेकर मैदान में उतर पड़े। वे जब भाले से युद्ध कर चुके, तो दोनों सवारों ने तीर व कमान उठाया। थोड़ी देर बाद कमान की डोरी खुल गई, तो दोनों फिर आमने-सामने खड़े हुए।

बेशमशीरे हिन्दी बर आविख़्तन्द
हमी ज़े आहन आतश रीख़्तन्द

(और अपनी म्यान से हिन्दुस्तानी तलवारें खींचीं और उनकी टकराहट से फ़िज़ा गुंजा दी। ऐसा लगा कि तलवारों की झंकार से चिनगारियां निकलने लगी हैं।)

बे जख़्मे अन्दरून तीग़ शुद रीज़ रीज़
चे जख़्मी की पैदा कुन्द रस्ताख़ीज़

(उस घाव से जो महाप्रलय ले आता है, उसी के बल से तलवार के टुकड़े-टुकड़े हो गए।)

इसके बाद दोनों ने जीन से अपनी-अपनी ग़दाएं उठाईं और एक-दूसरे पर चोट करने लगे। इनकी ताक़त के आगे गदाएं भी आगे से झुक गईं! घोड़े भी थक गए थे। उनके बदन के जिरह-बख़्तर चाक-चाक हो चुके थे। दो दिलेर योद्धाओं का चेहरा धूल से, बदन पसीने और ख़ून से नहा गए थे, ज़बान और हलक़ में प्यास से कांटे चुभने लगे थे। दोनों कुछ देर के लिए एक-दूसरे से दूर खड़े हो गए और घोड़ों के सुस्ताने और प्यास बुझाने का मौक़ा दिया।

दोनों के चेहरे पर न दया थी, न प्यार। विचित्र बात तो यह थी कि पशु-पक्षी सब अपने बच्चों को प्यार करते हैं और उनको हर कष्ट से बचाते हैं। मगर यहां ख़ुदा को कुछ और ही मंज़ूर था। बाप-बेटे अपने-अपने बल का प्रदर्शन करने में लगे हुए थे।

रुस्तम मन-ही-मन सोच रहा था कि मैंने अभी तक एक भी ऐसा योद्धा नहीं देखा। इस जंग के सामने तो सफ़ेद दैत्य से मेरा युद्ध फीका पड़ गया

है और मैं इस युद्ध से निराश-सा हो रहा हूं। इस जवान ने तो मुझे जंग में बेहाल कर दिया है।

घोड़े सुस्ता चुके थे। दोनों दिलेर घोड़ों पर सवार हुए। तीर-कमान उठाई और एक-दूसरे के सामने आन खड़े हुए। दोनों तरफ़ की फ़ौजें खड़ी-खड़ी यह तमाशा देख रही थीं। दोनों ने इस तरह से एक-दूसरे की ओर तीर फेंके जैसे दरख़्तों से पत्तियां झड़ रही हों। तीरों की बारिश से उनकी ढालें उनको बचा रही थीं। उनके बल के आगे हथियार पुराने और बेकार साबित हो रहे थे।

रुस्तम चाहता तो अपने हाथों से पर्वत भी उठा लेता था, मगर जब उसने सोहराब की कमर में हाथ डालकर उसे पछाड़ना चाहा, तो उसे महसूस हुआ कि सोहराब स्थिर एवं जड़ है। उसको अपनी जगह से हिलाने का अर्थ था – केवल थकन और निराशा हाथ लगती। सोहराब ने अपनी गदा उठाई और रुस्तम के कन्धे पर दे मारी। रुस्तम इस वार से बिलबिला उठा। उसका चेहरा देखकर सोहराब हंसा और कहने लगा कि ऐ सवार! जब आपमें दिलेरों की गदा की चोट सहने की ताक़त नहीं है, तो फिर इस बुढ़ापे में जवान बनने का शौक़ क्यों चर्राया, जो मुझ जैसे पहलवानों से लड़ने चले आए?

रुस्तम यह बात सुनकर क्रोधित हो उठा और तूरानी सिपाहियों की तरफ़ झपटा। यह देखकर सोहराब ने ईरानी फ़ौज पर हमला बोल दिया। पलक झपकते ही असंख्य ईरानी व तूरानी सिपाही इन दोनों पहलवानों के हाथों मौत के घाट उतार दिए गए। यकायक रुस्तम भयभीत हो उठा कि कहीं सोहराब शाह काऊस को उसके घोड़े से उतारकर मार न डाले। फ़ौरन वह पलटा। उसने देखा कि सोहराब सिपाहियों से घिरा खड़ा है। उसका भाला व तलवार ख़ून से रंगे हैं और ज़मीन ख़ून का तालाब बनी हुई है। सोहराब किसी शेर की तरह शिकार किए जा रहा है। यह दृश्य देखकर रुस्तम चिंघाड़ा :

बेदू गुफ्त कएइ तुर्क ख़ूनख़्वारे मर्द
जे ईरान सिपाह जंग ब तो कि कर्द

चिरा दस्त ब मन नसूदी हमे
चू गुर्ग आमदी दर मियान रमे

(ऐ ख़ून के प्यासे तुर्क! तुमसे किसने कहा कि ईरान की फ़ौज पर हाथ उठा? यह मेरी और तेरी जंग है, न कि सिपाहियों की, जो तू भेड़ों के झुंड में किसी भेड़िये की तरह टूट पड़ा है।)

सोहराब ने रुस्तम से कहा कि पहले आप तूरानी फ़ौज की तरफ़ बढ़े थे, वरना मुझे इन बेगुनाहों के ख़ून बहाने की क्या ज़रूरत थी। रुस्तम ने जवाब दिया कि अब शाम ढल रही है। मगर कल सुबह, सूरज के उगते ही इस बात का फ़ैसला हो जाएगा कि वास्तव में तीरन्दाज़ और तलवार चलाने वाला दिलेर पहलवान कौन है।

रात हो गई थी। सोहराब अपने खेमे में वापस पहुंचा और हुमान को बुलाकर सिपाहियों की ख़ैरियत पूछी कि जब वह हाथी जैसा पहलवान तुम लोगों की तरफ़ आया, तो तुम पर क्या गुज़री? मैंने उसके जैसा दिलेर पहलवान अभी तक नहीं देखा है। बूढ़ा है मगर युद्ध करने से अभी उसका दिल भरा नहीं है। इस उम्र में भी उसके बदन में हाथी जैसा बल और हाथों में शेर के पंजे जैसी फ़ुर्ती मौज़ूद है।

हुमान ने सोहराब से कहा कि जिस जगह आपने कहा था, वहीं पर फ़ौज खड़ी थी। एकाएक वह मस्त हाथी किसी पेड़ के तने की तरह हमारी तरफ़ टूटा और एक साथ ढेरों सिपाही मार गिराए। फिर पलक झपकते ही वह पलटा और ईरानी फ़ौज की तरफ़ दौड़ा।

सोहराब ने कहा कि अफ़सोस की कोई बात नहीं है। कल का दिन आने दो। भाले और तलवार के वार से बादलों को भी ख़ून के आंसू रुला दूंगा और एक भी दुश्मन कल बचने नहीं पाएगा। कल बहादुरी का दिन है। अभी तो जाम में शराब डालकर साज़ व आवाज़ का मज़ा लेते हैं!

उधर रुस्तम जब फ़ौज के पड़ाव की ओर लौटा, तो उसके खेमे में गिव पहलवान आया। रुस्तम ने उससे पूछा कि सोहराब ने सिपाहियों के साथ क्या किया? गिव ने उसको जवाब देते हुए कहा कि इतना बलवान पहलवान् अभी तक नज़रों से नहीं गुज़रा है। तेज़ी से हमला करता हुआ सिपाहियों के बीच से गुज़रता हुआ वह तूस पहलवान की तरफ़ बढ़ा। तूस गदा उठाए घोड़े पर बैठा था। सोहराब ने अपनी उसी झुकी हुई गदा से तूस पर इस ज़ोर से वार किया कि उसकी गदा का सिर दूर जा गिरा। हम समझ गए कि इसके मुक़ाबले की ताक़त हममें नहीं है। हमने पहलवानी के तौर-तरीक़ों को हाथ से जाने नहीं दिया, सो सिपाहियों ने उसका पीछा नहीं किया।

यह ख़ौफ़नाक बयान सुनकर रुस्तम चिन्तित हो उठा। फिर शाह काऊस के खेमे की तरफ़ बढ़ा। शाह काऊस ने रुस्तम का स्वागत बड़ी गर्मजोशी से किया और उसको अपने पास बिठाकर रणक्षेत्र की ख़बरें जाननी चाहीं। रुस्तम ने शाह को जवाब दिया कि मैंने अभी तक इतनी दिलेरी और मर्दानगी किसी भी लड़के में नहीं देखी। शेर की भुंजाएं और घड़ियाल का दिल यह लड़का रखता है। सच पूछा जाए, तो आज हम दोनों ने भाले, तीर और तलवार चलाना एक-दूसरे को सिखाया है! उसको मैंने जब कमर से पकड़कर गिराना चाहा और वह मज़बूती से खड़ा रहा, तो लगा कि पर्वत हवा से हिल सकता है, मगर इस सवार को गिराना कठिन है। शाम हो चुकी थी। सो लड़ाई बन्द हुई और मैं आपके हुज़ूर में हाज़िर हुआ।

जब रुस्तम उसी तरह चिन्तित अपने खेमे में लौटा, तो वहां अपने भाई ज़वारेह को हैरान-परेशान बैठा देखा। उसकी आंखों से भय और चिन्ता टपक रही थी। रुस्तम ने भोजन लाने का आदेश दिया और भाई के साथ अकेले में बैठकर, रणक्षेत्र में जो कुछ आज गुज़रा था, कह सुनाया। फिर कहने लगा कि जब मैं सोहराब से लड़ने जाऊं, तो तुम पताका ऊपर रखना और फ़ौज को युद्ध के लिए तैयार और ख़ुद को होशियार रखना। अगर मैं जीत गया तो रणक्षेत्र में जाने की जल्दी नहीं होगी और मैं तुम्हारे पास

लौट आऊंगा। अगर इसका उलटा हुआ तो तुम्हें दुखी होने की ज़रूरत नहीं है! तुम सब जाबुलिस्तान पिता जाल के पास लौट जाना। तुम मां को दिलासा देना और ख़ुश रखना। कहना कि मेरे ग़म को इतना दिल पर न लगाएं और अपने को संभाले, क्योंकि यह दुनिया किसी की नहीं है। आख़िर आज नहीं तो कल, मुझे यह संसार छोड़ना ही पड़ता। इस रीत को मैं बदल नहीं सकता।

मैंने युद्ध किए, दैत्यों व शत्रुओं को मार गिराया। फ़ौजों को हराया। कोई भी ऐसा शहर और देश नहीं बचा है, जहां मैं युद्ध के लिए नहीं पहुंचा, मगर इन सारी दिलेरी के बाद मौत के आगे सिर झुकाना पड़ेगा। जमशेद शाह को याद करो। क्या वैभव था! आज जमशेद नहीं हैं। पिता जालज़र से कहना कि शाह काऊस से नाराज़ होने से कोई लाभ नहीं होगा। वह यदि लड़ने को कहें तो उनके आदेश का पालन करना, क्योंकि सबको एक-न-एक दिन तो मौत के मुंह में जाना ही है।

उधर सोहराब सारी रात दोस्तों के संग महफ़िल जमाए रहा, लेकिन उसका दिल व दिमाग़ स्थिर नहीं था। उसने हुमान से कहा कि वह पहलवान जो मुझसे कल ज़ोर-आज़माई कर रहा था, वह बाहुबल में किसी तरह मुझसे कम नहीं है। पता नहीं क्यों, जब मैं उसकी तरफ़ आंख भरकर देखता हूं, तो मेरा दिल नर्म पड़ने लगता है और चेहरा शर्म से लाल होने लगता है। मां ने बाबा की जो निशानी मुझे बताई थी, वह सब मैं उसमें देख रहा हूं! मुझे शक है कि वही रुस्तम है। मगर अपना नाम मुझसे छिपा रहा है। ऐसा न हो कि मैं बाबा से युद्ध करूं और अपने भाग्य को अंधेरे में डुबो दूं।

हुमान ने मक्कारी से कहा, "मैंने रुस्तम को कई बार रणक्षेत्र में देखा है! यह पहलवान रुस्तम नहीं है।"

सूरज ने जैसे ही अपनी सुनहरी किरणें बिखेरी, रात ने अपने काले डैने समेट लिये। सोहराब नींद से जागा। जिरह-बख़्तर पहन, तीर व कमान, भाला, गदा लेकर वह घोड़े पर बैठा और युद्ध के मैदान की तरफ़ चल पड़ा।

तहमतन यानी रुस्तम ने बबरेबयान पहना, हथियार उठाए, रख़्श घोड़े पर बैठा और रणक्षेत्र की तरफ़ चल पड़ा।

जैसे ही सोहराब की नज़र आते हुए रुस्तम पर पड़ी, उसके दिल में प्यार उमड़ने लगा और हंसकर पूछने लगा, "दिलावर! आपकी रात कैसे गुज़री और अब दिन कैसे गुज़ारेंगे? इस युद्ध का इरादा क्यों नहीं छोड़ देते? कहिए तो मैं आपके कन्धे से तीर व कमान उतार लूं और बदले की भावना को हम दोनों दिलों से निकाल फेंकें और दोस्त बनकर युद्ध का इरादा छोड़ दें। एक साथ बैठें, और जाम भरें। मेरे दिल में जाने क्यों आपके लिए बहुत ज्यादा प्यार उमड़ रहा है। आप ज़रूर ऊंची नस्ल और दिलेर पहलवान परिवार से हैं। आप मुझसे अपने को न छुपाएं और अपना सही नाम बताएं। मुझे शक है कि आप जालज़र के बेटे रुस्तम हैं। मैंने आपको बहुत ढूंढ़ा। सबसे पूछा, मगर किसी ने आपका नाम नहीं बताया। आप तो मुझे अपना नाम बता दें।"

रुस्तम ने सोहराब की बात सुनकर कहा, "अरे जवान मर्द! कल तक सारी बातें लड़ाई और मरने-मारने की कर रहे थे! हथियार डालने और शराब पीने का कोई ज़िक्र नहीं था। आज ये सब बेकार की बातें और युद्ध रोकने की कोशिशें मत करो। मैं तुम्हारे जाल और फरेब में फंसने वाला नहीं हूं। तुम जवान हो, तो मैं बच्चा नहीं हूं। ज़िन्दगी के उतार-चढ़ाव बहुत देखे हैं। हज़ारों से मिला हूं। अब देखना है कि ख़ुदा ने हमारी तक़दीर में लिखा क्या है?"

सोहराब ने जवाब दिया, "बहादुर बुज़ुर्ग! मेरी सबसे बड़ी इच्छा है कि मैं आपको मौत के मुंह में जाने से बचा लूं और आप इस दुनिया से जाने के लिए अपने बिस्तर पर ही अपनी आंखें बन्द करें। अगर आपको बहुत जल्दी है और मौत का सामना करना ही चाहते हों तो ख़ुदा की मर्ज़ी

पर छोड़ने के अलावा हमारे पास कोई दूसरा रास्ता नहीं है। घोड़े से उतरिए। लड़ाई शुरू करते हैं।"

दोनों पहलवान अपने-अपने घोड़ों से नीचे उतर आए और उनको बांधा। एक-दूसरे की कमर में हाथ डाला और इस तरह गुंथ गए जैसे दो अज़दहे एक-दूसरे से लिपट गए हों। सुबह से शाम तक दोनों पहलवान इस कोशिश में लगे रहे कि एक-दूसरे को पछाड़ दें। चेहरे और बदन से ख़ून बह रहा था, मगर दोनों युद्ध किए जा रहे थे।

अन्त में सोहराब ने शेर की तरह दहाड़ मारी और रुस्तम को कमर से पकड़कर यकायक दोनों हाथों से सिर के ऊपर उठाया और पूरी ताक़त से ज़मीन पर दे मारा और उचककर उसके सीने पर चढ़ बैठा और म्यान से खंजर निकाला, ताकि रुस्तम का सिर धड़ से अलग कर दे। यह देखकर रुस्तम अपनी जान की ख़ैर मनाने लगा। कुछ सोचकर बड़ी नरमी से सोहराब से कहा, "जवान मर्द! हमारा रिवाज यह है कि जब दो पहलवान कुश्ती लड़ते हैं, तो एक-दूसरे को पहली बार ज़मीन पर पटकने पर खंजर नहीं उठाते। अगर दूसरी बार भी पहला दूसरे को ज़मीन पर पटक देता है तो फिर रिवाज के अनुसार उसका सिर धड़ से अलग कर सकता है।"

हुमान सोहराब की प्रतीक्षा में था। जब सोहराब के लौटने में देर हुई, तो वह घोड़े पर बैठकर उसे देखने निकला। कुछ देर बाद हुमान ने सोहराब को शिकारगाह के पास देखा। क़रीब पहुंचकर उससे कुश्ती का हाल पूछा। सोहराब ने सारा माजरा कह सुनाया। सुनकर हुमान दुख से चीख़ उठा कि क्या तुम्हारा दिल ज़िन्दगी से भर चुका है, जो हाथ में आए हुए शिकार को छोड़ आए हो? आज तक किसी दिलेर ने हाथ में आए दुश्मन को आज़ाद नहीं किया है। पता नहीं, वक़्त अब क्या ग़ुल खिलाता है।

सोहराब ने कहा, "दुखी मत हो! यह पहलवान मेरे पंजे से आज़ाद नहीं हो सकता। कल फिर वह मैदान में आ रहा है। फिर कुश्ती होगी और इस बार मैं उसका सिर धड़ से अलग कर दूंगा।"

जब रुस्तम सोहराब के चंगुल से छूटा, तो सारी नामक चश्मे के किनारे पहुंचा। हाथ-मुंह धोया, पानी पिया और सिजदे में गिर गया।

कहते हैं कि शुरू में रुस्तम के बदन में इतनी ताक़त थी कि यदि वह चलते हुए ज़रा-सा ज़्यादा ज़ोर पंजों पर डालता, तो वहां की ज़मीन नीचे धंस जाती थी। अपने इस बल से स्वयं रुस्तम भी बहुत परेशान था। इसलिए एक बार रुस्तम ने रो-रोकर ख़ुदा से दुआ मांगी थी कि वह रुस्तम के बदन का बल कम कर दे, ताकि वह आराम से क़दम रखता हुआ ज़मीन पर चल सके। ख़ुदा ने उसकी दुआ सुन ली और उसके बदन का बल घट गया।

आज रुस्तम ने ख़ुदा के सामने खड़े होकर यह दुआ मांगी कि उसके बदन का घटा बल उसको वापस मिल जाए। इस बार भी ख़ुदा ने उसकी विनती सुन ली और रुस्तम के बदन में नई ताक़त व स्फूर्ति दौड़ गई। उस बल के संग रुस्तम चिंघाड़ता हुआ लड़ाई के मैदान की तरफ़ बढ़ा।

उधर से सोहराब कमान और कमन्द हाथ में उठाए शेर की तरह गुर्राता हुआ रुस्तम की तरफ़ बढ़ा। आख़िर पर्वतकाय दो पहलवान एक-दूसरे के सामने पहुंचकर ठहर गए। सोहराब रुस्तम के नए जोश-खरोश-भरे इस व्यवहार से चकित होकर बोला कि ओ शेर के पंजे से छूट जाने वाले! क्या तुम्हारा दिल जीने से भर चुका है, जो दोबारा रणक्षेत्र में आ गए हो! और आज यह दिलेरी जो तुम दिखा रहे हो, पहले अपना नाम-पता तो बताओ।

रुस्तम ने कोई जवाब नहीं दिया। दोनों पहलवान घोड़े से उतरे और कुश्ती लड़ने में व्यस्त हो गए। उनके ऊपर उनकी मौत किसी परिन्दे की तरह मंडरा रही थी। सोहराब ने रुस्तम की कमर पकड़ी और चाहा उसे पछाड़े, मगर उसकी कमर किसी पर्वत की तरह जड़ थी। इस बार आसमान ने दूसरा रंग दिखाया। रुस्तम ने किसी अज़दहे की तरह सोहराब को ऊपर उठाया और ज़मीन पर दे पटका! रुस्तम को पता था कि सोहराब ज़मीन पर पड़ा नहीं रह पाएगा। इसलिए उसने कमर से फ़ौरन खंजर निकाला और सोहराब का कलेजा चीरकर रख दिया। सोहराब दर्द से तड़प उठा और ठंडी

सांस भरी। नेकी और बुराई के बारे में उसने सोचा, फिर रुस्तम की तरफ़ देखा और कहा कि ओ दिलेर! आख़िर तुमने मुझे ख़ून में नहला ही दिया। इसमें तेरा कोई क़सूर नहीं, बल्कि होना यही था। अभी तो मेरी उम्र के लड़के कहेंगे कि हमारा साथी पहलवान इतनी जल्दी मर गया, फिर सोहराब एक आह खींचकर बोला –

निशान दाद मादर मरा अज पिदर
जो महर अन्दर आमद खान्म बेसर
हमी जुस्तमश ता बेबीनमश रुइ
चनीन जान दादम बे इन आरज़ुइ

(मां ने मेरे बाबा की निशानी (तावीज़) के साथ मुझे भेजा था कि मैं जब उन्हें ढूंढ़ लूंगा, तो वह मुझे पहचान लेंगे, मगर अफ़सोस यही है कि मैं उन्हें तलाश करता रहा और आज उन्हें देखे बिना मौत को गले लगा रहा हूं।)

कनुन गर तो दर आब माही शवी
व या चुन शव अन्दर स्याही शवी
व गर चुन सितारे शवी बर स्पहर
बे बुर्री जे रुइ ज़मीन पाक मोहर

(मगर तुम उससे बचकर नहीं जा पाओगे, चाहे मछली बनकर पानी में जा छिपो या रात की कालिमा में छिपो या सितारे बनकर आसमान पर टंग जाओ। वह तुमको पकड़ लेंगे।)

बे ख्वाहद हम अज़ तो पिदर कीन-ए-मन
जो बीन्द ख़शतस्त बालीन-ए-मन
आज आन नामदारान गर्दन कुशान
कसी हम बुर्द निज़दे रुस्तम निशान
कि सोहराब कुश्तेस्त व अफ़कन्दे ख़्वार
हमी ख़्वास्त करदन तोरा ख़्वास्तार

(जब मेरी लाश देखेंगे तब मेरे बाबा तुमसे बदला लेंगे। इन बड़े पहलवानों और नामवरों में से कोई रुस्तम को यह निशानी दिखाए और उन्हें ख़बर दे कि सोहराब तुम्हें ढूंढ़ता रहा और अब वह इस तरह ख़ाक में पड़ा दम तोड़ रहा है।)

ये बातें सोहराब के मुंह से सुनकर रुस्तम सन्न रह गया। आंखों के सामने तारे टूटने लगे और चारों तरफ़ अंधेरा छा गया। एकाएक वह बेहोश हो गया। जब रुस्तम को होश आया, तो उसने देखा कि सोहराब ख़ून में नहाया उसके सामने ज़मीन पर पड़ा है।

रुस्तम ने सोहराब का सिर अपनी जांघ पर प्यार से रखा और एकाएक पीड़ा से चीत्कार कर उठा कि रुस्तम की नस्ल इस ज़मीन से अब मिट जाएगी। फिर रुस्तम ने सोहराब से पूछा कि बताओ अपने पिता की कौनं-सी निशानी तुम्हारे पास है? मैं रुस्तम हूं। ख़ुदा करे मेरे ये हाथ कट जाएं, जिनसे मैंने अपने बेटे का कलेजा चीरा है। इतना कहकर रुस्तम फफककर रो पड़ा और ग़म में अपना चेहरा तथा बाल नोच डाले।

सोहराब ने रुस्तम की जब यह हालत देखी, तो पूछा कि ऐ पहलवान! अगर रुस्तम तुम्हीं हो, तो फिर मुझसे यह बात छुपाई क्यों? मैंने तो हर तरह से तुम्हारा नाम और पता जानना चाहा था। मगर तुम्हारे दिल में मेरे लिए ज़र्रा बराबर भी प्यार नहीं उमड़ा। मेरा जोशन खोलो और देखो। जब मैं फ़ौज के साथ ईरान की तरफ़ चलने लगा था, उस वक़्त मेरी मां डबडबाई आंखों से मेरे पास आई थी और यह ताबीज मेरे बाजू पर बांधकर कहा था कि यह तुम्हारे पिता रुस्तम की यादगार है। रास्ते में काम आएगी। मगर अफ़सोस जब यह काम आई तो मेरे जाने का समय आ गया है।

रुस्तम ने जल्दी से सोहराब के लिबास का बन्द खोला और अपना ताबीज उसने सोहराब के बाजू पर बंधा देखा। यह देखकर रुस्तम ग़म से पागल हो उठा। उत्तेजना से कपड़े फाड़ने और रोने-चिल्लाने लगा कि ओ दिलावर बेटे! ऐ मेरे जवान बेटे! अभी तो तुम्हारे गालों के गुलाब ताज़ा थे कि तुम मुरझा गए! अभी तो तुम्हारी उम्र का सूरज पूरे शबाब पर भी

नहीं चढ़ा था कि तुम अंधेरे में डूब गए! अपने पिता के हाथों क़त्ल हुए और बहार आने से पहले ही पतझड़ बन गए। सोहराब रुस्तम का यह दुख देखकर ठंडी सांस भरकर कहने लगा कि ख़ुदा की मर्ज़ी यही थी। अब इस तरह से रोने-चिल्लाने और शोक मनाने से क्या हासिल होगा? मेरी क़िस्मत में यही लिखा था कि पिता के हाथों मारा जाऊं। वही हुआ। अब आप यूं ग़म न मनाएं।

सूरज डूबने को आया और जब रुस्तम फ़ौज के पड़ाव की ओर नहीं लौटा तो शाह काऊस ने बीस फ़ुर्तीले सवारों को रुस्तम की ख़बर लेने के लिए रणक्षेत्र की तरफ़ भेजा। उन्होंने वहां पहुंचकर देखा कि दोनों घोड़े बंधे हुए हैं और जीन पर रुस्तम नहीं है। वे समझे रुस्तम युद्ध में काम आ गया। वे फ़ौरन उलटे पांव यह सन्देश देने शाह काऊस की तरफ़ दौड़े।

फ़ौज में इस ख़बर से सनसनी फैल गई। सारे बहादुर एवं पहलवान शाह काऊस के पास पहुंचे। शाह काऊस ने आदेश दिया कि एक सवार फिर जाकर पता चलाए कि रुस्तम का क्या हुआ और सोहराब का अब क्या इरादा है। यदि रुस्तम को क़ैद कर लिया गया है, तो ये नौ पहलवान उसको स्वतन्त्र कराने की कोशिश करें। उस समय हम तूरान की फ़ौज पर हमला करेंगे और इस समस्या का समाधान निकालेंगे।

दूर से सोहराब ने जब घोड़ों के दौड़ने की आवाज़ सुनी, तो रुस्तम से कहने लगा कि मेरा समय तो ख़त्म हुआ। तूरानी फ़ौज संकट में पड़ गई है। आप कोशिश करें कि ईरानी फ़ौज तूरानी सिपाहियों को परेशान न करें। उनकी कोई गलती नहीं है। वे मेरी इच्छा का आदर करते हुए मेरे साथ यहां आए थे। मैंने उन्हें बड़ी आशाएं दिलाई थीं। उनसे कहा था कि जब मैं और मेरे बाबा रुस्तम एक हो जाएंगे, तो इस दुनिया को अपने क़दमों पर झुका लेंगे। अफ़सोस, मैं अपने बाबा के हाथों मौत के सिवा कुछ न पा सका! जब सफ़ेद क़िले पर मैंने हमला किया था, तो ईरानी सिपहसालार को क़ैदी बनाया था। मैंने उससे भी आपका पता बहुत पूछा। उसकी सारी

बातें बेतुकी थीं। उसने मुझसे सब भेद छिपाया और आज उसी के कारण यह अंधेरा देखना पड़ा। आप उसका ध्यान रखें कि उसको कोई हानि न पहुंचे। मां ने आपकी पहचान ज़बानी बताई थी, जब मैं आपको देखता था, तो सारी बातें मैं आपमें पाता था, मगर यक़ीन नहीं होता था। ख़ुदा को यही मंज़ूर था। मैं बिजली की तरह आया और हवा की तरह जा रहा हूं। मगर आपको दुनिया में दोबारा ज़रूर पाऊंगा। इतना कहकर सोहराब की आवाज़ टूटने लगी और आंखें आंसुओं से भर गईं।

ये बातें सुनकर रुस्तम का कलेजा मुंह को आने लगा और सांस लेने में बहुत कठिनाई महसूस होने लगी। टूटे दिल और भीगी आंखों के साथ रुस्तम रख़्श पर बैठा और फौज़ के पड़ाव की तरफ़ घोड़ा दौड़ाया। ईरानी सिपाहियों ने जब दूर से रुस्तम को आते देखा, तो ख़ुदा को धन्यवाद दिया। मगर जब रुस्तम क़रीब पहुंचा और उसका फटा लिबास, चेहरे पर ख़राश और ग़म से उसे बेहाल देखा, तो सबने इसका कारण पूछा। रुस्तम ने बताया कि उसने अपने ही हाथों अपने बेटे का क़त्ल कर दिया है। यह सुनकर सारे सिपाही ग़म से चीख़ उठे!

रुस्तम ने गम से निढाल होकर कहा कि न तो मुझे दिल की ख़बर है, न तन का होश है। लेकिन अब तुम लोग तुरानी फ़ौज पर आक्रमण नहीं करोगे। आज मुझसे जो काम हुआ है, वही गुनाह के लिए काफ़ी है। इसी बीच रुस्तम का भाई जवारेह आ गया। भाई को फटेहाल देखकर ताज्जुब में पड़ गया। रुस्तम ने उससे कहा कि हुमान को ख़बर कर दे कि वह अपनी तलवार म्यान में रखे। सोहराब का यह हाल हुजीर के कारण हुआ है। उसको अपने सामने लाने का आदेश रुस्तम ने दिया।

हुजीर की बात सुनकर रुस्तम दुखी हुआ और क्रोध में आकर उसकी हत्या करने के लिए आगे बढ़ा। मगर बीच में ही उसे रोककर पहलवानों ने उसकी जान बख़्श देने की विनती की। तंग आकर रुस्तम अपना ही खंजर उठाकर ख़ुद अपना सिर तन से जुदा करने वाला था कि गुदर्ज ने उसे समझाया कि इससे क्या फ़ायदा? अब तो जो हो चुका, वह वापस नहीं हो सकता है। इसलिए सोहराब की मौत उतनी महत्त्वपूर्ण नहीं, जितना

किसी पहलवान का नाम अमर हो जाना महत्त्वपूर्ण है। रुस्तम के मन-मस्तिष्क की उत्तेजना शान्त होने लगी। वह गुदर्ज से बोला कि तुम शाह काऊस के पास जाओ और मेरा पैग़ाम उनसे कहना कि अब रुस्तम ज़्यादा दिन ज़िन्दा नहीं रहेगा। अपने ही खंजर से अपने जिगर के टुकड़े का सीना चीर दिया है। शाह से मेरी विनती है कि उनके ख़ज़ाने में जो 'नौशादर' है, वह मेरे ज़ख़्मी बेटे के लिए मुझे एक जाम भरकर दें, ताकि मैं अपने बेटे को बचा सकूं। मैं अभी ज़िन्दा हूं। उनकी और उनके राज्य की मैं रक्षा करूंगा।

गुदर्ज यह पैग़ाम लेकर शाह काऊस के खेमे में पहुंचा और सारी बात बताकर रुस्तम द्वारा कही दवा मांगी। शाह काऊस ने सारी बात ध्यान से सुनी और मन-ही-मन सोचा कि रुस्तम जैसा पहलवान का बेटा सोहराब है, जो पहले ही इस बात का दावा कर चुका है कि वह मुझे मिटा देगा और ईरान को जीत लेगा। ऐसे समय में यह दवा रुस्तम को भेजना ठीक नहीं है। कल कहीं ये दोनों बाप-बेटे मिल गए, तो मेरा क्या होगा? उसने दवा देने से इनकार कर दिया और अपना भय भी बयान कर दिया।

यह जवाब सुनकर गुदर्ज हवा की तरह रुस्तम के पास पहुंचा और शाह काऊस के इनकार की बात रुस्तम को बताकर कहा कि बेहतर है कि रुस्तम आख़िरी वक़्त बेटे के सिरहाने रहे, ताकि इस अंधेरे में डूबते हुए दिल व दिमाग़ को कुछ रोशनी मिल सके।

अभी रुस्तम बीच रास्ते में ही था कि कोई तेज़ी से उसकी तरफ़ सूचना देने बढ़ा कि –

कि सोहराब शुद ज़े इन जहाने फ़राख़
हमी अज़ तो ताबूत ख़्वाहद न काख़
पेदर जुस्त व बर ज़द यकी सर्द बाद
बे नालीद व मुज़गान बे हम बर निहाद

(सोहराब इस दुनिया को छोड़ चुका है। अब उसे न महल चाहिए, न तख़्त, न ताबूत ! यह ख़बर सुनकर बाप ने एक लम्बी आह खींची

और रोते हुए पलकें एक-दूसरे पर रखीं।)

रुस्तम रख़्श से नीचे उतरा और सिर पर टोपी की जगह ज़मीन की ख़ाक उठाकर डालने लगा और बैन करने लगा कि ये दोनों हाथ काटकर रख दूं, जिन्होंने खंजर उठाया था।

अब किस तरह और किस मुंह से तहमीना को यह ख़बर दूंगा कि मैंने उसके बेटे – अपने जिगर के टुकड़े – को अपने ही हाथों से मार डाला! मुझ पर सब लानत भेजेंगे कि मैंने अपने ख़ानदान साम पहलवान के नाम पर धब्बा लगाया है। इस ख़बर से पिता जालज़र व मां रुदाबे का क्या हाल होगा।

रुस्तम सोचने लगा कि किस तरह से जोश-ख़रोश से भरा यह जवान कल इस मैदान में विजय-पताका लहराने आया था। आज वहीं से उसका ताबूत उठ रहा है।

जब सोहराब की मौत की ख़बर काऊस के पास पहुंची, तो वह रुस्तम को दिलासा देने पहुंचा। रुस्तम का इतना बुरा हाल देखकर शाह काऊस को बहुत दुख हुआ। उसने सोहराब को याद करते हुए उसके बल और दिलेर व्यक्तित्व की प्रशंसा की और कहा कि अब रुस्तम को इस दुख में अपने को मज़बूती से संभालना चाहिए और इस हक़ीक़त को समझ लेना चाहिए कि जो इस दुनिया में आया है, वह एक दिन वापस ज़रूर जाएगा, चाहे देर में, चाहे जल्दी; इसलिए रुस्तम कब तक बेटे के शोक में डूबा रहेगा।

रुस्तम ने शाह काऊस से कहा कि वह बिल्कुल टूट चुका है। उसमें कुछ भी करने की शक्ति नहीं रह गई है। यदि शाह काऊस उचित समझें, तो जवारेह को हुमान के पास भेजें, ताकि उसकी सुरक्षा में तूरानी फ़ौज सुरक्षित समनगान लौट जाए।

शाह काऊस ने रुस्तम का अनुरोध सुना और कहा कि बेशक मैं उस तुर्क के व्यवहार से ख़ुश नहीं था। मगर यह कोई बदला लेने का समय नहीं है। जब रुस्तम इस तरह दुख में डूबा है, तो मैं भी उसके दुख में

बराबर शरीक हूं। इतना कहकर शाह काऊस अपनी फ़ौज के साथ ईरान लौट गया।

शाह काऊस के ईरान की तरफ़ कूच कर जाने के बाद रुस्तम वहां तनहा रहकर जवारेह की वापसी का इन्तज़ार कर रहा था, ताकि वह तूरानी फ़ौज की सुरक्षित वापसी का समाचार जान सके।

जवारेह के आने के बाद रुस्तम ने जाबुलिस्तान की तरफ़ जाने की तैयारी कर ली। उसके आने की ख़बर जब जालज़र के पास पहुंची, तो सारा सीस्तान शोक में रोता-बिलखता वहां पहुंच गया।

सिपह पीश ताबूत मी रानदन्द
बुज़ुर्गान बेसर ख़ाक बेफ़िशानदन्द
चू ताबूत रा दीद दस्तान साम
फरुद आमद अज़ अस्पे ज़र्सीन लगाम
तहमतन पियादेह हमी रफ्त पीश
दरीदेह हमे जामे दिल करदे रीश

(सिपाही ताबूत के आगे-आगे चल रहे थे और ताबूत के पीछे रोते हुए बुज़ुर्ग। जैसे ही जालज़र की नज़र दूर से ताबूत पर पड़ी, वह अपने घोड़े से उतर गया। रुस्तम पैदल चल रहा था। उसका दिल टुकड़े-टुकड़े था, कपड़े फटे थे और चेहरा ग़म से बेहाल था।)

सारे पहलवानों ने ताबूत को देखकर कमर ख़म की और सम्मान में सिर झुकाया। ताबूत को ऊंट की पीठ से नीचे उतारकर ज़मीन पर रखा गया, तो रुस्तम रोता हुआ जालज़र को सम्बोधित करता हुआ आगे बढ़ा और बेटे के ताबूत पर सिर रखकर बोला, "इस तंग ताबूत में मेरा बाघ सोया पड़ा है।" रुस्तम की बात सुनकर जालज़र की आंखें ख़ून के आंसू रोईं। रुस्तम ने दुख में प्रलाप करते हुए कहा, "तुम चले गए और मैं दुखी और अपमानित यहां रह गया।" जालज़र ने पोते की उम्र देखकर आश्चर्य

प्रकट करते हुए दुखी स्वर में कहा, "इस नन्ही-सी उम्र में उसने इतनी दिलेरी का काम किया और गदा हाथ में उठाया। वह सचमुच अजूबा था। ऐसे बच्चे रोज़ कहां पैदा होते हैं।" इतना कहकर जालज़र ने अपनी आंखें बन्द कर लीं, जिनमें से लगातार आंसू झर रहे थे।

रुदाबे ने जब सोहराब की लाश देखी तो ग़म से उसका कलेजा फटने लगा। बेटे का ग़म और पोते की मौत की ख़बर सुनकर वह कहने लगी कि जब इसके खेलने-खाने के दिन थे, तो वह चल बसा। जाबुलिस्तान के लोगों के चेहरे ग़म से स्याह और आंखें दुख से लाल हो रही थीं।

जिसने भी यह ख़बर सुनी कि बाप के हाथों बेटा मारा गया, उसकी आंखें आंसुओं से भर आईं। रुस्तम ने अपने हाथों से बेटे का कफ़न सजाया और ताबूत बनाया। सोहराब को दफ़नाए हुए कई दिन गुज़र गए थे, मगर रुस्तम का दिल ख़ुशी को फिर हासिल न कर सका और स्वयं से बार-बार यही कहता कि ज़माने की मार से कब किसका दिल ज़ख़्मी हो जाए, यह कौन जानता है।

हुमान जाबुलिस्तान से तूरान की तरफ़ लौट गया और शाह अफ़रासियाब से सारी घटना बताई। सुनकर अफ़रासियाब चकित रह गया। उसके मन की इच्छा सोहराब की मौत से पूरी हुई। यह ख़बर जब ईरान पहुंची, तो रुस्तम के ग़म में सब शरीक हुए और सोहराब के लिए उनकी आंखें भर आईं।

सोहराब के मरने की ख़बर तूरान से जब शहर-ए-समनगान पहुंची, तो सोहराब के नाना, शाह समनगान दुख से दीवाने होकर अपने कपड़े फाड़ने लगे। यही हाल तहमीना का हुआ। उसने अपने चेहरे को दुख में नोच लिया। मुंह को दोनों हाथों से पीटा और घुंघराली ज़ुल्फ़ों को उंगलियों में फंसाकर खींचा। उसके चेहरे पर पड़ी ख़रोंचों से ख़ून छलक आया और सफ़ेद बदन पर जगह-जगह ज़ख़्म के लाल निशान उभर आए। बैन करती हुई तहमीना कहने लगी –

हमीं गुफ़्त के एइ जाने मादर कनुन
कुजाई सर रिश्ते बे ख़ाक व ख़ून
चू चश्मम बे राह बूद गुफ़्तम मगर
ज़े सोहराब व रुस्तम बयाबम ख़बर

(तुम कहां ख़ून व ख़ाक में खो गए हो। मैं तो तुम्हारी राह में आंखें बिछाए बैठी थी कि मुझे बेटे सोहराब और बाप रुस्तम की ख़बर एक साथ मिलेगी।)

"मुझे गुमान हुआ कि तुम लौट आए हो। आह, ऐसे कोई अपने बाबा को ढूंढ़ने और पाने जाता है! तुम्हें जाने की इतनी जल्दी क्यों थी! मुझे क्या पता था बेटा, कि रुस्तम शिकारगाह में तुम्हारा ही जिगर चीरकर रख देगा।

बे परवरदेह बूदम तनश रा बे नाज़
बे रख़्शन्देह रूज़ व शबाने दराज़
कनून आन बेख़न अन्दरुन गुरफ़े गश्त
कफन बर तने पाक उ ख़िरके गश्त

(मैंने किस दुलार और प्यार से तुझे पाला था! रात और दिन की मेहनत से तेरा बदन तन्दुरुस्त बनाया था। आज वही तन ख़ून में डूबा क़ब्र में चला गया और कफ़न उसका लिबास बन गया।)

तहमीना अपना सीना पीटती हुई बोली, "इस दुख को किससे कहूं। कौन है मेरी सुनने वाला। तुम्हारी जगह मैं किसको पुकारूं बोलो, अब कौन है मेरा? अफ़सोस! मेरा तन-मन, आंखों की रोशनी बाग़ और महल से निकलकर ख़ाक में मिल गया है। मैंने तो तुम्हें बाबा की पहचान बताई थी। ताबीज़ भी दी थी। न तुम उसे पहचान सके, न बाप की निशानी उसे दिखा सके। तुम्हारी मां तुम्हारे बिना इस क़ैद में तड़प रही है और तुम्हारा चांदी जैसा सीना चीर दिया गया।"

बैन कर-करके तहमीना कभी सीना कूटती, कभी मुंह पीटती, अपने

बाल नोचती और इस तरह से रोती कि सुनने वाला ताब न ला पाता। फिर रोते-रोते बेहोश हो जाती। जब होश में आती तो सोहराब की याद में तड़पने लगती। कभी सोहराब के घोड़े से लिपट जाती, कभी उसको थपकती, उसका मुंह चूमती, फिर सोहराब के तीर व कमान, ढाल और तलवार पर अपना सिर पटकने लगती।

बे रूज़ व शब मूयेह कर्द व गरीस्त
बस अज़ मर्गे सोहराब साली बे ज़ीस्त
सर अंजाम हम दर गमे उ बेमुर्द
ख़ानश बेशुद सुए सोहराब गुर्द

(तहमीना रात-दिन सोहराब की याद में रोते हुए कई साल ज़िन्दा रही। फिर एक दिन उसी ग़म को साथ लेकर सोहराब से जा मिली।)

दास्तान-ए-सियावुश व सुदाबे

एक दिन, भोर के समय, गिव, गुदर्ज और तूस अन्य साथियों के संग बाज़ और चीते लेकर प्रसन्नचित्त शिकार खेलने गए। ख़ूब जमकर शिकार किया। शिकार करने के जोश में वे ईरान सीमा से निकलकर तूरान के जंगल में चले गए। शिकार की खोज में निकले तूस और गिव को एक सुन्दर लड़की नज़र आई। उसके सौन्दर्य को देखकर ये दोनों सकते में आ गए। उसके समीप पहुंचकर जब उससे पूछताछ की, तो उस लड़की ने बताया, "मेरे पिता शराब के नशे में धुत कल रात जब घर आए, तो क्रोधित हो उन्होंने मुझे मारने के लिए ज़हर से बुझी तलवार उठाई। मेरे सामने इसके अतिरिक्त कोई और चारा न था कि मैं भागकर इस जंगल में आ छिपूं। रास्ते में घोड़ा मुझे गिराकर भाग गया। अब मैं तनहा रह गई। जो कुछ हीरे-जवाहरात लेकर मैं चली थी, वे रास्ते में लुटेरों ने लूट लिये। उनके खंजर से भयभीत होकर मैं इधर भाग आई हूं।"

जब उन्होंने उसके कुटुम्ब के बारे में पूछा, तो उसने बताया कि वह गरस्यूज के कुटुम्ब से है, जो अफ़रासियाब का भाई है।

तूस और गिव में लड़की को लेकर झगड़ा आरम्भ हो गया कि उस पर किसका हक़ है। तूस कहता कि मैंने लड़की को पहले देखा था, इसलिए वह मेरी है। गिव कहता कि उसने पहले लड़की को देखा था, इसलिए लड़की

पर उसका हक़ है। यह झगड़ा और तकरार इतनी बढ़ी कि आख़िर यह तय हो गया कि इस लड़की का सिर धड़ से अलग कर देना ही अच्छा होगा।

ऐसी स्थिति देखकर एकाएक एक पहलवान इनके बीच में बोला, “अच्छा यही है कि इसे अपने शाह काऊस के पास ले चलते हैं। वे जो कहेंगे वह मान लेंगे।” यह बात सबको पसन्द आई और उन्होंने वैसा ही किया।

शाह काऊस की नज़र जैसे ही उस लड़की पर पड़ी, वह उसके रूप को देख उस पर रीझ गया। जब उसे पता चला कि वह अच्छे शाही परिवार से सम्बन्ध रखती है, तो उसे लगा कि कितना अच्छा होता, यदि वह उसकी मलिका बन जाती। शाह काऊस ने उन दोनों पहलवानों के बीच होते झगड़े का फ़ैसला बड़ी चतुरता से किया। उन्हें बहला-फुसलाकर धन-दौलत और दस शानदार घोड़े देकर उनका मुंह बन्द कर दिया और लड़की को अपने हरम में भेज दिया।

नौ मास बाद उस लड़की ने एक चन्द्रमा जैसे पुत्र को जन्म दिया। जैसे ही यह समाचार काऊस के पास पहुंचा, वह ख़ुशी से दीवाना हो गया और उसका नाम सियावुश रखा। फिर ज्योतिषियों और पंडितों को बुलाया, ताकि लड़के की जन्मपत्री बन सके और उसकी भाग्य-रेखा परखी जा सके। ज्योतिषियों ने लड़के का भविष्य अन्धकारमय और उसे पूर्ण रूप से भाग्यहीन पाया। भाग्य-रेखाओं और ग्रह-स्थिति देखकर ज्योतिषी सन्नाटे में आ गए।

कुछ समय बाद शाह काऊस ने रुस्तम को बुलवाया और अपनी इच्छा प्रकट करते हुए कहा कि “तुम सियावुश को अपनी शरण में ले लो। इसे अपने साथ जाबुलिस्तान ले जाओ और सारे ‘हुनर’ से इसे सुसज्जित कर दो।”

रुस्तम ने सियावुश को शिकार और घुड़सवारी, तलवार और गदा चलाने, शाही तौर-तरीक़ों व अन्य छोटे-मोटे अस्त्र-शस्त्र चलाने में ऐसा दक्ष और निपुण बना दिया था कि उसका मुक़ाबला कोई दूर-दूर तक नहीं कर

सकता था। एक दिन सियावुश रुस्तम के समीप आया और कहा, "आपने मुझे विद्या और कला सिखाने में कितने ही वर्षों तक कष्ट उठाया है, इसलिए मेरी इच्छा है कि मेरे पिता भी आपकी शिक्षा का चमत्कार मुझमें देख लें।"

रुस्तम को सियावुश की बात पसन्द आई। उसने उसे अनुमति दे दी। मुकुट, सिंहासन और सिपाही यात्रा के लिए तैयार हो गए। रुस्तम सियावुश के साथ शाही दरबार में पहुंचा।

काऊस शाह जैसे ही अपने बेटे के आगमन से अवगत हुआ, उसने आदेश दिया कि विशिष्ट योद्धा उसके स्वागत के लिए जाएं और उसके ऊपर सोना लुटाते हुए उसे दरबार तक लाएं। जब सियावुश पिता के समीप पहुंचा, तो काऊस शाह बेटे का इतना ऊंचा क़द देखकर हैरान रह गया। कितना बड़ा, कितना बुद्धिमान है वह! दिल-ही-दिल में उसने ख़ुदा को धन्यवाद दिया। बेटे को गले लगाकर अपने समीप बिठाया। इस शुभ अवसर पर उसने आदेश दिया कि "पूरे नगर में मदिरा के घड़े लुढ़काए जाएं, संगीत और नृत्य का कार्यक्रम रखा जाए!"

यह कार्यक्रम हफ़्ते-भर चलता रहा। शाही ख़ज़ाने का मुंह खोल दिया गया। शाह ने अपने बेटे को हीरे-जवाहरात, रेशमी कपड़े, घोड़े, तीर और कमान से लाद दिया। इसके अतिरिक्त रेशम पर लिखा कोहिस्तान की हुकूमत का आज्ञा-पत्र भी उसे दिया। वास्तव में काऊस शाह ऐसा बेटा पाकर मन-ही-मन ख़ुशी से फूला नहीं समा रहा था।

एक दिन वह सियावुश के साथ बैठा हुआ था। उधर से सुदाबे आ गई, जो शाह हामावरान की बेटी और काऊस की मलिका थी। उसकी ललचाई आंखें सियावुश के चेहरे पर टिक गईं। उसके मन में एक अजीबोग़रीब इच्छा ने अंगड़ाई ली। उसने चुपके से सियावुश को सन्देश भेजा कि वह रात को अन्तःपुर में उसके कमरे में आ जाए। सियावुश ने क्रोध से कहलवाया, "मैं इस क़िस्म का आदमी नहीं हूं।" यह उत्तर पाकर सुदाबे ने एक नई चाल चली। रात को काऊस शाह के पास पहुंची और बोली, "अच्छा हो कि आप सियावुश को अन्तःपुर में भेज दें, ताकि वह

अपनी बहनों से मिल ले। बहनें भी उससे मिलने को उत्सुक हैं।" यह बात काऊस शाह को पसन्द आई। उसने सियावुश को बुलाया और कहा कि –

पस परदेयह मन, तोरा ख़्वाहर अस्त
चू सुदाबे ख़ुद मेहरबान मादर अस्त

(शाही हरम में तुम्हारी बहनें रहती हैं, इनके अलावा मलिका सुदाबे भी है, जो तुम्हारी अपनी मां की तरह वात्सल्य व मातृत्व से भरी हुई है।)

सियावुश के मन में विचार आया कि इस प्रकार शाह काऊस उसकी परीक्षा ले रहे हैं। उसने उत्तर दिया, "मुझे अन्तःपुर में भेजने के बदले वरिष्ठ योद्धाओं, रण-क्षेत्र और अनुभवी वीरों के पास भेजें, तो मेरे लिए अधिक उचित होगा, क्योंकि शाही अन्तःपुर में जाकर मैं कौन-सी नई बात सीखूंगा। औरतें कब बुद्धिमानी की बातें करती हैं।"

सियावुश के इस उत्तर से काऊस प्रसन्न हुआ। फिर भी, उसने अपनी बात दोहराई कि वह वहां जाकर औरतों, लड़कियों और बच्चों से मिल आए। पिता के बार-बार कहने से सियावुश मजबूर हो गया और अन्तःपुर जाने को तैयार हो गया। पहरेदार सियावुश को लेकर सुदाबे के महल की ओर बढ़ा।

सियावुश ने जैसे ही महल में क़दम रखा, सारी औरतें उसके स्वागत के लिए दौड़ीं। सियावुश ने देखा कि महल इत्र और अगरबत्ती की महक से गमक रहा है। मदिरा का दौर चल रहा है। संगीत और साज़ की मद्धिम ध्वनि ने एक स्वप्नलोक का दृश्य उपस्थित कर रखा है। बीचोबीच रेशमी कपड़ों से सजा एक सोने का सिंहासन है, जिस पर सुदाबे बैठी हुई थी। जैसे ही उसकी नज़र सियावुश पर पड़ी, वह अपने स्थान से उठी और आगे बढ़कर सियावुश को गले लगाया। उसकी आंखों का चुम्बन लिया। फिर ख़ुदा को धन्यवाद दिया कि उसने उसको ऐसा पुत्र दिया है।

सियावुश सुदाबे के प्रेम की गहराई और उस ऊपरी दिखावे को ख़ूब

समझ रहा था। वहां से उठकर वह अपनी बहनों के पास गया। बहनें उसे देखकर बहुत ख़ुश हुईं और उसे सोने के सिंहासन पर बिठाया। सियावुश काफ़ी देर तक अपनी बहनों के समीप बैठा रहा। लौटकर पिता के पास आया और बोला, "ख़ुदा ने आपको नेकी के सारे अवसर दिए हैं, फिर आपकी ओर से यह कमी क्यों?" उसका यह कहना काऊस को बहुत अच्छा लगा। रात को जब वह सुदाबे के पास गया, तो उसने सियावुश के व्यक्तित्व के बारे में पूछा। सुदाबे ने उसके व्यवहार की प्रशंसा करते हुए बताया कि वास्तव में समझ और अच्छाइयों में उसका कोई जवाब नहीं है। क्या ही अच्छा होता कि यदि मेरी किसी लड़की से इसका विवाह हो जाता। उससे प्राप्त पुत्र-रत्न कितना महान और बुद्धिमान पैदा होगा।

काऊस को सुदाबे की बात पसन्द आई। मगर जब उसने इसी बात को सियावुश से कहा तो उसने उत्तर दिया, "मैं आपका बेटा हूं। आपकी हर इच्छा और आदेश को आंख बन्द करके मानने वाला हूं। आपकी इस बात को सुनकर सुदाबे जाने क्या अर्थ निकालेगी। वास्तव में मैं सुदाबे के साथ किसी प्रकार का सम्बन्ध जोड़ना नहीं चाहता हूं; न उसके अन्तःपुर में मुझे अब कभी जाना है।"

सियावुश की बात सुनकर शाह काऊस हंस पड़ा। उसे सुदाबे की चालों का पता न था। बेटे को समझाते हुए बोला, "सुदाबे ने यह बात मुझसे बहुत प्रेम और सद्भाव से कही है। तुम विश्वास रखो। इस पर यूं सन्देह करना उचित नहीं है!" पिता के कहने और समझाने से वह ऊपर से तो ख़ामोश रहा, मगर मन की शंका कम नहीं हुई।

सुबह हुई तो सुदाबे ने अपनी बेटियों को बुलवाया। स्वयं सिंहासन पर बैठी और याक़ूत के लाल अनार जैसे रंग का मुकुट सिर पर रखा। और 'हीरबुद' नाम के पहरेदार को सियावुश को बुलाने के लिए भेजा। जब सियावुश आया तो उसने उसे सोने के सिंहासन पर बिठाया और स्वयं उसके समीप खड़ी होकर एक-एक करके अपनी बेटियों को उसके सामने से गुज़रने के लिए कहा और बोली, "इनमें से जिसे चाहो पसन्द कर लो।"

सियावुश ने जैसे ही आंखें ऊपर उठाईं, उसने लड़कियों को जाने का इशारा किया और जब स्वयं अकेली रह गई तो बोली, "इनको ध्यान से देखो। इनमें से कौन है तुम्हारी पत्नी बनने के काबिल ?" सियावुश का मन देश-प्रेम से भरा हुआ था। वह सुदाबे की चालों को खूब समझ रहा था। सुदाबे के पिता शाह हामावरान ने धोखा देकर उसके पिता शाह काऊस को कारावास में डलवाया था। यदि उसकी पुत्री सुदाबे भी उसी स्वभाव की हुई, तब तो ईरान के भविष्य को अन्धकारमय ही समझना चाहिए।

अपने प्रश्न का उत्तर जब सुदाबे को नहीं मिला, तो उसने एकाएक अपने चेहरे पर पड़ा नकाब हटा दिया और बड़ी कामुक चितवन से सियावुश को देखा। वह स्वयं को सूर्य और लड़कियों को चन्द्रमा समझ रही थी, सो कहने लगी, "जिसने मुझे फ़िरोज़े और याकूत से जड़े मुकुट को पहने हाथी-दांत के सिंहासन पर बैठे देखा है, यदि वह संसार की सारी सुन्दरियों और चन्द्रमा की ओर से आंखें फेर ले, तो इसमें आश्चर्य क्या है!"

फिर एक नई अदा से बोली, "दिखावे के लिए तुम मेरी बेटी से विवाह कर लो, मगर मुझे वचन दो कि हर रात मेरे कक्ष में आओगे। मैं अपना तन-मन सब-कुछ तुम्हें अर्पित कर दूंगी!"

कि त मन तोरा दिदेह अम, मुर्देअम
खुरुशान व जूशान व आज़ुरदेह अम

(मैंने तुम्हें जब से देखा, तुम पर मर-मिटी हूं। मैं अपने जज़्बात एवं जोश से स्वयं परेशान हूं।)

इतना कहकर सुदाबे सियावुश के क़दमों पर झुक गई और कहने लगी कि "इस समय तुम्हारे समीप खड़ी हुई मैं अपना सम्पूर्ण अस्तित्व तुम्हें भेंट करती हूं। तुम मुझसे जो चाहोगे मैं तुम्हें दूंगी। तुम्हारे हर आदेश पर अपनी सौ जान निछावर करती हूं।" यह कहकर उसने वासना से प्रेरित होकर सियावुश को अपनी बांहों में भींच लिया और एक अद्भुत तृष्णा से उसके कपोलों, होंठों और आंखों का चुम्बन लेने लगी।

सियावुश का मुख लज्जा से लाल पड़ गया। मन-ही-मन सोचने लगा, 'यह औरत मुझे चाहे जितना उत्तेजित करे, मगर मैं पिता की धरोहर और उनके सम्मान को ठेस नहीं पहुंचने दूंगा।' इस ठोस चाल-चलन और अच्छाई के बावजूद उसने सोचा कि यह औरत इतनी दुष्ट है कि इससे अधिक कटुता भी उचित नहीं है। क्या पता, यह षड्यन्त्र कर शाह काऊस को उलटा-सीधा बहका दे। उचित यही है कि अभी नरमी और मिठास से समस्या को हल करना चाहिए। यह सोचकर उसने कहा कि "तुम्हारी बेटी के अतिरिक्त किसी अन्य की इच्छा मेरे मन में नहीं है। मैं उसी से विवाह करूंगा। अभी तुम अपने प्रेम के भेद को छुपाकर रखो, क्योंकि तुम शाही परिवार का मुकुट, ईरान की मलिका और संसार की दृष्टि में मेरी मां हो!" यह कहकर सियावुश चला गया।

रात को शाह काऊस को सुदाबे ने यह शुभ समाचार सुनाया कि "सियावुश ने सारी लड़कियों में उसकी लड़की को चुना है।"

काऊस इस समाचार को सुनकर बहुत ख़ुश हुआ और आदेश दिया कि ख़ज़ाने का मुंह खोल दिया जाए। हीरे-जवाहरात, रेशम, आभूषण, मुकुट का ढेर लग गया। सुदाबे यह सब देखकर चकरा गई। उसने सियावुश को अन्तःपुर में बुलाया, इधर-उधर की बातें करके बोली कि "तुमको बादशाह ने इतना धन दिया है कि जिसे दो सौ हाथियों पर लादा जाएगा। लेकिन मैं उससे कहीं अधिक धन तुम्हें दूंगी और साथ ही अपनी हसीन बेटी भी। अब बताओ तुम्हें किस बात की प्रतीक्षा है? क्या अब भी मेरे प्यार को ठुकराओगे?"

यह कहकर सुदाबे सियावुश के पैरों पर गिर गई। और उससे रो-रोकर विनती करने लगी, "मैंने तुम्हें जब से देखा है, तभी से तुम्हारी पहली नज़र के तीर से घायल हूं। अपनी भावना के ज्वार और उत्तेजना के उफान से मैं स्वयं पागल हो रही हूं। इस पीड़ा के कारण मेरे लिए दिन भी रात हो गई है और सूरज को भी जैसे गहन लग गया है। एक क्षण के लिए तुम मेरे अन्दर के लपकते शोलों को बुझा दो। तो मेरा यह बुढ़ापा जवानी में बदल जाएगा।" इसके बाद उसने सियावुश को धमकी भी दी कि "यदि

तुमने मेरी प्यास नहीं बुझाई तो मैं सच कहती हूं, मैं तुम्हें जीने नहीं दूंगी।"

सियावुश सौतेली मां के इस समर्पण से बेहद लज्जित हो उठा। एक क्षण भी ठहरना उसके लिए अब मुश्किल हो रहा था। उसने सुदाबे को अपने से परे हटाते हुए कहा, "मुझसे ऐसी आशा रखना बेकार है कि मैं कामवासना पर अपने धर्म को क़ुर्बान कर दूंगा। ऐसे बुद्धिमान पिता से मैं बेवफ़ाई करूं और उसके विश्वास को तोड़, उसकी पत्नी पर हाथ डालूं और वीरता और बुद्धिमत्ता को तज दूं, ऐसा नामुमकिन है। तुम ईरान की मलिका हो, तुमको यह बात शोभा नहीं देती।" इतना कहकर सियावुश क्रोध में भरकर सिंहासन से उठ खड़ा हुआ और चलने को हुआ। अचानक सुदाबे सियावुश की बांहों में झूल गई और बोली, "चूंकि मैंने अपने दिल की बातें तुमसे कह दी हैं, इसलिए तुम मुझे अब बदनाम करना चाहते हो।" यह कहकर वह चीख़ने लगी और अपने कपड़े फाड़ने लगी। अन्तःपुर से उसके चीख़ने की आवाज़ शाह के कानों में पहुंची और वह बदहवास होकर भागा। जब सुदाबे के समीप पहुंचा, तो उसे आंसुओं में डूबा, बेहाल देखा। जैसे ही सुदाबे की नज़र शाह पर पड़ी, उसने ज़ोर-ज़ोर से रोना और सिर के बाल नोचना आरम्भ कर दिया। पछाड़ खाकर वह शाह से लिपट गई और बोली, "सियावुश ने मुझ पर बुरी नज़र डाली है। उसने मेरे कपड़े फाड़े, मुझसे ज़बर्दस्ती करनी चाही और मेरा मुकुट फेंक दिया।" यह सुनकर काऊस विचारों में डूब गया। उसने सियावुश को अपने पास बुलाया और पूछा, "वास्तविकता क्या है?"

जो कुछ गुज़रा था, सियावुश ने सही-सही बता दिया।

"मैंने सुदाबे को नहीं, बल्कि सुदाबे ने मुझे अपने धर्म से विचलित करने पर बाध्य किया था।"

यह सुनकर सुदाबे ने साफ़ झूठ बोला, "मैंने इससे कहा था कि मैं बहुत सारी धन-दौलत देकर अपनी लड़की का विवाह तुमसे करना चाहती हूं। मगर इसने जवाब दिया कि न मुझे तेरी धन-दौलत चाहिए, न तेरी लड़की। मैं तो सिर्फ़ तेरा दीवाना हूं और सिर्फ़ तुम्हें चाहता हूं।" फिर उदास

होकर बोली, "शाह! मैं आपसे गर्भवती हूं और मुझे ऐसा लग रहा है कि जो ज़बर्दस्ती मेरे साथ सियावुश ने करनी चाही है, उससे मेरा गर्भ अब ठहर नहीं पाएगा।"

काऊस के सामने समस्या आन खड़ी हुई थी कि वह सच का पता कैसे लगाए और निर्दोष किसे समझे। काऊस ने चुम्बन के बहाने सियावुश का सारा शरीर सुंघा। वहां पर सुदाबे की सुगन्ध न थी। फिर आगे बढ़कर उसने सुदाबे को सुंघा, जो पूर्ण रूप से इत्र में भीगी हुई थी। इस हक़ीक़त के प्रकाश में आते ही, काऊस शाह दुखी हो उठा और सुदाबे को दोषी माना। घृणा से उसने चाहा कि उसका सिर धड़ से अलग कर दे। तभी उसके मस्तिष्क में यह विचार कौंधा कि इस घटना से हामावरान से युद्ध करना पड़ेगा। दूसरे, जब वह हामावरान के कारागार में था तो उस कठिन समय में सुदाबे ने उसकी बड़ी सेवा की थी। तीसरे, चूंकि उसका दिल उसकी ओर से खट्टा हो गया था, तो उसे क्षमा करना ही दंड लगा। चौथे, उसके जो नवजात शिशु थे, मां के अतिरिक्त किसी अन्य की गोद के इच्छुक न थे। उन्हें इस उम्र में मां की आवश्यकता थी। मगर इन सारी बातों के बाद भी मलिका उसकी आंखों से गिर चुकी थी।

सुदाबे ने जब यह बात महसूस की कि काऊस का मन उसकी तरफ़ से हट गया है, तो उसके मन में भी द्वेष की भावना आ गई। उसने एक नया षड्यन्त्र रचा। राजमहल में एक दुष्ट औरत थी। भाग्य से वह उस समय गर्भवती थी। मलिका सुदाबे ने उसे अपने पास बुलाया और अकेले में कुछ गुप्त बातें कीं। फिर कुछ धन देकर उसे इस बात पर राजी कर लिया कि वह दवा-दारू खाकर अपना गर्भ गिरा दे।

उस औरत ने सुदाबे के समझाने के अनुसार अपना गर्भ गिरा दिया। उसके गर्भ से जुड़वा बच्चे गिरे। सुदाबे ने एक सुनहरा तसला मंगवाया और उसमें दैत्य-रूपी उन बच्चों को डाला और ख़ुद अपने कपड़े फाड़कर चीख़ने-चिल्लाने लगी। उसकी आवाज़ सुनकर काऊस राजदरबार से भागा हुआ अन्तःपुर में आया। उसने सुदाबे को लेटा हुआ देखा। पूरे महल में हलचल थी और सामने सोने के तसले में दो बच्चे मरे पड़े थे। सुदाबे शाह

को देख फूट-फूटकर रोने लगी, "यह सब-कुछ सियावुश के कारण हुआ है। मेरी दुर्दशा देखकर भी क्या आपको विश्वास नहीं होता कि मैं निर्दोष हूं।"

शाह काऊस इन सारी घटनाओं से चकराया हुआ सीधा ज्योतिषियों के समीप पहुंचा और समस्या के समाधान व सत्यता जानने की इच्छा प्रकट की। ज्योतिषियों ने एक हफ़्ते के बाद सही घटना शाह को कह सुनाई, "ये दोनों बच्चे शाह के नहीं हैं और न ही मलिका के हैं!" इस बात को सुनकर शाह काऊस और अधिक विचार-मग्न हो गया और पंडितों को बुलाकर इस गुत्थी को सुलझाने के बारे में पूछा।

पंडितों ने कहा कि "केवल एक ही रास्ता है कि दोनों अपना निर्दोष होना साबित करें। वह रास्ता यह है कि दोनों को आग पर से गुज़रना होगा। निर्दोष को आग की लपटें कभी नहीं जलाएंगी।"

यह सुनकर शाह काऊस ने मलिका सुदाबे और पुत्र सियावुश को बुलाया और इस अग्नि-परीक्षा की बात उन्हें सुनाई। सुदाबे का दिल भय से धड़क रहा था, सो उसने बहाना बनाया और कहा कि चूंकि मेरे छोटे बच्चे हैं, इसलिए सियावुश पहले अग्नि-परीक्षा के लिए जाएं, क्योंकि वही वास्तव में दोषी है। मैं तो निर्दोष हूं। मरे हुए बच्चे आपने स्वयं देखे ही हैं।"

जब शाह काऊस ने सियावुश से अग्नि-परीक्षा की बात कही, तो वह सहर्ष तैयार हो गया। "इस तिरस्कार और बदनामी से कहीं अच्छा है कि मैं आग के पर्वत को पार करूं।"

काऊस ने आदेश दिया कि ऊंटों के सौ काफ़िले ईंधन जमा करने जाएं। उस ईंधन से दो चिताएं ऊंचे टीले के समान बनाई गईं। सारा नगर अग्नि-परीक्षा देखने के लिए एकत्र हो चुका था। सब भीतर-ही-भीतर सुदाबे को बुरा-भला कह रहे थे। वास्तव में किसी ने ठीक ही कहा कि संसार में पतिव्रता पत्नी को खोजो वरना दुराचारी पत्नी पति को कुख्याति के अतिरिक्त कुछ नहीं देती।

शाह काऊस के आदेश से लकड़ियों पर तेल डाला गया। फिर उसमें

आग लगा दी गई। लपटें आसमान से बातें करने लगीं। अग्नि-कुंड के प्रकाश से रात दिन में बदल चुकी थी। सारे लोग सियावुश की भाग्यहीनता पर ख़ून के आंसू बहा रहे थे। सियावुश सफ़ेद कपड़े पहने सिर पर सुनहरा मुकुट रखे, काले घोड़े पर सवार मुख पर एक विश्वासपूर्ण गम्भीर मुस्कान लिये पिता के समीप पहुंचा। घोड़े से उतरकर उसने पिता के आगे आदर से झुककर सलाम किया। पिता के मुख पर लज्जा के भाव देखकर बोला, "मेरे सिर पर कठिनाइयों और तिरस्कार का बोझ ज़रूर है; मगर जब मैं इस अग्नि-परीक्षा से गुज़रकर निर्दोष होने का सबूत दे दूंगा, तब मैं वास्तव में इन सारे कष्टों और क्लेशों से मुक्ति पा जाऊंगा।" इतना कहकर सियावुश घोड़े पर बैठा, उसे एड़ लगाई और अग्नि-कुंड की ओर बढ़ा। उसने मन-ही-मन ख़ुदा का स्मरण किया। उधर सुदाबे अपने महल की छत पर से यह दृश्य देख रही थी। उसके मन में एक ही तीव्र इच्छा थी कि सियावुश इस अग्नि-परीक्षा में जलकर भस्म हो जाए।

सारे दर्शक सियावुश को देख रहे थे। उनकी आंखों में आंसू मगर दिल में आक्रोश था। एकाएक सियावुश घोड़े सहित अग्नि-कुंड में कूदा और बड़े आराम से अंगारों-भरा मार्ग तय करने लगा, जैसे वह अग्नि न हो, बल्कि फूलों से भरी एक क्यारी हो। आग की लपटें आकाश चूम रही थीं। बीच में पहुंचकर सियावुश उन लपटों में खो गया। सभी दर्शकों के दिल धक-धक कर रहे थे कि सियावुश कब इन लपटों के भयानक पर्दे से बाहर निकलता है।

कुछ समय पश्चात सियावुश मुस्कुराते हुए बाहर निकला। दर्शकों की रुकी सांसें ख़ुशी के मारे चीख़ों और चीत्कारों में परिवर्तित हो गईं। सियावुश और उसके घोड़े का बाल भी बांका नहीं हुआ। उसे देखकर ऐसा प्रतीत हो रहा था, जैसे वह किसी बाग़ की हवाख़ोरी से प्रसन्नचित लौट रहा है।

सियावुश को भला-चंगा देखकर सब एक-दूसरे को मुबारकबाद देने लगे कि ख़ुदा ने निर्दोष को बचा लिया। उधर महल में सुदाबे क्रोध के मारे अपने बाल नोच रही थी और आंसू बहा रही थी। काऊस के समीप जब सियावुश पहुंचा, तो भला-चंगा देखकर उसे अपने सीने से लिपटा लिया और

राजमहल में ले गया। ऐसे मुबारक अवसर पर तीन दिन तक नृत्य, संगीत और मदिरा का समारोह आयोजित किया गया।

समारोह समाप्त होने पर काऊस ने अपने सलाहकारों से सुदाबे की समस्या पर बात की। उन्होंने बताया कि इस घटना में सुदाबे ही पूर्ण रूप से दोषी है, अतः उसे उचित दंड मिलना चाहिए। यह सुनकर शाह काऊस ने उदास मन, पीले चेहरे और कांपते हुए होंठों से आदेश दिया कि सुदाबे को फांसी पर चढ़ा दिया जाए। सुदाबे को फांसी का आदेश जब सियावुश ने सुना तो उसने सोचा, कल जब सुदाबे को फांसी लग जाएगी, तो उसकी मृत्यु के कुछ दिन पश्चात शाह काऊस अपनी पत्नी की मृत्यु का कारण मुझे समझेंगे और उस समय उन्हें पश्चात्ताप होगा। यह सोचकर वह शाह काऊस के समीप पहुंचा और उनसे निवेदन किया कि "उचित यही है कि सुदाबे को क्षमा कर दें, ताकि उसे अपने को सुधारने का अवसर मिले और वह दोबारा ऐसी हरकत न करे !"

अन्त में शाह काऊस ने सुदाबे को क्षमा कर दिया और उसे अन्तःपुर में भेज दिया। अभी कुछ ही दिन गुज़रे थे कि शाह काऊस के मन में सुदाबे का प्रेम फिर ठाठें मारने लगा और वह सुदाबे को देखने के लिए व्याकुल हो उठे। वह क्षण-भर के लिए भी सुदाबे के पास से दूर नहीं जाना चाहते थे। इस अवसर का लाभ उठाकर सुदाबे ने शाह पर जादू-टोना करके उनका मन फिर सियावुश की ओर से फेरने का प्रयत्न किया। शाह काऊस मन-ही-मन सियावुश से रुष्ट हो गए। मगर अपनी भावना को उन्होंने सियावुश पर व्यक्त न करके उसे छिपाए ही रखा।

इसी बीच एक नई घटना घटी। तूरान के शाह अफ़रासियाब ने ईरान पर आक्रमण कर दिया। इस समाचार से काऊस चिन्तित हो उठा और युद्ध की तैयारी करने लगा। लेकिन पंडितों ने उसे सलाह दी कि वह रणक्षेत्र में न जाए, बल्कि अपनी जगह एक शूरवीर-बलवान योद्धा को भेजे, जो प्रत्येक कला में दक्ष हो।

इधर सियावुश ने मन-ही-मन सोचा कि यह अच्छा अवसर है। मैं

काऊस शाह से रणक्षेत्र में जाने की मिन्नत करूंगा, ताकि सुदाबे कांड से मेरी जान थोड़े समय के लिए छूट जाएगी और रणक्षेत्र में शत्रुओं को हराकर संसार में अपनी बहादुरी का सिक्का भी जमा लूंगा। ऐसा सोचकर वह पिता के समीप पहुंचा और रणक्षेत्र में जाने की आज्ञा मांगी। शाह काऊस ने बड़ी ख़ुशी से उसे आज्ञा दे दी और रुस्तम को बुलाकर सियावुश की ज़िम्मेदारी उसे सौंप दी। शस्त्रागार से अस्त्र-शस्त्र निकलवाकर फ़ौज में बंटवा दिए और फ़ौज की कमान सियावुश को थमा दी। फ़ौज जब चली, तो शाह काऊस एक दिन उनके पास गया और जब शुभकामनाएं देकर वापस लौटने लगा, तो पिता और पुत्र एक-दूसरे के गले मिले। शाह काऊस की आंखों में आंसू भर आए। दोनों के मन में आशंका थी कि शायद अब वे पुनः न मिल सकें और यह उनकी अन्तिम भेंट ही हो। इस प्रकार भाव-विह्वल होकर पिता-पुत्र एक-दूसरे से जुदा हुए।

सियावुश और रुस्तम फ़ौज के आगे चल रहे थे। कुछ दिनों बाद वे बल्ख़ नगर पहुंच गए। जब तूरान के शाह अफ़रासियाब के पास यह ख़बर पहुंची कि रुस्तम और सियावुश जैसे पहलवान उनसे युद्ध के लिए एक भारी फ़ौज के साथ आ रहे हैं तो उसने अपने भाई ग़रसिवज़ को फ़ौज का सिपहसालार बनाकर भेजा। बल्ख़ नगर के दरवाज़े पर दोनों फ़ौजें टकराईं। तीन दिन तक घमासान युद्ध चलता रहा। चौथे दिन सियावुश की फ़ौज विजय पताका लहराती हुई बल्ख़ शहर में दाख़िल हुई।

सियावुश ने अफ़रासियाब को एक पत्र लिखा, “मैं युद्ध में विजयी होकर बल्ख़ शहर में दाख़िल हो गया हूं। यहां से जीहून नदी तक मेरी फ़ौजें फैली हैं और संसार पर मेरा साम्राज्य फैल गया है।”

अफ़रासियाब अपनी हार से क्रोधित हो उठा। उसने फ़ौरन आदेश दिया कि ‘सहायता भेजी जाए’ और दुख व चिन्ता से बेचैन टहलने लगा। फिर सो गया। अभी उसकी आंख लगी ही थी कि वह एक डरावनी चीख़ के साथ सपने से जागा और पलंग से नीचे गिर गया। वह भाई ग़रसिवज़ के पास दौड़ा और उसने देखा कि उसका भाई भय से कांप रहा है। जब वह अपने होश में आया तो उसने उस चीख़ का कारण पूछा।

"मेरे भय और चिन्ता का कारण एक भयानक सपना है। मैंने देखा कि एक विस्तृत जंगल है, जिसमें सांप-ही-सांप हैं। धरती से आकाश तक धूल-ही-धूल भरी है। मेरा खेमा उसी बियाबान में लगा है। तूरानी योद्धा उसकी रक्षा हेतु तैनात हैं। इतने में ज़ोर की आंधी आई और मेरा झंडा उड़ गया तथा खेमा ढह गया। इसी बीच ईरानी फ़ौज मुझ पर टूट पड़ी। सिपाहियों ने मुझे सिंहासन से नीचे घसीट लिया और मुझे बन्दी बनाकर काऊस बादशाह के पास ले गए हैं। वहां पर एक सुडौल सुन्दर युवक खड़ा था, जिसने तलवार से मेरे बदन के दो टुकड़े कर डाले। मैं दर्द से चीख़ उठा।"

अफ़रासियाब ने फ़ौरन ज्योतिषियों को बुलवाया। उनसे सपना बयान करके सपने का अर्थ पूछा। उन्होंने पहले अपनी जान की रक्षा का वचन लिया, फिर कहा, "ईरान की फ़ौज की कमान जो शहज़ादा कर रहा है, वह वीर और अनुभवी है। उसके वध से अपने हाथ रंगना वास्तव में शाह के लिए नए कष्टों और कठिनाइयों का आरम्भ होगा।"

यह सुनकर अफ़रासियाब का मन खिन्न हो गया। उसने युद्ध की बात छोड़कर सन्धि की बातचीत आरम्भ की। उसके विचार से कष्टों से बचने का केवल यही एक मार्ग बचा था कि जिन इलाक़ों पर ईरानियों ने क़ब्ज़ा कर लिया है, वे उन्हीं को दे दिए जाएं। अफ़रासियाब ने ऊंच-नीच सोचकर अपने भाई ग़रसिवज़ से कहा कि वह जीहून नदी के समीप जाए। उसके साथ हज़ारों दास और दासियां हों और अरबी घोड़े तथा सौ ऊंटों पर केवल कालीनें और क़ीमती वस्तुएं हों। इसके अतिरिक्त जड़ाऊ मुकुट और सुनहरी म्यानों में रखी हिन्दुस्तानी तलवारें भी हों।

जीहून नदी पर पहुंचकर ग़रसिवज़ ने सियावुश के पास सन्देश भेजा। फिर नाव में बैठकर नदी पार करके बल्ख़ शहर पहुंचा। सियावुश ने बहुत प्रेमपूर्वक और सम्मानसहित उसका स्वागत किया। उसे अपने समीप बिठाया। ग़रसिवज़ ने पहले साथ लाए बहुमूल्य उपहार भेंट में दिए। फिर सियावुश और रुस्तम से निवेदन किया कि अफ़रासियाब सन्धि का इच्छुक है।

सब-कुछ सुनकर रुस्तम ने हफ्ते-भर का समय मांगा, ताकि इस बात पर अच्छी तरह सोच-विचार कर ले। अकेले में उसने सियावुश से सलाह-मशविरा किया। अन्त में तय पाया कि अफ़रासियाब अपने कुटुम्ब के कुछ सदस्यों को बतौर गिरवी उनके पास रखे। इससे उसकी नीयत नेक होने का पता चल जाएगा। दूसरे वह सारी ज़मीनें ईरानी को वापस कर दे, जिस पर तूरानियों ने क़ब्ज़ा कर रखा है।

अफ़रासियाब ने ये दोनों शर्तें मान लीं। उसने अपने परिवार के सौ लोग 'गिरवी' के रूप में भेज दिए। साथ ही वे सारे इलाक़े भी लौटा दिए। इसके पश्चात सियावुश ने पिता को एक पत्र लिखा, जिसे रुस्तम लेकर शाह काऊस के पास पहुंचा।

शाह ईरान पत्र पढ़कर क्रोध से कांपने लगा। उसने रुस्तम पर कटु वचनों का प्रहार किया। रुस्तम ने सफ़ाई पेश की और तथ्यपूर्ण बातें करके शाह काऊस को समझाने का प्रयत्न किया। मगर काऊस तो उस पर आग-बबूला था। उसने रुस्तम पर लांछन लगाया कि "यह सब तुम्हारा किया-धरा है। अपने आलस्य के कारण सियावुश को युद्ध से हटाकर सन्धि के लिए उकसाया, क्योंकि अफ़रासियाब द्वारा भेजे बहुमूल्य उपहारों ने तेरी आंखें चुंधिया दी थीं।" उसी क्रोध में भरे उसने आदेश दिया कि "रुस्तम की जगह मेरी फ़ौज का सिपहसालार तूस पहलवान होगा।"

रुस्तम को काऊस के इस व्यवहार से दुख पहुंचा। वह क्रोध और अपमान से दरबार से बाहर निकला और अपने शहर सीस्तान की ओर चल पड़ा। शाह काऊस ने एक पत्र सियावुश को भी लिखा जिसमें उसके व्यवहार की जी-भरकर निन्दा की थी, "तुम सुन्दर स्त्रियों की संगत में पड़कर युद्ध करना भूल गए। अफ़रासियाब के परिवार के सारे सदस्यों को शीघ्रातिशीघ्र ईरान के शाही दरबार में भेजा जाए। सन्धि के सारे वचन तोड़ दिए जाएं और तुम ख़ुद दरबार में हाज़िर हो।"

सियावुश को जब यह ज्ञात हुआ तो उसे उस पत्र से बहुत दुख पहुंचा। विशेषकर इस बात से कि पिता ने रुस्तम की सिपहसालार की पदवी तूस

पहलवान को दे दी है। यदि वह पिता का आदेश मानकर अफ़रासियाब के सौ सम्बन्धियों को ईरान भेज देता है, तो शाह काऊस उन्हें फ़ौरन फांसी पर चढ़ा देंगे। यदि सन्धि-विच्छेद करके वह अफ़रासियाब से दोबारा युद्ध करता है, तो संसार उसके नाम पर थूकेगा। यहां तक कि ख़ुदा भी उसके इस आचरण को पसन्द नहीं करेगा। यदि यह सब-कुछ छोड़कर फ़ौज की क़मान तूस के हाथों सौंपकर वह पिता के पास ईरान वापस लौट जाता है, तो वहां पर सुदाबे के प्रकोप और षड्यन्त्रों से बचा नहीं रहेगा। ये सारी बातें सोच-सोचकर उसका मन दुखी हो रहा था। उसने पिता का पत्र वरिष्ठ योद्धाओं को दिखाया और कहा कि "मैं ही भाग्यहीन हूं; किसी का क्या दोष है। मुझ पर हर पल एक नई मुसीबत टूटती है। यह सब मेरे ग्रहों का चमत्कार है। मेरे प्रति बादशाह कितने दयालु और कृपालु थे। अपने प्रेम से उन्होंने मुझे कितना विश्वास दिया था, लेकिन जब से सुदाबे ने उन्हें भड़काया है, वह मेरे लिए ज़हर हो गया है। उसने मेरी राह में कैसे कांटे बो दिए हैं। शाही महल मेरे लिए अब कारागार से कम नहीं है। मेरे भाग्य का खिलता फूल अब सदा के लिए मुरझा गया है।"

सियावुश ने न सन्धि तोड़ी, न युद्ध के लिए कमर कसी और न ही पिता के पास लौटने का इरादा किया। उसके सामने बस एक उपाय था कि वह कहीं भाग जाए, जाकर छुप जाए और शाह काऊस को इस गुप्त स्थान का पता न चल सके। अन्त में सियावुश ने आदेश दिया कि अफ़रासियाब के सारे उपहार और सम्बन्धी लौटा दिए जाएं। साथ ही जो कुछ घटा है, उसे बता दिया जाए। वरिष्ठ योद्धाओं ने उसे समझाया कि यू ईरान के साम्राज्य से आंखें फेर लेना उचित नहीं है। मगर उनके उपदेशों का उस पर तनिक भी प्रभाव नहीं पड़ा। उसने अपनी वफ़ादारी अफ़रासियाब के प्रति रखी और उसे पत्र लिखा, "इस युद्ध ने मेरे दामन को केवल ज़हर और कड़ुवाहट से भर दिया है। मैंने अन्त में यही तय किया है कि ईरान के राजसिंहासन को छोड़कर तुम्हारी शरण में आ जाऊं!" पत्र में उसने यह भी लिख दिया कि "मैं तेहरान के रास्ते से जाकर किसी ऐसे गुप्त स्थान पर जाकर तन्हा रहूंगा, जहां गुमनाम जीवन ख़ामोशी से गुज़ार सकूं।"

अफ़रासियाब को यह सब पढ़कर और यह जानकर बहुत दुख हुआ कि सियावुश का भाग्य-चक्र कठिनाइयों में फंस गया है। उसने पीरान से सलाह-मशविरा किया कि इस बारे में क्या किया जाए। पीरान ने कहा, "सियावुश एक गम्भीर, सभ्य और बुद्धिमान शहज़ादा है। वह चाल-चलन से पवित्र और वचन का पक्का है। मेरी राय है कि आप उसे सम्मानपूर्वक आमन्त्रित करें और अपना अतिथि बनाएं, काऊस कुछ दिनों बाद इस संसार से चला जाएगा, तब ईरान का बादशाह सियावुश बनेगा और उस समय आपका प्रभाव ईरान-तूरान पर एक समान होगा।"

इस बात को सुनकर अफ़रासियाब ख़ुश हुआ और पीरान की राय को उसने पसन्द किया। उसने सियावुश के पत्र का उत्तर लिखवाया, "मुझे तुम्हारे पिता के व्यवहार से वास्तव में दुख पहुंचा है। जहां तक मेरा प्रश्न है, आज से तुम मेरे बेटे और मैं तुम्हारा पिता हूं। पिता होने के बावजूद, मैं तुम्हारी हर आज्ञा मानने के लिए तैयार हूं। इस सारी फ़ौज और ख़ज़ानों पर यहां तक कि इस देश पर तुम्हारा अधिकार है। इसके बाद यहां से वापस जाने का अब तुम्हारे पास कोई कारण नहीं है।"

इस पत्र को पाकर सियावुश ऊपर से तो प्रसन्न हुआ, मगर मन-ही-मन दुखी हुआ। वह इस समस्या से कैसे आंखें मूंद सकता था कि अफ़रासियाब का यह व्यवहार न केवल मानवता पर आधारित है, बल्कि उसमें राजनीतिक लाभ भी निहित है। मित्रता के पर्दे में वह एक-न-एक दिन शत्रुता निभाएगा। इसके पश्चात उसने एक भावनापूर्ण पत्र पिता के नाम लिखा कि "आपके साम्राज्य की सीमा से दूर जा रहा हूं।" जब वह अफ़रासियाब की सीमा में दाख़िल हो रहा था, तो जीहून नदी को पार करते हुए उसकी आंखें आंसुओं से तर थीं। सियावुश जब तूरान की सीमा में दाख़िल हुआ, तो पीरान ने बहुत वैभवपूर्ण सम्मान से उसका स्वागत किया। उसके साथ फ़ौज थी, हाथी था और सिंहासन था। सबके आगे रेशमी तूरानी झंडा लहरा रहा था। उसके पीछे, फ़िरोज़ के सिंहासन को कन्धे पर रख दास चल रहे थे। पीरान ने आगे बढ़कर सियावुश के सारे शरीर का चुम्बन लिया। इतनी आवभगत देखकर सियावुश को अच्छा लगा कि उसका शत्रु सम्मान और

प्रेम का प्रदर्शन कर रहा है। मगर साथ-ही-साथ उसके मन में देश-प्रेम की टीस और उसकी दूरी की कसक भी उसे तड़पा रही थी।

पीरान ने देखा कि सियावुश उदास है, तो पीरान ने सियावुश को अपने प्रेम और आदर का विश्वास दिलाते हुए कहा, "अफ़रासियाब के इस प्रेमपूर्ण व्यवहार पर भरोसा करो और यहां से जाने का विचार दिल से निकाल दो। तूरान धरती की हर वस्तु तुम पर दिलोजान से निछावर होने को तैयार है। तुम इस क्षण से प्रसन्नतापूर्वक जीवन व्यतीत करना आरम्भ कर दो।"

पीरान की सान्त्वना-भरी बातों ने सियावुश के घायल मन पर मरहम का काम किया। उसकी दुविधा किसी हद तक दूर हो गई। भोजन के समय वह आपस में इतना समीप आ चुके थे कि मानो पिता और पुत्र हों। भोजन के उपरान्त वे दोनों अफ़रासियाब के राजमहल में उपस्थित हुए। राजमहल से अफ़रासियाब पैदल सियावुश के स्वागत के लिए आगे बढ़ा। जब सियावुश ने उसे खड़ा देखा, तो सम्मान के कारण अपने घोड़े से उतरा और पैदल अफ़रासियाब की ओर बढ़ने लगा। समीप पहुंचकर दोनों गले मिले और एक-दूसरे के माथे व आंखों का चुम्बन लिया।

इस मुलाक़ात के बाद अफ़रासियाब का मन सन्तोष से भर उठा और उसने सियावुश पर अपनी मेहरबानी का दरवाज़ा खोल दिया। फ़ौरन आदेश दिया कि शहज़ादे के लिए एक सुन्दर राजमहल सुसज्जित किया जाए। उसमें सुनहरा सिंहासन रखा जाए। ज़रबफ़्त के ग़लीचे बिछाए जाएं। जब सियावुश उस सुनहरे सिंहासन पर विराजमान हुआ, तो अफ़रासियाब ने एक उत्सव का आयोजन किया और बहुमूल्य उपहार अतिथि को भेंट किए।

यह उल्लासपूर्ण उत्सव हफ़्ते-भर तक चलता रहा। एक दिन अफ़रासियाब सियावुश के संग चौगान खेलने गया। दोनों सन्ध्या तक उसी खेल में मस्त रहे। जब शाम को राजमहल लौटे तो दोनों प्रसन्न थे। अफ़रासियाब को अनुभव हुआ कि सियावुश वास्तव में एक वीर और सुशील शहज़ादा है। उसने फिर इस ख़ुशी में सियावुश को उपहारों से लाद दिया। अफ़रासियाब वास्तव में सियावुश को मन से प्यार करने लगा था। कुछ दिन बाद तो

उसका यह हाल हो गया था कि चाहे दुख हो या सुख, प्रसन्नता हो या उदासी, वह सियावुश के बिना एक क्षण को भी नहीं जी सकता था। उसी की बातें उसके मन को भाती थीं।

इसी तरह एक वर्ष गुज़र गया। एक दिन पीरान व सियावुश बातें कर रहे थे। पीरान ने कहा, "अफ़रासियाब का तो यह हाल है कि तुम्हारे अतिरिक्त उन्हें कोई अच्छा ही नहीं लगता। मुझे तो लगता है, तुम उनकी ख़ुशियों की बहार, उनके नृत्य और संगीत की महफ़िलों में बेहतरीन साथी और उनके दुख के भागीदार हो। मगर तुम्हें यह बात नहीं भूलनी चाहिए कि तुम काऊस शाह के बेटे, ईरान के साम्राज्य की बागडोर संभालने वाले भविष्य के बादशाह हो। कहीं ऐसा न हो कि तुम राज्य से हाथ धो बैठो। तुम्हारा अपना कौन है? न भाई, न बहन, न पत्नी। बल्कि तुम उस पुष्प की तरह हो, जो उपवन से अलग है। अच्छा हो कि इस अकेलेपन को दूर करने के लिए तुम किसी लड़की को विवाह के लिए पसन्द कर लो, जो तुम्हारे दुख-दर्द की भागीदार बन तुमको अपना सके। अफ़रासियाब और ग़रसिवज़ की तीन-तीन सुन्दर कन्याएं हैं। मेरी चार लड़कियां हैं। बड़ी लड़की ज़रीरा सितारों में चन्द्रमा समान है। संक्षेप में, तुम जिसे चाहो, पसन्द कर लो।"

सियावुश ने उत्तर दिया कि "इन लड़कियों में से मुझे सबसे अधिक ज़रीरा पसन्द है। मेरा रिश्ता उसी से उचित है।"

पीरान ख़ुशी-ख़ुशी घर गया और ज़रीरा से उसका विवाह पक्का कर दिया। रात को अपनी बेटी का सोलह सिंगार करवाकर उसे सियावुश के समीप भेज दिया।

अफ़रासियाब के दरबार में सियावुश का सम्मान और दबदबा दिन-दूना रात-चौगुना बढ़ता जा रहा था। एक दिन पीरान ने सियावुश से कहा, "तुमने कभी इस ओर ध्यान दिया है कि अफ़रासियाब की शान-शौक़त और ख्याति तुम्हारे कारण है? अफ़रासियाब रात-दिन तेरा ही मुख देखता है। उसकी आत्मा तू है। वह सौ जान से तुझ पर निछावर है। तेरा प्रेम है, जो उसे

अभी तक संभाले हुए है। यदि यह प्रेम व आदर की भावना पारिवारिक सम्बन्ध के गठबन्धन में परिवर्तित हो जाए, तो यह भावना अटूट और अमर हो जाएगी और तुम्हारा सम्मान भी दिन-प्रतिदिन बढ़ता जाएगा। यह सच है कि मेरी बेटी तुम्हारी पत्नी है, मगर मुझे तो तुम्हारा ही ख़याल हरदम सताता रहता है। तुम्हें शाही दरबार में जो महान पदवी प्राप्त है, उसका तकाजा है कि तुम शाह के दामन में पड़े मोतियों में से एक को चुन लो। इससे तुम्हारा सम्मान बढ़ेगा और उन्नति होगी। अफ़रासियाब की लड़कियों में से सबसे सुन्दर लड़की फिरंगीस है। यदि तुम आज्ञा दो तो मैं बादशाह से गुप्त रूप से चर्चा चलाऊं।"

सियावुश अपनी महान आत्मा और कोमल एवं निर्मल हृदय के कारण इस बात पर राजी न हुआ। वह ज़रीरा का दिल तोड़ना नहीं चाहता था। उसकी भावनाओं को ठेस पहुंचाना नहीं चाहता था। इसलिए उसने पीरान की बातों का उत्तर दिया कि "मेरा जीवन तो ज़जीरा है, वही मेरी श्वास है और वही मेरी आत्मा! मैं उसके अतिरिक्त किसी से प्यार नहीं करता। न मुझे सम्मान की भूख है, न उपहारों का लालच। न मुझे चांद और सूरज पाने की कोई लालसा है, न राज्य और सिंहासन को लेने की इच्छा। मेरे लिए ज़रीरा मेरा सर्वस्व है, मेरे अच्छे-बुरे दिनों की साथी। मैं उसे किसी भी मूल्य पर छोड़ना नहीं चाहूंगा, चाहे मुझे उसके लिए बड़ी-से-बड़ी हानि क्यों न उठानी पड़े।"

लेकिन पीरान ने उसको ज़रीरा की ओर से हर प्रकार का विश्वास दिलाया। अन्त में पीरान के बहुत अधिक दबाव और समझाने से वह मान गया। "अब जब मैं ईरान से सदा के लिए बिछुड़ गया हूं, अपने पिता और रुस्तम जैसे पहलवानों से दूर तूरान में हूं, तो बाक़ी ज़िन्दगी भी मुझे देश से दूर इसी तूरान की धरती पर गुज़ारनी पड़ेगी। ऐसी स्थिति में अफ़रासियाब की बेटी से विवाह करने में मुझे कोई आपत्ति नहीं होनी चाहिए।"

पीरान अफ़रासियाब के सम्मुख उपस्थित हुआ और उससे फिरंगीस का हाथ सियावुश के लिए मांगा। अफ़रासियाब ने पहले बहाना किया कि "ज्योतिषियों ने मुझसे कहा था कि मेरा कोई भी नवासा कीकबाद और तूर

बादशाह की नस्ल से नहीं होना चाहिए।" यह सुनकर पीरान ने कहा, "ज्योतिषियों की बातों में तथ्य नहीं है।" इधर-उधर की बातें करके उसने किसी तरह अफ़रासियाब को विवाह के लिए राजी कर लिया। पीरान प्रसन्नचित्त हो विजयी भाव से सियावुश के पास पहुंचा और कहा, "नए विवाह के लिए तैयार हो जाओ।" मगर सियावुश इस विवाह से झिझक रहा था। उसका मन ज़रीरा से बेवफ़ाई के लिए तैयार न था। उसका अन्तर्मन पाप-भावना से भर रहा था और मुख लज्जा से लाल हो गया था। उसके मन में बार-बार प्रश्न उठ रहा था कि ज़रीरा जैसी तन-मन निछावर करने वाली प्रिय पत्नी को छोड़कर दूसरी कन्या को कैसे अपना लूं?

इधर पीरान घर लौटा और अपनी पत्नी गुलशहर को ख़ज़ाने की कुंजी दी, ताकि फिरंगीस को उपहार देने के लिए वह बहुमूल्य वस्तुएं निकाले। गुलशहर ने ज़बरज़द के तख़्त, फ़िरोज़े के प्याले, जड़ाऊ ताज़, कान के बुन्दे और बहुमूल्य जूते निकाले। इसके अतिरिक्त उसने सौ बड़ी थालियों में अलग-अलग ज़ाफ़रान और इत्र सजाए। साठ ऊंटों पर बहुमूल्य कालीन, ज़रबफ़्त और सोने के सिंहासन लादे गए। तीन सौ कनीज़ों को भी, जो सुनहरी अमारी में बैठी थीं, फिरंगीस को विवाह में भेंटस्वरूप भेजा।

ईरानी रस्म और रिवाज के अनुसार, फिरंगीस और सियावुश का शुभ विवाह सम्पन्न हो गया। विवाह-समारोह में दूल्हा-दुल्हन को देखकर लग रहा था, जैसे सूर्य और चन्द्र का मिलन हो गया हो। सारे देश में हफ़्ते-भर तक धूमधाम से उत्सव मनाया गया। जनता तरह-तरह की मदिरा और अनेक स्वादिष्ट व्यंजनों का मज़ा लेती रही।

एक वर्ष पलक झपकते बीत गया। इस बीच कोई अनहोनी घटना न घटी। अफ़रासियाब ने चीन तक फैले अपने विस्तृत साम्राज्य का एक बड़ा इलाक़ा सियावुश को दे दिया। सियावुश फिरंगीस और पीरान के साथ उस नए भाग की ओर चल पड़ा। चलते-चलते काफ़िला एक ऐसे स्थान पर पहुंचा जहां एक ओर ऊंचे पर्वत थे, तो दूसरी ओर समन्दर ठाठें मार रहा था। सियावुश को वह स्थान बहुत भाया। उसने आदेश दिया कि यहां उसके लिए एक सुन्दर महल बनाया जाए। राजगीरों और मज़दूरों ने रात-दिन

मेहनत करके एक बहुत ही सुन्दर क़िला 'गुंग' बनाया जो वैभव, सौन्दर्य और बाग़ की हरियाली में अपना जवाब आप था।

सियावुश एक दिन पीरान को लेकर क़िला देखने गया। उसे देखकर प्रसन्नता हुई कि क़िला हर प्रकार की सजावट के साथ तैयार है। ज्योतिषियों को बुलाकर उसने पूछा कि यह मेरे लिए शुभ है या नहीं।

ज्योतिषियों ने कहा, "यह आपके लिए अशुभ है।" सियावुश, जो पहले से ही अपने भाग्य से खिन्न और उदास था, उनकी बात सुनकर अधिक दुखी हो उठा। फिर पीरान को ज्योतिषियों की बात बताता हुआ बोला, "इस महल का लाभ कोई और ही उठाएगा। मैं तो इससे भी वंचित रहूंगा।"

पीरान ने उसे दिलासा दिया। फिर जब तूरान शहर लौटा, तो उसने अफ़रासियाब से सियावुश के महल की बहुत तारीफ़ की। अफरासियाब सुनकर बहुत प्रसन्न हुआ और ग़रसिवज़ से बोला, "जाकर देखो तो कि सियावुश ने कैसा वैभवपूर्ण महल बनवाया है। जाकर फ़िरोजे और हाथी दांत के बने उसके राजसिंहासन के सौन्दर्य को देखो। जहां पर कल तक झाड़-झंखाड़ था, वहां पर सियावुश ने बाग़ बनवा दिया है। मगर हां, सियावुश से बहुत सम्मान और आदर देकर मिलना। वरिष्ठ और बूढ़े दरबारियों के सामने उसकी ख़ूब प्रशंसा और उसकी बहुमुखी प्रतिभा की चर्चा करना।"

ग़रसिवज़ अफ़रासियाब का सन्देश और उपहार लेकर यात्रा पर निकल पड़ा। सियावुश को उसके आगमन का समाचार मिला, तो वह उसकी अगवानी के लिए पैदल गया। दोनों एक-दूसरे से गले मिले। सियावुश प्रेमपूर्वक ग़रसिवज़ को महल में लाया। उसके आने की ख़ुशी में एक शानदार समारोह का आयोजन किया। इसके पश्चात जब वह फिरंगीस के महल में गया, तो उसने देखा कि हाथी दांत के सिंहासन पर बड़ी शान से फिरंगीस बैठी हुई है। ऊपर से उसने अपनी प्रसन्नता प्रकट की; मगर मन-ही-मन सोचा, यदि इस तरह से वर्ष-भर गुज़र गया, तो सियावुश किसी को पूछेगा भी नहीं, आज भी उसके पास किस चीज़ की कमी है। महल है, राजसिंहासन है, ख़ज़ाना है, फ़ौज है और इतना विस्तृत इलाक़ा है।

संक्षेप में, जब तक ग़रसिवज़ वहां पर रहा सियावुश के ऐश्वर्य और महिमा को देखकर उसके दिल पर सांप लोटता रहा। उसके मुख का रंग, वह सब रंगीनी देखकर उड़ गया था, मगर ऊपर से वह हंसता-मुस्कुराता रहा। दूसरे दिन सियावुश ने उसे चौगान खेलने का निमन्त्रण दिया। दोनों ने खेलना आरम्भ किया। ग़रसिवज़ जो गेंद मारता उसे सियावुश फ़ुर्ती से लौटा देता था। चारों ओर ईरानी और तुर्की घुड़सवार घोड़े दौड़ा रहे थे। सभी खेल में व्यस्त थे, मगर अन्त में ईरानी घुड़सवार तुर्की घुड़सवारों पर विजयी हुई। सियावुश को अपने देशवासियों की यह विजय देखकर बहुत प्रसन्नता हुई।

सियावुश और ग़रसिवज़ जब खेल चुके, तो आकर सुनहरे सिंहासन पर बैठ गए और दूसरे खिलाड़ियों का मुक़ाबला देखने लगे। मगर अन्दर-ही-अन्दर अपनी हार से ग़रसिवज़ अपमान की ज्वाला से तड़प रहा था। अन्त में जब उससे न रहा गया, तो उसने सियावुश को चुनौती देते हुए कहा कि "चलो, हम दोनों कुश्ती लड़ते हैं। यदि मैं तुम्हें पटक दूं तो मैं तुमसे बलवान रहा, यदि तुमने मुझे हराया तो मैं कभी रणक्षेत्र में नहीं उतरूंगा।"

सियावुश ने ग़रसिवज़ के सम्मान के कारण उसकी चुनौती क़बूल नहीं की और कहा, "आपके बल का प्रदर्शन मुझे शोभा नहीं देता है।" सियावुश ग़रसिवज़ से लड़ना नहीं चाहता था, क्योंकि वह अफ़रासियाब का भाई और उसका अतिथि था। उसने यह सोचकर ग़रसिवज़ से कहा कि "आप किसी अन्य पहलवान को मुझसे कुश्ती लड़ने का आदेश दें।"

यह सुनकर ग़रसिवज़ ने दो प्रसिद्ध पहलवानों – 'गर्वी' और 'दमूर' को सियावुश से कुश्ती लड़ने को भेजा, जो वास्तव में नामी पहलवान थे और अपना कोई जवाब नहीं रखते थे।

सियावुश तूरानी पहलवानों – 'गर्वी' और 'दमूर' के साथ मैदान में उतरा। पहले वह गर्वी की ओर बढ़ा। उसकी कमर पर बंधी पेटी को पकड़ा और उसे ज़मीन पर दे मारा। अब वह दमूर की ओर मुड़ा और उसे गर्दन

से पकड़कर ज़मीन से यूं उठा लिया, जैसे उसके हाथ में कोई छोटा-सा पक्षी हो और उसी हालत में वह उसे उठाकर ग़रसिवज़ के पास ले गया और ठीक सामने धरती पर छोड़ दिया। उसके बाद सियावुश घोड़े से उतरा, बढ़कर ग़रसिवज़ से हाथ मिलाया और सब मगन, मस्त और हंसी-ख़ुशी के साथ महल में लौट आए।

ग़रसिवज़ एक हफ्ता ठहरने के बाद अपने शहर वापस लौटा। वह ऊपर से सियावुश की योग्यता की भूरि-भूरि प्रशंसा करता रहा, मगर उसके मन में सियावुश के विरुद्ध अपने अपमान का आक्रोश भरा हुआ था और वह उस पराजय से बहुत लज्जित था। जब वह शाह के दरबार में पहुंचा तो अवसर निकालकर उसने अफ़रासियाब के कान सियावुश के विरुद्ध भरने लगा, "कभी-कभी सियावुश के पास शहंशाह काऊस का ऐलची आता है। उसके मधुर सम्बन्ध चीन और रोम से भी हैं। इन सबको टाला जा सकता है, मगर इस सच्चाई से आंखें कैसे मूंदी जा सकती हैं कि वह शाह ईरान काऊस की याद में मदिरा के प्याले तो ख़ाली करता है, मगर भूल से भी मदिरा का प्याला उठाते हुए शाह अफ़रासियाब का अभिनन्दन नहीं करता है।"

ग़रसिवज़ की बातें सुनकर अफ़रासियाब को दुख हुआ। उसने कहा, "मैं तीन दिन तक इस समस्या पर विचार करूंगा।" अफ़रासियाब ने हर एक कोण से सोचा, मगर उसे सियावुश में कोई बुराई नज़र नहीं आई। उसने ग़रसिवज़ से कहा, "सियावुश ने ईरान के तख़्त को त्यागकर मेरे प्रति वफ़ादारी दिलाई है और मेरे प्रति इसी निष्ठा को अपना धर्म बना लिया है–

ज़े फ़रमान मन यक जमान सर न ताफ़्त
ज़े मन उ बेजुज़ नीकोइ बर न याफ़्त

(उसने कभी मेरे आदेश से मुंह नहीं मोड़ा और मैंने भी उसके सदाचारी स्वभाव के बदले में उसके साथ भलाई की है।)

इतना कहकर अफ़रासियाब ने कुछ पल सोचा और कहा कि "वास्तव

में मेरे सामने सियावुश के विरुद्ध कोई बहाना नहीं है। यदि उसके बाद भी मैंने उसके साथ बुरा व्यवहार किया, तो लोग मुझ पर उंगली उठाएंगे। मुझे बुरा-भला कहेंगे। इससे तो अच्छा है कि मैं उसे वापस ईरान भेज दूं।"

ग़रसिवज़ ने इस बात का विरोध करते हुए कहा, "सियावुश हमारे साम्राज्य के सारे भेदों से वाकिफ़ है। यदि वह ईरान चला गया तो हमारे लिए कष्ट-ही-कष्ट हैं। आपने शेर पाला है और शेर पालने वाले को तो सदा ख़तरा लगा रहता है।"

संक्षेप में, ग़रसिवज़ ने सियावुश और फिरंगीस की जी भरकर निन्दा की। यहां तक कि अफ़रासियाब का मन उन दोनों की ओर से फिर गया। अन्त में ग़रसिवज़ को अफ़रासियाब ने आदेश दिया कि वह जाकर फिरंगीस और सियावुश को ले आए।

ग़रसिवज़ मन में शत्रुता छिपाए सियावुश के समीप पहुंचा और अफ़रासियाब का सन्देश देते हुए कहा कि "बादशाह ने तुम्हें और फिरंगीस को कुछ दिनों के लिए बुलाया है, ताकि तुम उनसे भेंट भी कर लो और कुछ दिन महल में रहकर आराम करो और शिकार आदि करके जीवन का आनन्द ले सको।"

सियावुश यह आमन्त्रण पाकर बहुत प्रसन्न हुआ। ग़रसिवज़ ने जब उसका यह निश्छल प्रेम और आदर देखा तो सोचा कि यदि यह इतने प्रसन्न मन से शाह के समीप पहुंचेगा, तो सब किए-कराए पर पानी फिर जाएगा। उसने दिखावे के लिए मुंह उतार लिया और घड़ियाली आंसू बहाने लगा।

उसकी यह दशा देखकर सियावुश ने पूछा, "रोने की क्या बात है?" ग़रसिवज़ ने आंसू पोंछते हुए कहा, "अफ़रासियाब ऊपर से तो तुम पर मेहरबान है, मगर अन्दर से वह तुमसे द्वेष रखता है। उसका कोई भरोसा नहीं है। इससे पहले भी वह अपने निर्दोष भाई और न जाने कितने सरदारों को मौत के घाट उतार चुका है। अब उसके मन में छिपा दैत्य तेरे ख़ून का प्यासा हो रहा है। अपना ध्यान रखना।"

सियावुश ने कहा, "मैं बादशाह को मना लूंगा। उसका दिल मेरी तरफ़

से साफ़ हो जाएगा, ऐसा मेरा विश्वास है।"

ग़रसिवज़ ने कहा, "अफ़रासियाब ने जो क्रूर व्यवहार अपने कुटुम्ब के सदस्यों व फ़ौजी सरदारों के साथ किया है, उसको मत भूलना। यह तो उसका जाल है, जो उसने तुम पर फेंका है। मेरी राय है कि तुम पहले पत्र लिख दो, ताकि मैं शाह को पत्र दूं और वातावरण के ख़तरे की आशंका को आंकूं। यदि ख़तरा न हुआ तो मैं तुम्हें आने की इत्तिला दे दूंगा। मेरा तो सिर्फ़ इतना ही कहना है कि दूध के जले को छाछ भी फूंक-फूंककर पीना चाहिए।"

सियावुश का निर्मल मन ग़रसिवज़ की बातों से प्रभावित हो गया और उसने एक पत्र अफ़रासियाब को लिखा, "आपका निमन्त्रण मिला, हमें हार्दिक प्रसन्नता हुई। चूंकि इन दिनों फिरंगीस बीमार है, उसकी देख-रेख के कारण इस समय यात्रा करना मेरे लिए असम्भव है। जैसे ही उसकी तबीयत ठीक हो जाएगी, हम फ़ौरन आपकी सेवा में उपस्थित होंगे।"

ग़रसिवज़ पत्र लेकर चला। रात-दिन यात्रा करता हुआ तीन दिन में ही दरबार पहुंच गया। उसको इतनी जल्दी वापस आया देखकर अफ़रासियाब अचम्भित हुआ। ग़रसिवज़ ने पहुंचते ही अपनी बातों के जाल में अफ़रासियाब को फंसाना आरम्भ किया, "न तो सियावुश मेरे सम्मान में मुझे लेने आया और न मेरा आदर-सत्कार किया। उसने सिंहासन के नीचे मुझे उकड़ू बिठाया। मैंने आपका पत्र दिया तो उसे बिना पढ़े किनारे डाल दिया। ज़बानी सन्देश कहना चाहा तो उसने मुझे रोक दिया। उसके पास ईरान से बराबर पत्र आते हैं। पत्र-व्यवहार का यह सिलसिला ईरान से घनिष्ठ मित्रता को दर्शाता है। उसके दरवाज़े जहां ईरानियों के लिए खुल रहे हैं, वहां पर तूरानियों के लिए बन्द हो रहे हैं। यदि आप सियावुश के सम्बन्ध में देरी से काम लेंगे तो आपको पछताना पड़ेगा। यदि आपकी ओर से ढील हुई तो सच कहता हूं, सियावुश स्वयं तूरान पर आक्रमण करके ईरान और तूरान दोनों साम्राज्यों की बागडोर अपने हाथ में ले लेगा।"

इधर ग़रसिवज़ के जाने के बाद सियावुश चिन्ता और दुख के सागर

में डूब गया। उसने सारी परेशानी फिरंगीस को कह सुनाई। सारी बातें सुनकर फिरंगीस ने सिर पीट लिया और रोने लगी। उसने व्यथित होकर कहा, "अब क्या होगा। इस द्वेष का अन्त कैसे होगा, जो मेरे पिता के मन में आपके लिए है। इधर आप ईरान जाना नहीं चाहते, उधर चीन आपको पसन्द नहीं है। फिर बताएं, हमको सिर छुपाने के लिए कौन-सा आकाश मिलेगा, जो ख़ुदा आपको अपनी पनाह में रखे और आपका भविष्य उज्ज्वल बनाए।"

सियावुश ने उसे आशा दिलाते हुए कहा कि दुखी न हो, आंसू पोंछ डालो। चिन्ता से क्या लाभ? ख़ुदा पर विश्वास रखो, वही हमारी सहायता करेगा।

इस घटना के तीन दिन गुज़र गए। चौथे दिन सियावुश रात को सोते से चीख़कर उठ बैठा। उसका शरीर कांप रहा था। फिरंगीस ने फ़ौरन शमा जलाई और पूछा, "क्या बात है?"

सियावुश ने बताया कि "मैंने सपने में देखा है कि एक बहुत बड़ा दरिया बह रहा है। उसके दोनों किनारों पर आग जलाने के ईंधन के पहाड़ बने हुए हैं। साथ-ही-साथ ढेरों योद्धा अस्त्र-शस्त्र से सुसज्जित जमा हैं। उसमें सबसे आगे अफ़रासियाब हाथी पर सवार है। मुझे देखते ही अफ़रासियाब के माथे पर बल पड़ गए। उसने फ़ौरन वहां जमा ईंधन में फूंक मारी और ग़रसिवज़ ने उसे हवा दी। जब लपटें उठने लगीं, तो उन लपटों वाली चिता में मुझे डालकर जला दिया गया।"

फिरंगीस ने सियावुश को दिलासा दिया और समझाते हुए कहा, "सपना तो केवल सपना है।"

अभी आधी रात ही गुज़री थी कि समाचार मिला कि अफ़रासियाब एक भारी फ़ौज के साथ आ रहा है। उसी समय ग़रसिवज़ का भेजा घुड़सवार सन्देशवाहक सियावुश के समीप पहुंचा और सन्देश दिया कि "मैं अफ़रासियाब के मन पर छाई ईर्ष्या और प्रतिशोध की भावना को न धो सका। जो कुछ मैंने कहा, उसका कुछ भी फल न निकला। केवल उसकी सुलगती लकड़ियों के धुएं ने मेरी आंखें भी आंसुओं से भर दी हैं। मुझे

सम्मान के स्थान पर केवल अपमान मिला। इस काले धुएं में डूबा मैं तुम्हारे लिए दिशा ढूंढ़ रहा हूं।"

फिरंगीस ने सियावुश को समझाया, "पल-भर की देर भी तुम्हारे लिए हानिकारक हो सकती है। फ़ौरन घोड़े पर बैठो और यहां से फ़रार हो जाओ।" मगर सियावुश पर फिरंगीस की बातों और आंसुओं का प्रभाव न पड़ा। वह समझ गया कि उसका सपना सच निकला है। अब पीठ दिखाने में कोई फ़ायदा नहीं है। आने वाली घटना के लिए उसे कमर कस लेनी चाहिए। उसने फिरंगीस से विदाई ली, जो पांच मास की गर्भवती थी। "तुम एक ऐसे पुत्र को जन्म दोगी, जो एक महान बादशाह बनेगा। उसका नाम खुसरू रखना। मेरे भाग्य का सूर्य अफ़रासियाब के हाथों अस्त हो रहा है। मेरा निर्दोष अस्तित्व उसके हाथों धूल में मिल जाएगा। न मुझे कफ़न मिलेगा, न क़ब्र मिलेगी। यहां तक कि मेरी मृत देह के समीप आंसू बहाने वाला भी कोई नहीं होगा। जब मेरा सिर धड़ से अलग होगा, तो उस अनजानी बियाबान धरती पर मेरा यह तन किसी लावारिस लाश की तरह सड़ता रहेगा। और तुम्हारा अन्त भी मेरे समान ही है। अफ़रासियाब के योद्धा तुम्हें नंगा कर देने में भी पीछे नहीं रहेंगे। उस समय केवल पीरान तुम्हारी सहायता को आएगा और तुम्हें अफ़रासियाब से मांगकर अपने संग ले जाएगा। उसी के महल में तुम मेरे बच्चे को जन्म दोगी। कुछ दिन बाद जब खुसरू बड़ा होगा, तो गिव नाम का एक पहलवान ईरान से आएगा और ख़ामोशी से तुम्हें और मेरे बेटे खुसरू को ले जाएगा। मेरा बेटा ईरान के राजसिंहासन पर बैठेगा, मेरी इस निर्मम निर्दोष हत्या का प्रतिशोध लेगा और सारे संसार को अपने साम्राज्य में शामिल कर लेगा। उसकी सेवा और सत्ता में केवल इंसान ही नहीं, बल्कि पशु-पक्षी भी नतमस्तक होंगे।"

इसके बाद दर्द की पीड़ा से व्याकुल हृदय को संभालकर उसने फिरंगीस से विदा ली। उसके कांपते होंठ और पीले चेहरे पर एक अनकही यातना थी। फिरंगीस इस दृश्य को सहन न कर सकी और भावना से दीवानी हो, दुख से अपने बाल और मुंह नोचने लगी।

सियावुश ने अपने घोड़े के कान में कुछ कहा। फिर उस पर उछलकर

बैठा और रणक्षेत्र की ओर चल पड़ा। उसके साथ थोड़े-से ईरानी योद्धा थे, जो जान हथेली पर लिये थे। तूरानी योद्धाओं को देखकर वे बेकाबू हो गए, मगर सियावुश ने उन्हें रोका और आगे बढ़कर अफ़रासियाब को सम्बोधित करके बोला, "आप क्यों युद्ध के इच्छुक हैं और मेरे वध का प्रण करके क्यों आए हैं?"

इससे पहले कि अफ़रासियाब उत्तर दे, ग़रसिवज़ ने ललकारा, "यदि तुम निर्दोष हो तो इतने योद्धाओं के संग क्यों आए हो?"

इस वाक्य से सियावुश सारी बात समझ गया और बोला, "यह सब तुम्हारा फैलाया ज़हर है। तुमने ही मुझे कहा था कि बादशाह मुझसे रुष्ट हैं।" फिर सियावुश ने अफ़रासियाब को सम्बोधित किया, "मेरा रक्त बहाना आपको अकारण कठिनाइयों में फंसाएगा। ग़रसिवज़ की बातों में आकर आप तूरान के लिए मुसीबत मोल न लें।"

ग़रसिवज़ ने सियावुश से अफ़रासियाब का वार्तालाप बढ़ने नहीं दिया। और कहा कि "शीघ्रता से युद्ध आरम्भ हो, ताकि सियावुश को बन्दी बनाया जा सके।"

इधर सियावुश अफ़रासियाब से सन्धि किए बैठा था। उसने न तो स्वयं हथियार उठाए; न ही योद्धाओं को म्यान से तलवारें निकालने दीं। उधर अफ़रासियाब ने बिना समझे युद्ध करने का आदेश दे दिया। तूरानी फ़ौज ईरानियों पर टूट पड़ी। देखते-ही-देखते ईरानी टुकड़ी का सफ़ाया हो गया और मैदान ख़ून से नहा गया। सियावुश का शरीर तीर से बेध दिया गया और वह धरती पर औंधा गिर गया। गर्वी ने उसके हाथ पीछे से बांधे और गर्दन पर जवार रखकर उसे घसीटता हुआ अफ़रासियाब के समीप लाया।

अफ़रासियाब ने आदेश दिया, "इसका सिर तन से जुदा कर दो, ताकि इस जड़ से कोई भी कोंपल न फूटे। इस बियाबान तपती धरती की प्यास इसके ख़ून से बुझा दो और लाश को फेंक दो, ताकि वह बिना कफ़न के सड़ जाए।"

यह सुनकर योद्धाओं ने विरोध में अपनी ज़बान खोली, "सियावुश ने आपके साथ कोई अनुचित व्यवहार नहीं किया है, फिर क्यों आप उसे मारना चाह रहे हैं? उसके वध पर सारी दुनिया ख़ून के आंसू बहाएगी।"

पीरान के भाई पीलसम ने भी अफ़रासियाब को समझाया कि "अफ़रासियाब! यह वध करना एक पाप है। यह याद रहे आपको कि इस निर्दोष की हत्या का प्रतिशोध ईरान के शाह, रुस्तम पहलवान, अन्य वरिष्ठ पहलवान और योद्धा आपसे लेकर रहेंगे। इसलिए मेरा निवेदन है कि शाह अभी सियावुश को बन्दीगृह में रखें और इस जल्दबाज़ी से अपने को रोकें और उचित समय की प्रतीक्षा करें।"

अफ़रासियाब पीलसम की बात सुनकर शान्त हुआ, लेकिन ग़रसिवज़ ने उसको भड़काते हुए कहा, "सियावुश वास्तव में चोट खाया सर्प है। उसका सिर न कुचला गया, तो वह अधिक हानिकारक साबित होगा। यदि आपने उसे जीवित छोड़ा, तो मैं आपकी सेवा से अलग हो जाऊंगा। मैं या तो किसी गुप्त स्थान में जा छिपूंगा या फिर मृत्यु को गले लगा लूंगा।"

गर्वी और दमूर ने भी उसकी हां में हां मिलाई और बादशाह को सियावुश का साथ छोड़ने की धमकी दी और उसे सियावुश की हत्या पर उकसाया। अफ़रासियाब दोराहे पर खड़ा चिन्ता में डूबा था कि क्या करे। यदि सियावुश को मारता है तो बुरा है, यदि छोड़ता है तो उससे बुरा है।

इस बीच फिरंगीस के पास सारा समाचार पहुंचा। जब उसने स्थिति को इतना जटिल पाया, तो वह रोती हुई शाह के सम्मुख पहुंची और सियावुश की स्वतन्त्रता की भीख मांगने लगी। फिरंगीस ने अन्त में कहा कि यदि आप सियावुश का वध करवाते हैं, तो ईरानी योद्धा इसका बदला अवश्य लेंगे। और सारी दुनिया आपके इस कार्य पर थूकेगी। इस लोक में आपको निन्दा मिलेगी और परलोक में नरक की ज्वाला आपको जलाकर ध्वस्त कर देगी।

फिर वह सियावुश की तरफ़ मुड़कर उसे सम्बोधित करते हुए बोली, "जो तुम्हारे साथ ऐसा व्यवहार कर रहा हो, ख़ुदा उसे कभी क्षमा न करे।

काश, मेरी आंखें फूट जातीं, ताकि मैं तुम्हें इस तरह ख़ून में डूबा न देखती। मैंने कब सोचा था कि पिता के कारण एक दिन मेरी मांग सूनी होगी।"

अफ़रासियाब के सिर पर खून सवार था। उसने फिरंगीस की बातों से रुष्ट होकर आदेश दिया कि "इसकी दोनों आंखें फोड़ दी जाएं। फिर इसे दूर जंगल में क़ैद कर दिया जाए, ताकि इसकी आवाज़ किसी के कानों तक न पहुंचे।" फिर आगे कहा कि "सियावुश को भी ऐसे स्थान पर ले जाया जाए कि इसकी चीत्कार किसी के कान में न पड़े।"

अफ़रासियाब का आदेश मिलते ही ग़रसिवज़ ने गर्वी को इशारा किया। वह आगे बढ़ा और उसने सियावुश की दाढ़ी पकड़ ली और उसे धरती पर घसीटने लगा। उस समय सियावुश ने इच्छा की, उसकी नस्ल से ऐसा अभिमानी पैदा हो, जो उसके इस अपमान का बदला ले सके। फिर पीलसम की ओर मुंह करके उसने पीरान के लिए सन्देश दिया, "मेरा अभिवादन पीरान को देना और कहना कि तुमने एक बार कहा था कि यदि मेरा बाल भी बांका हुआ, तो तुम एक लाख पैदल सवार लेकर मेरी सहायता और रक्षा के लिए पहुंचोगे। आज मुझे ग़रसिवज़ ने इतना अपमानित किया है कि मेरे पास उसके वर्णन के लिए शब्द नहीं हैं। मैं आज इस स्थिति में हूं कि मेरे लिए सान्त्वना के शब्द कहने और दो बूंद आंसू बहाने वाला भी कोई अपना नहीं है।"

गर्वी सियावुश के बाल घसीटता हुआ उस स्थान पर ले गया, जहां पर कभी सियावुश और ग़रसिवज़ ने तीरन्दाजी की थी। गर्वी ने एक सुनहरा तख़्त लाने का आदेश दिया और उसे सियावुश की गर्दन के नीचे रख बकरे की तरह उसे हलाल कर दिया। सियावुश की गर्दन से खून के फव्वारे उफन पड़े। तख़्त ख़ून से भर गया। क़ातिल ने उस खून को वहीं धरती पर उलट दिया। थोड़ी देर बाद वहां से एक घास उगी, जिसका नाम सियाबुश पड़ गया।

चू अज़ सरोबन दूर गश्त आफ़ताब
सरे शहरे यार अन्दर आमद बे ख़्वाब

चे ख़्वाबी, कि चन्दीन जमान बर गुज़श्त
न ज़ुम्बीद हरगिज़ न बिदार गश्त

(जब सर्व के ऊंचे वृक्षों के उस पार क्षितिज में सूर्य अस्त हुआ, तो सियावुश गहरी निद्रा में सो गया। या ख़ुदा! यह कैसी निद्रा थी, जो समय के इतने बड़े अन्तराल के बाद, वर्ष और युग बीतने के बाद भी उसने न तो करवट बदली और न उसने आंखें खोलीं।)

हत्या की ख़बर जैसे ही फिरंगीस को मिली, उसके दिल पर बिजली गिरी। दुख की पराकाष्ठा पर पहुंचकर उसने अपने बाल और मुंह नोचना आरम्भ कर दिया। पुष्प के समान गुलाबी मुंह ख़ून से तर हो गया। सारे तूरान में हाहाकार मच गया। जब यह ख़बर अफ़रासियाब के पास पहुंची, तो उसने आदेश दिया कि "फिरंगीस के बाल कटवा दिए जाएं और उसके कपड़े फाड़ दिए जाएं। उसे इतनी यातनाएं दी जाएं कि उसके पेट का गर्भ जाता रहे। मैं नहीं चाहता हूं कि सियावुश की नस्ल इस धरती पर बाक़ी बचे।"

पीरान के पास जब सियावुश के क़त्ल का समाचार पहुंचा, तो वह सिंहासन से गिरकर बेहोश हो गया। जब उसे होश आया तो दुख की पराकाष्ठा से दीवाना हो अपने कपड़े फाड़ने लगा और मुंह पीटने लगा। सियावुश के शोक में उसकी आंखों से आंसुओं का बरसाती नाला ही बह रहा था और मुख से दर्दनाक शब्दों का झरना झर रहा था।

लोगों ने पीरान के पास जाकर कहा कि फ़ौरन अफ़रासियाब को फिरंगीस की हत्या करने से रोको, वरना यह दुख उनकी कमर तोड़ देगा। पीरान फ़ौरन अफ़रासियाब के समीप पहुंचा और उसे बुरा-भला कहा, "तुमने निर्दोष सियावुश की हत्या से अपनी ख्याति को मिट्टी में मिला दिया है। जिस पापी ने तुम्हें यह मार्ग दिखाया है, ख़ुदा उसको गारत करे। तुम एक दिन अपने इस आचरण पर रोओगे और हाथ मलोगे। फिर भी, नरक के ईंधन में अपना दामन बचा नहीं पाओगे, बल्कि ख़ुद उसी ईंधन में परिवर्तित हो जाओगे। सियावुश के बाद तुम अब अपने जिगर के टुकड़े फिरंगीस

के वध की तैयारी कर रहे हो? तुम वास्तव में पागल हो गए हो, वरना यह भयानक ख़ूनी दृश्य कभी भी सामने न आता।"

पीरान ने अफ़रासियाब से अन्त में कहा कि "तुम फिरंगीस को मेरी सुरक्षा में दे दो। जब उसके बच्चे का जन्म हो जाएगा, तो मैं फिरंगीस को दोबारा तुम्हें लौटा दूंगा। उस समय जो चाहो वह सज़ा दे देना।"

अफ़रासियाब को अन्त में पीरान की बात माननी पड़ी। उसने फिरंगीस को पीरान के हवाले कर दिया। पीरान फिरंगीस को लेकर शहर 'खतन' चला गया।

दास्तान-ए-बीज़न और मनीज़ा

खुसरू बादशाह अपने पिता सियावुश की शत्रुता का बदला लेने और अकवान दैत्य के अत्याचारों का नाश करने के बाद एक दिन राजसिंहासन पर बड़ा प्रसन्नचित्त बैठा था। इस शुभ अवसर पर एक वैभवपूर्ण समारोह आयोजित किया गया था। खुसरू याकूत के लाल प्याले में मदिरापान कर रहा था और संगीत के आनन्द में डूबा हुआ था। उसके आसपास बैठे ज्ञानी, शूरवीर, योद्धा और पहलवान इस संगीतमय ऐश्वर्यपूर्ण वातावरण से पूर्ण रूप से रस ले रहे थे। उनके हाथों में लाल शराब के प्याले थे और चारों तरफ़ ताज़ा खिले सुन्दर गुलाबों की सुगन्ध फैली हुई थी।

पहरेदार सावधानी की मुद्रा में बादशाह के आदेश की प्रतीक्षा में उनके चरणों में दृष्टि गड़ाए खड़ा था। अचानक सन्तरी बाहर से दौड़ता हुआ आया और पहरेदार को एक महत्त्वपूर्ण सन्देश दिया कि अरमीनियों का एक जन-समूह, जो ईरान और तूरान की सीमा के पास बसा हुआ है, न्याय मांगने आया है और बादशाह से मिलकर अपना दुख बयान करना चाहता है। पहरेदार फ़ौरन बादशाह के समीप पहुंचा। सारी घटना सुनकर खुसरू शाह ने उन्हें दरबार में बुलाया।

अरमीनी सीना कूटते और शाह की दुहाई देते हुए अन्दर घुसे, "जहांपनाह! हमारा शहर एक ओर से ईरान और दूसरी ओर से तूरान की

सीमा से जुड़ा है। इस तरफ़ का हिस्सा वास्तव में हमारा जीवन है। हरे-भरे घास के मैदान और चरागाह, वृक्षों से भरे जंगल ही हमारे आधार हैं, जिसमें बेशुमार फलों के वृक्ष भरे पड़े हैं। मगर सुअरों ने अपनी थूथनी से ज़मीन खोद डाली है, मज़बूत खूंखार दांतों से दरख़्तों की जड़ों को काट डाला है। इनके आतंक से घरेलू जानवर तक घबराए हुए हैं और हम खेत, फ़सल और घास के मैदानों का इस तरह रौंदे जाने से बर्बाद हो चुके हैं। अब आप हमारी मदद करें सरकार !"

खुसरू उनके नुक़सान की जानकारी पाकर दुखी हो उठा। उसने आदेश दिया कि एक सोने का थाल लाया जाए और उसको तरह-तरह के हीरे-जवाहरात से भर दिया जाए। जब थाल भर गया, तो उसने पहलवानों की ओर गर्दन घुमाकर पूछा, "तुममें से ऐसा कौन है, जो मेरे इस दुख का भागीदार बने, आगे बढ़कर इस महत्त्वपूर्ण जोखिम को अपने कन्धों पर ले, जंगल जाकर उन सुअरों को मार डाले और मुझसे उपहारस्वरूप ये जवाहरात-भरा थाल ले?"

किसी पहलवान के मुंह से आवाज़ नहीं निकली। इस ख़ामोशी को तोड़ती हुई बीज़न की आवाज़ उभरी। बीज़न के पिता गिव पहलवान को उसके इस दुस्साहस पर क्रोध आया। उसने बेटे को बुरी तरह फटकारा –

बे फ़रज़न्द गुफ़्त इन जवानी चराअस्त
बे नीरुइ ख़ीश इन गुमानी चराअस्त
जवान अर चे दाना बुअद ब गोहर
आबी आज़माईश नगीरद हुनर
बे राही कि हरगिज़ न रफती, मापोइ
बर शाह खैरहा मबर आब रुइ

(तुझे अपने यौवन पर इतना घमंड है और अपनी ताक़त पर इतना गुमान है! युवक चाहे जितने भी बड़े और अच्छे ख़ानदान वाला क्यों न हो, मगर कला की दक्षता तभी प्राप्त होती है, जब वह अभ्यास करे और परीक्षा में सम्मिलित हो। तुम बिना किसी अनुभव के यूं

इस काम का बीड़ा उठाना चाहते हो? शाह के सम्मुख अपना सम्मान खोना चाहते हो? छोटा मुंह और बड़ी बात !)

पिता की इस लताड़ को सुनकर बीज़न का मन दुखा, मगर वह अपने इरादे पर डटा रहा। उसका यह व्यवहार देखकर खुसरू शाह ने उसकी प्रशंसा की और गुरगीन पहलवान को आदेश दिया कि वह बीज़न का पथ-प्रदर्शक बने।

बीज़न ने यात्रा की तैयारी आरम्भ कर दी। उसने अपने संग सधाए हुए बाज़ और चीते लिये और गुरगीन पहलवान के साथ जंगल की ओर चल पड़ा। मार्ग में वे शिकार भी खेलते जा रहे थे। जब जंगल पहुंचे, तो सबसे पहले उन्होंने एक बहुत बड़ा आग का अलाव जलाया। उस पर शिकार किया हुआ गूरखर (जंगली गधा जो जेब्रा की तरह होता है) भूना और पेट-भर खाया। खाने के बाद गुरगीन ने कहा, "मुझे सोने के लिए कोई स्थान चाहिए।"

यह सुनकर बीज़न ने कहा, "भला यह कोई सोने का समय है? हमें तो जागकर सुअरों का मुक़ाबला करना है। तुम तालाब के किनारे बैठकर प्रतीक्षा करो। यदि कोई सुअर मेरी तलवार से बचकर भागे, तो तुम उसका सिर अपनी गदा से कुचल देना।"

बीज़न की बात गुरगीन को पसन्द नहीं आई। वह इस महत्त्वपूर्ण काम में बीजन को हाथ नहीं बंटाना चाहता था, सो उसने उत्तर दिया, "देखो, इस महान काम का बीड़ा तुमने उठाया है, मैंने नहीं। इस काम के बदले में तुम्हें हीरे-जवाहरात मिलेंगे, मुझे नहीं! मेरा काम तुम्हें रास्ता बताना है। वही करूंगा, समझे !"

बीज़न गुरगीन की यह बात सुनकर आश्चर्यचकित रह गया। एक तेज़ खंजर लेकर वह अकेला ही जंगल की ओर चल पड़ा। सुअरों ने वास्तव में जंगल को बुरा हाल कर डाला था। इस समय भी वे ऊधम मचाए हुए थे। एक सुअर ने बीज़न पर आक्रमण कर उसका जिरह-बख़्तर फाड़ डाला। बीज़न ने खंजर निकालकर उस सुअर के दो टुकड़े कर डाले। अन्य सुअर

भी उसके हाथों मारे गए। बीज़न ने उनके सिर काटकर एक किनारे जमा कर लिये, ताकि वह ईरान के शाह को अपना कारनामा दिखाकर अपनी वीरता और पराक्रम की दाद दे सके।

इधर जब गुरगीन को इस घटना का पता चला, तो वह ईर्ष्या से पेंच व ताव खाने लगा। अपनी बदनामी और बीज़न की वीरता की चर्चा के बारे में सोचकर वह तरह-तरह के षड्यन्त्र रचने लगा। मगर ऊपर से उसने बीज़न पर अपनी प्रसन्नता ही व्यक्त की।

रात को जब दोनों पहलवान मदिरा पी रहे थे, तो गुरगीन ने कहा कि "यहां से, कुछ दूर पर एक जंगल है। वहां के पानी से गुलाब की सुगन्ध आती है और वातावरण इत्र और लोबान से मदमाता रहता है। घास ऐसी हरी और मुलायम है, जैसे रेशम बिछा हो। इस ऋतु में वहां पर सदा मेला लगता है। वहां पर सुन्दर कन्याएं जमा होती हैं, उनकी अठखेलियां और अंगड़ाइयां, मुस्कान और अन्दाज़ ऐसे होते हैं कि आदमी का दिल बेक़ाबू होकर उसके सीने से निकल ज़ाए। इन्हीं कन्याओं में अफ़रासियाब की लड़की मनीज़ा भी होती है, जो सितारों के बीच चन्द्रमा की तरह जगमगाती है, उसकी सौ क़नीजें भी साथ होती हैं।

हमे दुख़्ते तुर्कान पोशीदेह रुइ
हमे सर व क़द व हमे मुश्क़ बुइ
हमे रुख़ पुर अज़ गुल, हमे चश्मे ख़्वाब
हमे लब पुर अज़ मेइ, बे बुए गुलाब

(हर तुर्की लड़की का चेहरा नक़ाब से ढका रहता है और उनका तन इत्र से गमकता रहता है। उनके कपोलों पर फूल खिले होते हैं और होंठों से गुलाब की गन्ध-भरी मदिरा टपकती रहती है। उनकी आंखों में एक मस्त खुमार छाया रहता है।)

"यहां से केवल दो रोज़ का सफ़र करके हम वहां पहुंच सकते हैं। हम वहां चलें, उनमें से कुछ लड़कियां पसन्द करके खुसरू शाह के पास लौट जाएं।"

बीज़न इस ख़बर से प्रसन्न हुआ। दोनों यात्रा पर निकल पड़े। एक दिन बाद वे उस हरे-भरे स्थान पर पहुंचे और वहां दो दिन विश्राम किया।

इधर मनीज़ा अपनी सौ कनीज़ों के साथ आई हुई थी। लगभग चालीस अम्बारी पर सोना-चांदी और संगीत के साज़ भरकर आए थे। कार्यक्रम आरम्भ हुआ। शोर-हंगामा, नृत्य-गान और संगीत – ख़ुशी का दरिया उमड़ पड़ा। गुरगीन को मनीज़ा के आने की ख़बर मिल चुकी थी। उसने फ़ौरन बीज़न को बुलाया कि वहां संगीत और नृत्य की महफ़िल शुरू हो गई है। बीज़न ने जब यह सुना तो तय किया कि वह आगे चलकर उसके समीप पहुंचेगा और तूरानी समारोह के रीति-रिवाज को समीप से देखेगा। साथ-ही-साथ उन अप्सराओं के रूप-लावण्य का रस-पान भी करेगा।

यह सोचकर बीज़न ने अपने-आप को शाही मुकुट और वस्त्र-आभूषण से सुसज्जित किया और घोड़े पर बैठकर हवा से बातें करने लगा। मैदान के समीप पहुंचकर उसने सर्व के घने वृक्ष के नीचे अपना घोड़ा रोका, ताकि धूप की गर्मी से बच सके। पूरे बाग़ में संगीत का शोर फैला हुआ था। ख़ूबसूरत कनीज़ें इधर-से-उधर आ-जा रही थीं। बीज़न छिपता-छिपाता आगे बढ़ा और घोड़े से उतरकर एक ओर खड़ा हो गया। अचानक उसकी दृष्टि मनीज़ा पर पड़ी तो उसके होश उड़ गए। क्या ऐसा अद्‌भुत सौन्दर्य स्वर्ग के अतिरिक्त धरती पर भी हो सकता है!

उधर मनीज़ा की दृष्टि वृक्ष के नीचे खड़े बीज़न पर पड़ी। ऐसा सजीला जवान उसने पहले कभी नहीं देखा था। शाही वस्त्र और मुकुट में उसका मुख-मंडल सूर्य के समान दमक रहा था। मनीज़ा ने अपनी दाया को समीप बुलाया और आदेश दिया कि वह इस युवक के पास जाए और पूछकर आए कि वास्तव में वह कौन है? इंसान है या जिन्न? उसका नाम क्या है? वह कहां का रहने वाला है? कहां से आया है? और उसने इस बाग़ में क्योंकर प्रवेश किया है?

दाया लपकती हुई बीज़न के समीप पहुंची और अपनी शहज़ादी के प्रश्न पूछने लगी। बीज़न इन जिज्ञासा-भरे सवालों को सुनकर ख़ुश हुआ।

उसने बताया, “मैं गिव पहलवान का बेटा हूं। यहां पर सुअरों का नाश करने के लिए आया था। उन सबके सिर काटकर छोड़ रखे हैं, ताकि ईरान के शाह के सम्मुख पेश करूं। इधर गुज़रते हुए जब मैंने यह 'जश्नगाह' सजा-धजा देखा तो वापस जाना टाल दिया। मैंने सपने में भी नहीं सोचा था कि मैं कभी अफ़रासियाब की पुत्री का दीदार करूंगा।”

इतना कहकर बीज़न ने बहुमूल्य वस्त्र और जवाहरात से जड़ा हुआ एक जाम दाया को दिया और कहा कि वह इस काम में उसकी सहायता करे। काम अंजाम देने पर वह उसको इनाम से मालामाल कर देगा।

दाया ने बीज़न की बातें मनीज़ा को जाकर बताईं। मनीज़ा ने जवाब में कहलवाया –

गर आई ख़रामा बे नज़दीके मन
बर अफ़रूज़ी इन जाने तारीके मन
बे दीदार तो चश्म रौशन कुनम
दर व दश्त व खरगाह गुलशन कुनम

(यदि तुम मेरे नज़दीक आने की तकलीफ़ उठाओ, तो इस अंधेरे दिल में ख़ुशी की धूप छिटक जाए। तुम्हारे दीदार से आंखों के दीप जल उठेंगे और तुम्हारे वज़ूद से मैदान व जंगल लहलहा उठेंगे।)

बीज़न को बिन मांगी मुराद मिल गई थी। वह पैदल ही मनीज़ा के ख़ेमे की ओर चल पड़ा। मनीज़ा ने देखते ही उसे अपने बाहुपाश में भर लिया। फिर उसके पैर गुलाब और इत्र से धोकर स्वादिष्ट व्यंजनों से भरा 'दस्तरख़ान' बिछाया।

पूरे तीन दिन और तीन रात हर क्षण बीज़न और मनीज़ा एक-दूसरे में डूबे पड़े रहे। वे ख़ेमे से निकलना भी भूल गए थे। चौथे दिन जब मनीज़ा को राजमहल लौटना था, तो उसका मन बीज़न के वियोग से विह्वल हो उठा। उसका दिल बीज़न के दीदार से भरा नहीं था। अन्त में उसने कनीज़ों को आदेश दिया कि बीज़न की मदिरा में नींद की दवा मिला दो। बीज़न

मदिरा पीते ही बेहोश हो गया। इत्र की सुगन्ध से भरी अमारी में बीज़न को सुला दिया गया।

मनीज़ा की सवारी जब शहर के नज़दीक पहुंची, तो बीज़न को चादर में लपेटकर रात के अंधेरे में शहज़ादी के महल में ले जाया गया। वहां उसके कानों में होश आने की दवा डाली गई। जब बीज़न को होश आया, तो उसने अपने-आप को मनीज़ा के बाहुपाश में पाया। अब बीज़न समझ गया कि गुरगीन ने उसको एक हसीन जाल में फंसा दिया है। मनीज़ा उसको होश में आता देखकर फ़ौरन उठी और शराब का जाम पेश करते हुए बोली –

बे ख़र मइ, म ख़ूर हीच अन्दूह व ग़म
कि अज़ ग़म फ़ज़ूनी न याबद न कम

(शराब पी, ग़म न कर, अब दुख से क्या हासिल?)

अगर शाह याबद ज़े कारत ख़बर
कुनम जान शीरिन बे पीशत सपर

(यदि अफ़रासियाब को तेरा पता चल गया और उसने तुम्हें हानि पहुंचानी चाही, तो मैं अपनी जान क़ुर्बान करके तेरी रक्षा करूंगी।)

इस तरह से बीज़न ने कुछ दिन हसीनों के झुरमुट में गुज़ारे। मगर मस्ती से भरे ये दिन जल्दी ही समाप्त हो गए। महल के दरबान को सब-कुछ पता चल गया। वह मृत्युदंड के भय से दौड़ा हुआ शाह अफ़रासियाब के समीप पहुंचा और बताया कि "शहज़ादी ने एक ईरानी आशिक़ को महल में छिपा रखा है।"

यह सुनकर अफ़रासियाब गुस्से से इस तरह कांपने लगा, जैसे हवा के तेज़ बहाव में बेदे मजनूं वृक्ष की शाखाएं। उसकी आंखों में ख़ून उतर आया। उसे अपनी शहज़ादी की इस हरकत से गहरा दुख पहुंचा। उसने सोचा, "लड़की की जात बुरी होती है। क्या फ़क़ीर, क्या अमीर, सबको अपनी बेटी की पवित्रता की चिन्ता खाए जाती है।" उसके बाद उसने

ग़रसिवज़ को आदेश दिया कि "शहज़ादी के महल को चारों तरफ़ से घेर लिया जाए और बीज़न को बन्दी बनाकर मेरे सामने पेश किया जाए।"

ग़रसिवज़ जब शहज़ादी मनीज़ा के महल के समीप पहुंचा, तो उसे बाहर से ही संगीत, नृत्य और साज़ की आवाज़ें सुनाई पड़ने लगीं। उसने अन्य सवारों को महल की छत, दरवाज़ों, खिड़कियों पर सावधान रहने को कहा और स्वयं ऊपर से महल के अन्दर कूदा, तो क्या देखता है कि बीज़न सुन्दर लड़कियों के झुरमुट में बैठा शराब पी रहा है और संगीत का भरपूर आनन्द ले रहा है। ग़रसिवज़ के शरीर का ख़ून उबलने लगा। उसने चीख़कर कहा कि "ओ ज़लील इंसान! तू आज शेर के पंजे में आ फंसा है। अब देखता हूं कि यहां से कैसे बचकर जाता है!"

बीज़न उस समय निहत्था था। अचानक इस आक्रमण और ललकार से घबरा उठा, मगर दूसरे ही क्षण अपने पर क़ाबू पा लिया और मोजे में छिपे खंजर को शीघ्रता से खींचकर निकाला और बोला, "आज तुझे मैं नहीं छोड़ूंगा।"

ग़रसिवज़ ने जब उसका यह रूप देखा, तो अपनी चाल बदल दी। उसने सौगन्ध खाई कि वह किसी प्रकार का कष्ट बीज़न को नहीं पहुंचाएगा। फिर विनम्र चापलूसीपन की बातों से बहला-फुसलाकर उसने यह खंजर बीज़न के हाथों से ले लिया और उसे बन्दी बनाकर शाह के सम्मुख पेश किया।

अफ़रासियाब ने उससे पूछा, "तुम हमारी सीमा में कैसे दाख़िल हुए?" बीज़न ने कहा, "मैं अपनी इच्छा से आपकी सीमा में दाख़िल नहीं हुआ हूं, बल्कि लाया गया हूं। मैं सुअरों के नाश के लिए इधर आया था। उसी बीच मेरा बाज़ खो गया। उसकी खोज में निकला। रास्ते में थककर एक सर्व के दरख़्त के नीचे थोड़ी देर सुस्ताने के लिए ठहरा। नींद आ गई और मैं सो गया। उधर से एक परी का गुज़रना हुआ। मुझे सोता देखकर उसे शरारत सूझी और उसने मुझे उसी हालत में जादू के ज़ोर से उठाकर शहज़ादी मनीज़ा के महल की ओर लौटती अमारियों में से एक में डाल दिया। जब मुझे होश आया तो मैंने अपने को महल में पाया। इस घटना में न मैं दोषी

हूं और न मनीज़ा। सारा दोष उस शैतान परी का है।"

अफ़रासियाब ने उसकी बातों को झूठ समझा और बोला, "तू मक्कारी और फ़रेब का जाल बिछाकर तूरान पर क़ब्ज़ा करना चाहता है और तूरानियों को तबाह करना चाहता है।"

बीज़न ने कहा, "वीर हथियारों से लैस होकर रणक्षेत्र में जाते हैं। मैं निहत्था युद्ध की कल्पना भी नहीं कर सकता। यदि बादशाह मेरी वीरता और शूरता को ही देखना चाहते हैं, मुझे घोड़ा और गदा दें। अगर मैं हज़ार तुर्कों में से एक को भी ज़िन्दा छोड़ूं तो मेरा नाम बीज़न पहलवान नहीं !"

अफ़रासियाब बीज़न की इस चुनौती से क्रोधित हो उठा और आदेश दिया कि "शहर के चौराहे पर बीज़न को फांसी पर लटका दिया जाए।"

सिपाही बीज़न को घसीटते हुए महल से बाहर लाए। बीज़न की आंखों में आंसू की धारा बह रही थी। वह अपनी इस तरह की मौत से दुखी था। उसने इतनी दूर रहकर भी अपने देश के बुजुर्गों और पहलवानों को, अपने परिवारजनों को याद किया और पवन द्वारा उनके पास सन्देश भेजा –

आया बाद बे गुज़र बे ईरान ज़मीन
प्यामी ज़े मन बर बे शाहे गुज़ीन
बे गर्दान ईरान रसानम ख़बर
व अज़ आन जा बे ज़ाबुलिस्तान बरगुज़र
बे गुयश कि बीज़न बे सख़्ती दुरुस्त
तन्श ज़ीरे चंगाले शीर नर अस्त
बे गुरगीन बेगू एइ यल सुस्त राइ
बे गुइ तो ब मन बे दीगर सराइ

(ओ पवन! मेरे देश जाकर शहंशाह से मेरा हाल कहना कि मैं यहां क़ैद हूं। पहलवानों को मेरी फांसी के बारे में बताना और जाबुलिस्तान जाकर रुस्तम से कहना कि वह प्रतिशोध के लिए कमर कस ले। उससे कहना कि बीज़न पर मुसीबतों का पहाड़ टूटा है। वह वास्तव में एक

खू-ख़्वार शेर के पंजे में फंसा तड़प रहा है। गुरगीन से कहना कि अरे षड्यन्त्री! परलोक में तू कौन-सा मुंह लेकर जाएगा।)

बीज़न को विश्वास हो गया था कि उसकी ज़िन्दगी की अन्तिम घड़ियां निकट आ गई हैं।

अकस्मात उधर से पीरान पहलवान का गुज़रना हुआ। उसने देखा कि तुर्क सिपाही फांसी का तख़्ता ठीक कर रहे हैं और फांसी पर लटकाने के लिए लम्बा-सा रस्सी का फन्दा भी लटका रहे हैं।

समीप जाकर उसने जाना कि यह सब-कुछ बीज़न के लिए है। उसे धक्का लगा। वह बीज़न के क़रीब पहुंचा और उससे कारण जानना चाहा। बीज़न ने सारी घटना विस्तार से बयान कर दी, जिसे सुनकर पीरान का दिल पसीज गया। बीज़न का नंगा बदन, कमर के पीछे बंधे दोनों हाथ, पीला मुख, सूखे पपड़ी पड़े होंठों को देखकर पीरान ने जल्लादों को आदेश दिया कि वे इस सिलसिले में जल्दबाज़ी से काम न लें, बल्कि उसकी दूसरी आज्ञा तक रुके रहें। इतना कहकर वह बादशाह के समीप पहुंचा और बीज़न को क्षमा कर देने के लिए कहा। उसकी बातों को सुनकर अफ़रासियाब ने अपनी ख्याति और मर्यादा पर बट्टा लग जाने की बात उठाते हुए कहा कि "मेरी नासमझ बेटी ने मुझे इस बुढ़ापे में कहीं का नहीं रखा। जनता शाही अन्तःपुर की महिलाओं पर उंगली उठा रही है। फ़ौज मेरे ऊपर हंस रही है। मैं अपने देशवासियों की दृष्टि में गिर गया हूं।"

सब-कुछ सुनकर अफ़रासियाब को पीरान ने सान्त्वना दी और बीज़न को क्षमा कर देने की विनती बार-बार दोहराई। पीरान के निवेदन को अफ़रासियाब एकाएक ठुकरा न सका और उसने बीज़न को मृत्युदंड कम करके उसे कारावास में बदल दिया। उसने ग़रसिवज़ को आदेश दिया कि "बीज़न को हथकड़ी-बेड़ी पहनाकर, ज़ंजीरों में बांधकर किसी अन्धे गहरे कुएं में फेंक दो। उसके मुंह को पत्थरों से ढक दो, ताकि वहां सूर्य और चन्द्रमा की एक भी किरण का प्रवेश न हो और उस अन्धकार में सिसक-सिसककर वह मर जाए। इसके बाद मनीज़ा को उसके महल से बिना

मुकुट और राजसी ठाट के बाहर खींचकर लाया जाए और उसको इस कुएं पर छोड़ दिया जाए, ताकि वह देख सके कि जिस आशिक़ के साथ उसने रंगरेलियां मनाई थीं, अब वह अन्धे कुएं में सिसक-सिसककर दम तोड़ रहा है। और ऐसे ग़म में तड़प-तड़पकर मनीज़ा भी दम तोड़ दे।"

ग़रसिवज़ ने आदेश का पालन किया। मनीज़ा को नंगे सिर, नंगे पांव घसीटता हुआ कुएं तक लाया और वीराने में मनीज़ा को छोड़ दिया। मनीज़ा उस बियाबान में आंसू बहाती बीज़न के लिए तड़पती रहती। फिर इधर-उधर से भीख मांगकर लाई रोटी को वह सूराख़ से हज़ार कठिनाइयों को तय करके किसी प्रकार बीज़न तक पहुंचाती थी।

इधर गुरगीन ने हफ़्ते-भर तक बीज़न की प्रतीक्षा की। मगर जब वह नहीं लौटा, तो वह उसको खोजने के लिए चल पड़ा। बहुत ढूंढ़ने पर भी बीज़न उसे नहीं मिला। अब उसे अपने किए पर बड़ा पछतावा हो रहा था। चलते-चलते वह उस स्थान पर पहुंचा, जहां पर बीज़न उससे बिछुड़ा था। वहां पर उसे बीज़न का घोड़ा मिला। जिसकी लगाम टूटी और ज़ीन पलटी हुई थी। यह देखकर गुरगीन समझ गया कि उसके साथी पर कोई मुसीबत टूट पड़ी है। वह दुखी मन से ईरान लौट गया।

जब गिव को पता चला कि उसका पुत्र आ रहा है, तो वह उसके स्वागत के लिए पहुंचा। गिव ने देखा कि गुरगीन के साथ उसका बेटा बीज़न नहीं है, बल्कि उसका घोड़ा सिर झुकाए चला आ रहा है। गिव इस दृश्य को सहन न कर सका और मूर्च्छित होकर गिर पड़ा। जब उसे होश आया तो दुख की पराकाष्ठा से अपना मुंह और बाल नोचने लगा। सिर पर मिट्टी डालते हुए वह सिसकने लगा, "इस संसार में वह मेरा इकलौता बेटा था, जो मेरी आज्ञा का पालन करता था। मेरे दुख-सुख का भागीदार था। मेरे दुर्भाग्य ने उसे मुझसे छीन लिया और मुझे जीते-जी मौत के मुंह में धकेल दिया है।"

यह करुण विलाप सुनकर गुरगीन को झूठ बोलना पड़ा, "हम सुअरों के साथ शेर की तरह लड़े और एक-एक करके सबको समाप्त कर दिया। उनके दांतों को जबड़े समेत उनके मुख से निकालकर हम ख़ुश-ख़ुश शिकारगाह से घर को लौट रहे थे, तभी गूरखर दिखे। बीज़न ने अपने घोड़े शबरंग को गूरखर के पीछे दौड़ाया। जैसे ही गूरखर की गर्दन में कमन्द का फन्दा कसा, बीज़न उसके पीछे भागा और दोनों एकबारगी मेरी आंखों से ओझल हो गए। मैंने पर्वत, मैदान एक कर दिए, मगर इतना खोजने पर भी बीज़न का पता न चला।"

उसके इस बयान पर गिव को विश्वास न हुआ और वह रोता हुआ उसे साथ लेकर बादशाह के दरबार में गया और बादशाह से निवेदन किया कि वह स्वयं गुरगीन से प्रश्न करे। जब बादशाह ने प्रश्न किए, तो गुरगीन ने सुअर के दांत दिखाते हुए उलटे-सीधे जवाब दिए। सच और झूठ को मिलाकर कुछ ऐसी खिचड़ी पकाई कि शाह समझ गया कि दाल में कुछ काला है। उसने आदेश दिया कि गुरगीन को कारागार में डाल दिया जाए। और गिव को सान्त्वना देने लगा, "मैं सवारों को चारों दिशाओं में भेजता हूं कि बीज़न का पता लगाएं। यदि वे इस उद्देश्य में कामयाब नहीं होते हैं, तो तुम इससे दिल छोटा न करना, बल्कि बहादुरी और सब्र से उस दिन की प्रतीक्षा करना, जब सारी धरती हरा लिबास पहनेगी, फूल और फलों से वृक्ष लद जाएंगे। उस समय 'जामे जहांनुमा' में मैं तेरे बीज़न को देखूंगा कि आख़िर वह कहां छिपा हुआ है। तुम्हें तो मालूम है कि उसमें मैं सात देशों को देख सकता हूं और संसार की कोई भी चीज़ ऐसी नहीं है, जो उस जाम में मुझसे छिपी रहे।" गिव प्रसन्न-मन दरबार से बाहर आया। जो सवार बीज़न को ढूंढ़ने निकले थे, वे ईरान-तूरान को छानकर आ गए। उन्हें बीजन का कुछ पता न चला।

नौरोज़ का दिन। वसन्त ऋतु का आगमन। पूरी धरती हरियाली से भर गई। गिव पीला चेहरा और उदास-दुखी मन लेकर शाह के सम्मुख उपस्थित हुआ और उन्हें जाम की बात याद दिलाई। बादशाह ने मोतियों से जड़े उस जाम को मंगवाया और स्वयं रूमी कबा पहनी और ख़ुदा के

सामने खड़े होकर गिड़गिड़ाया और प्रार्थना की। इसके पश्चात उसने जाम में देखा। पूरा संसार, सूर्य, चन्द्रमा, तारे, पहाड़, मैदान अर्थात पूरा भूमंडल चलचित्र की तरह उस जाम में झलकता हुआ खुसरू शाह की आंखों के सामने घूम रहा था। एक-एक करके सात देशों को जब वह देख चुका, तो उसके सामने से तूरान गुज़रा। वहां पर उसे बीज़न एक अन्धे कुएं में कैद नज़र आया। कुएं के समीप बड़े खानदान की एक लड़की को बैठे देखा, जो दुखी और उदास थी। उसने फ़ौरन गिव को बीज़न के जीवित होने की ख़बर दी।

"मैं उसके दुख को देखकर तड़प उठा हूं। वह भी उस अन्धे कुएं में क़ैद अपने सगे-सम्बन्धियों से पूरे रूप से निराश होकर दुख में डूबा किसी बेंत की शाख की तरह कांप रहा है। उसकी आंखों में आंसुओं का सैलाब उमड़ रहा है। उसको महसूस हो रहा है कि ऐसी ज़िन्दगी से तो मौत अच्छी है।"

जब सब सत्यता का पता चला, तो वे बोले कि बीज़न की स्वतन्त्रता केवल रुस्तम के हाथ में है। खुसरू ने फ़ौरन रुस्तम को एक पत्र लिखा और गिव को रुस्तम के समीप जाबुलिस्तान भेजा। गिव दो रोज़ की यात्रा एक ही दिन में तय करके जाबुलिस्तान में रुस्तम के समीप पहुंचा। रुस्तम को जब सारी घटना का पता चला, तो वह बीज़न के लिए ग़म और ग़ुस्से से व्याकुल हो उठा और उसकी आंखों से ख़ून के आंसू टपकने लगे। गिव की पत्नी रुस्तम की बेटी थी और बीज़न उसका नवासा था। गिव की बहन भी रुस्तम की पत्नियों में से एक थी। गिव ने रुस्तम से कहा, "मैं उस समय तक घोड़े से ज़ीन नहीं उतारूंगा, जब तक बीज़न का हाथ अपने हाथों से स्पर्श न कर लूं और उसकी सारी ज़ंजीरों को तोड़कर दूर न फेंक दूं।" इस प्रण के बाद गिव चन्द दिन रुस्तम का मेहमान रहा और फिर वे दोनों खुसरू बादशाह के सम्मुख उपस्थित हुए।

खुसरू शाह ने रुस्तम के स्वागत में एक वैभवपूर्ण भोज और समारोह के आयोजन का आदेश दिया। शाही बाग़ में एक दरख़्त के नीचे तख़्त बिछाया गया और रुस्तम को सोने का ताज पेश किया गया।

रुस्तम के तख़्त के ऊपर जो वृक्षनुमा छत्र था, वह मुकुट और सिंहासन पर छाया किए हुए था। उसका तना चांदी का, शाखाएं सोने और पत्तियां पन्ने की थीं और उनसे लटकते गुच्छे मोतियों के थे। अक़ीक़ से बने लाल फूल वृक्ष में पत्तियों के बीच खिले थे, जो किसी सुन्दरी के कानों के बालों की तरह हिल रहे थे।

पेड़ के तने से सुगन्धित मदिरा भरी हुई थी। शाह के आदेश से रुस्तम उस सिंहासन पर बैठा। इसके बाद शाह ने बीज़न की स्वतन्त्रता के बारे में पूछा कि यह जोखिम कैसे उठाया जाएगा। रुस्तम के अलावा दूसरा कोई नहीं है, जो बीज़न को तुरान की सीमा से स्वतन्त्र कराके ला सके। रुस्तम ने इसको अपना कर्तव्य समझा और यह जोखिम उठाने के लिए राजी हो गया। "मैं शाह के आदेश का पालन करने के लिए हर प्रकार से कमर कसे हुए हूं, चाहे मुझे इस राह में कितनी ही कठिनाइयां क्यों न उठानी पड़े।"

गुरगीन रुस्तम के कहने से स्वतन्त्र कर दिया गया। शाह ख़ुसरू के पूछने पर कि "किस प्रकार फ़ौज और योद्धाओं को वह ले जाएगा?" रुस्तम ने उत्तर दिया, "सीधी उंगली से घी नहीं निकलेगा, बल्कि झूठ और फ़रेब से ही यह समस्या हल होगी। यह काम इतनी ख़ामोशी से होना है कि किसी को पता न चले, ताकि बीज़न को किसी प्रकार की हानि पहुंचे। इसलिए मैं सौदागर बनकर तूरान जाऊंगा। बड़े सन्तोष के साथ वहां रहूंगा। इसके लिए मुझे बहुत सारा धन-दौलत व हीरे-जवाहरात की आवश्यकता पड़ेगी, क्योंकि मैं उन्हें बेचूंगा भी, सौदा भी करूंगा और कभी-कभी इनाम के रूप में किसी को दूंगा भी।"

रुस्तम अपने साथ शूरवीरों और एक हज़ार दक्ष घुड़सवारों को लेकर तूरान की ओर चल पड़ा। सीमा के पास घुड़सवारों को रोककर स्वयं सात वीर पहलवानों के साथ तुरान में दाख़िल हुआ। उसका रूप सौदागरों वाला था। उनके साथ सौ ऊंट सामान से लदे थे और दस ऊंटों पर मोती लदे हुए थे।

जब वे खतन नगर में दाख़िल हुए, तो उनकी मुलाक़ात पीरान से हुई, जो शिकार खेलकर लौट रहा था। रुस्तम मोतियों से जड़ा एक बड़ा जाम लेकर उसके पास गया और अपना परिचय देता हुआ बोला, "मैं सौदागर हूं। यहां पर मोती बेचने और जानवर ख़रीदने आया हूं। यदि आपकी कृपा-दृष्टि मेरे ऊपर पड़ जाए, तो मैं अपना काम सुचारु रूप से कर सकूंगा।"

इतना कहकर उसने वह जाम पीरान को भेंट किया। मोतियों-जड़े उस जाम को जब पीरान ने देखा तो दंग रह गया। उस भेंट को क़बूल करके उसने रुस्तम को प्रेमपूर्वक घर आने की दावत दी और कहा कि वह उसके घर में अतिथि बनकर रहे, मगर रुस्तम ने धन्यवाद देते हुए उसका अतिथि बनने से इनकार किया और बताया कि मैं शहर से बाहर ही ठहरूंगा। पीरान ने उसकी रक्षा के लिए कुछ रक्षकों को आदेश दिया। रुस्तम ने एक मकान किराए पर लिया और अपनी सौदागरी के साथ-साथ वह वहां रहने लगा। काफ़ी दिन तक लोग रेशमी कपड़ा, दीबा, मोती आदि ख़रीदने उसके यहां आते-जाते रहे।

एक दिन मनीज़ा परेशान हाल रुस्तम के पास पहुंची। सलाम-दुआ करने के बाद उसने बड़ी बेताबी से रुस्तम से पूछा, "ऐ सौदागर! तुम तो ईरान से आ रहे हो। वहां के कुछ हाल बताओ। शाह, पहलवान गिव और गुदर्ज कैसे हैं? क्या बीज़न के बारे में कोई समाचार ईरान पहुंचा है? बीज़न अन्धे कुएं में जंजीरों से बंधा क़ैद है। उसे छुड़ाने के लिए क्या उसके पिता गिव ने कोई तरक़ीब सोची है?"

रुस्तम के कान उसकी बातों को सुनकर खड़े हुए, मगर बनावटी क्रोध दिखाते हुए कहा, "न तो मैं खुसरू शाह को जानता हूं, न गिव और गुदर्ज को। जिस नगर में खुसरू शाह रहता है, वहां का मैं नहीं हूं।"

रुस्तम ने उसका सिसकना और बिलखना देखकर उसके लिए भोजन मंगाया और प्रश्न करना आरम्भ किया। मनीज़ा ने बीज़न के बारे में सारी घटना आरम्भ से लेकर अन्त तक बताई। फिर उसके बाद अपना परिचय दिया –

मनीज़ा मन्म दुख़्त अफरासियाब
बरहना न दीदेह तन्म अफ़ताब
कनून दीदेह पुर ख़ून व दिल पुर ज़े ज़र्द
अज़ इन दर बेदान दर, रुख़सारे ज़र्द
हमी नान कशकीन फराज़ आवरम
चनीन रान्द इज़्द व क़ज़ा बर सरम
बराए यकी बीज़न शूरे बख़्त
फतादम ज़ ताज व फतादम ज़े तख़्त

(मैं अफ़रासियाब की लड़की हूं, जिसके नंगे तन का स्पर्श सूर्य की किरण ने भी कभी नहीं किया था। मगर आज मेरे नैन सावन-भादों के बादल की तरह मूसलाधार बरस रहे हैं। मुख पीला और चेहरा मुरझाया हुआ है। सीने में दर्द की तपन और दिल तड़प रहा है। मैं दर-दर की ठोकरें खा रही एक शहज़ादी हूं। जो कभी मोतियों से खेलती थी, वही आज दो रोटी के लिए दूसरों के आगे हाथ फैला रही हूं। ख़ुदा ने मेरे भाग्य में यही लिखा था। बीज़न के प्रेम ने मुझसे राज-पाट भी छीना और मेरा सम्मान भी। अन्त में मनीज़ा ने कहा कि सौदागर! अगर तुम ईरान लौटना तो शाह के दरबार में गिव और रुस्तम से बीज़न का हाल ज़रूर कहना।)

रुस्तम ने अधिक भोजन लाने का आदेश दिया। फिर एक भुने मुर्ग़े को रोटी में लपेटा और उसके अन्दर अपनी अंगूठी छिपा दी। फिर मनीज़ा को वह पोटली देता हुआ बोला, "बेचारे को यह भोजन दे देना।" मनीज़ा भागती हुई आई और वह पोटली कुएं के अन्दर डाली। तरह-तरह के व्यंजन देखकर बीज़न आश्चर्य से बोला, "यह सब कहां से ले आई हो?" मनीज़ा ने कहा, "एक बहुत अमीर सौदागर ईरान से व्यापार की ख़ातिर आया हुआ है। उसी ने तुम्हारे लिए यह खाना भेजा है।"

बीज़न ने जैसे ही खाने के लिए कौर लेना चाहा, उसकी अंगुलियां अंगूठी से टकराईं। फ़ीरोज़े की अंगूठी की वह बनावट देखते ही बीज़न पहचान गया और प्रसन्नता से हंसने लगा। उसकी हंसी की आवाज़ मनीज़ा

ने जब सुनी, तो वह आश्चर्य से पूछने लगी कि उस अन्धकार में रहते हुए भी तुम्हें ऐसा क्या याद आ गया कि आज यूं हंसी आ गई?

पहले उसने मनीज़ा से वफ़ादारी की सौगन्ध ली, फिर उसने कहा कि वह उस सौदागर के पास जाए और पूछे कि क्या वह 'रख़्श' घोड़े का स्वामी है?

मनीज़ा भागती हुई रुस्तम के पास पहुंची और बीज़न का प्रश्न उसके सम्मुख दोहरा दिया। रुस्तम समझ गया कि बीज़न ने लड़की से भेद कह दिया, सो उसने अपना परिचय देते हुए कहा, "रात बढ़ रही है। तुम लौटो और कुएं के ऊपर आग जलाओ, ताकि मैं उस आग को देखता-देखता वहां पहुंच जाऊं।"

मनीज़ा लौटी और तेज़ी से ईंधन जमा करने लगी, ताकि आग जला सके। ईंधन के पर्वत में मनीज़ा ने आग लगा दी। रात की कालिमा लाल शोलों से कोलतार के समान पिघल-पिघलकर समाप्त होने लगी।

रुस्तम ने जब आकाश को चूमते शोले भड़कते देखे, तो उसने ख़ुदा के आगे सिजदे में सिर झुकाया और सातों पहलवानों को लेकर उस बियाबान की ओर चल पड़ा। जब वे कुएं के पास पहुंचे, तो सातों पहलवानों ने कुएं पर रखी भारी शिलाओं को हटाना चाहा, मगर वे अपने स्थान से टस-से-मस न हुईं। यह देखकर रुस्तम रख़्श से उतरा, आगे बढ़ा और ख़ुदा का नाम लेकर उन शिलाओं को दाहिने हाथ से उठाया और चीन के मैदान की ओर लुढ़का दिया। उन शिलाओं के गिरने से सारी धरती कांप उठी। फिर उसने कुएं में कमन्द डाला, ताकि बीज़न को अन्दर से निकाल सके। मगर निकालने से पहले उसने गुरगीन को क्षमा कर देने का वचन लिया। जब बीज़न को रुस्तम ने ऊपर निकाला, तो नंगा बदन बढ़े हुए बालों से और उंगलियां लम्बे-लम्बे नाखूनों से ढकी थीं। उसके बदन पर हथकड़ी-बेड़ी के कारण जगह-जगह घाव थे, जिनसे ख़ुन रिस रहा था। चेहरा पीला पड़ा हुआ था।

सब तेज़ी से घर लौटे। वहां पर नहा-धोकर सामान बांधने लगे और ऊटों पर लादने लगे। रुस्तम ने मनीज़ा को पहलवानों के संग भेज दिया

और स्वयं बीज़न के साथ अफ़रासियाब की फ़ौज से युद्ध करता सीमा पार निकल गया।

जैसे ही पहलवानों के पास रुस्तम और बीज़न के आने की ख़बर मिली, वे सब उनके स्वागत के लिए चल पड़े और उन्हें सम्मानपूर्वक खुसरू शाह के दरबार में लाए। रुस्तम ने बीज़न का हाथ पकड़कर शाह के हाथों में दे दिया। बीज़न से शाह खुसरू ने कहा कि "उस पर जो भी गुज़री है, कह सुनाए।" बीज़न ने क़ैद, प्रेम, अत्याचार और उस लड़की के बारे में विस्तार से बताया, जो सारे कष्ट की जड़ थी।

शाह ने सब-कुछ सुनकर रोम की दीबा के सौ जोड़े जिन पर हीरे-जवाहरात टंके थे, एक मुकुट और दीनारों से भरी दस थालियां, कनीजें, कालीन और अन्य बहुमूल्य चीज़ें बीज़न को बख्शीं और कहा कि ये सारे उपहार ले जाकर वह मनीज़ा को दे। इसके बाद शाह खुसरू ने बीज़न को उपदेश देते हुए कहा कि –

बे रंजिश मफरसाइ व सर्दश में गोइ
निगर ता चे आउरदी उ रा बे रूइ
तो बा उ जहान रा बे शादी गुज़ार
निगाह कुन बर इन गर्दिशे रुज़गार

(मनीज़ा को कभी दुख न पहुंचाना और न कभी उसकी तरफ़ से लापरवाही बरतना, बल्कि हमेशा उसका ख़याल रखना कि कहीं दुख से उसका चेहरा कुम्हलाने न पाए। बेशक उसके साथ हंसी-ख़ुशी से भरे दिन गुज़ारना, मगर ज़माने की गर्दिश से बेख़बर मत होना।)

सिकन्दर और कैद-ए-हिन्दी

किसी ज़माने में हिन्दुस्तान में कैद नाम का एक बादशाह हुकूमत करता था। एक बार दस दिनों तक वह लगातार अजीबोग़रीब सपने देखता रहा। अन्त में चिन्तित हो उसने देश के सारे बुद्धिमानों को जमा किया। जब वे आ गए, तो उसने वे दसों सपने उन्हें कह सुनाए। मगर किसी ने भी उन सपनों की व्याख्या नहीं की और न अर्थ बताया। एक दरबारी ने शाह से कहा, "बादशाह सलामत! यहां पर 'मेहसन' नाम का एक ज्ञानी रहता है, जो शहर में कभी नहीं ठहरता है और हम नगरवासियों को तो मनुष्य ही नहीं समझता है। जंगल में रहता है, कन्द-मूल-फल खाकर गुज़ारा करता है और जंगली जानवरों से बातें करके मन बहलाता है। केवल वही आपके इन सपनों की व्याख्या अर्थपूर्ण ढंग से कर सकता है। किसी और से कहने से कोई लाभ नहीं।"

कैद बहुत ख़ुश हुआ। घोड़े पर बैठा और मेहरान की खोज में जंगल की ओर निकल पड़ा। अन्त में शाह कैद ने मेहरान को ढूंढ़ ही लिया। कैद ने मेहरान से कहा, "जंगल में रहने वाले, जंगली जानवरों के बीच जीवन बिताने वाले महात्मा! आपसे निवेदन है कि मेरे सपनों को ध्यान से एक-एक करके सुनें और उनका अर्थ मुझे बताएं।" यह कहकर शाह ने अपना पहला सपना बताना आरम्भ किया –

"रात को मैं तनहा बड़े आराम से भय, चिन्ता, दुख, उत्तेजना से मुक्त सोया था। आधी रात गुज़र चुकी थी कि मैंने सपने में एक घर देखा जिसमें कोई दरवाज़ा नहीं था। केवल एक रोशनदान-भर था, जिसमें से एक बड़ा-सा हाथी निकल रहा था। हाथी निकल गया, मगर उसकी सूंड उसी रोशनदान में फंस गई थी।

"दूसरी रात को मैंने सपना देखा कि एक राजसिंहासन है, जिस पर एक अनजान आदमी मुकुट लगाए बैठा है।

"तीसरी रात मैंने टाट का एक टुकड़ा सपने में देखा, जिसे चार लोग अपनी-अपनी तरफ़ खींच रहे हैं। मगर वह टाट का टुकड़ा न फटता है। और न लोग थकते हैं।

"चौथी रात मैंने सपना देखा कि एक प्यासा नदी के किनारे बैठा है। मछली उस पर पानी डाल रही है और वह उससे बचकर पीछे हट रहा है। वह आगे-आगे भागता है और पानी उसके पीछे दौड़ता हुआ बहता है।

"पांचवीं रात का सपना कुछ यूं था कि एक छोटा नगर है, जिसके सारे नगरवासी अन्धे थे; मगर अन्धेपन से वे दुखी न थे। ख़रीदने व बेचने का कारोबार नगर में अपनी सम्पूर्ण चहल-पहल के साथ चल रहा था।

"छठी रात में एक दूसरा नगर सपने में देखा, जहां के लगभग सभी लोग रोगी हैं। वहां का रिवाज ऐसा था कि वे लोग जो मृत्युशय्या पर दम तोड़ रहे हैं, तन्दुरुस्त लोगों को देखने जाने के लिए तड़प रहे हैं।

"सातवीं रात को मैंने जंगल में एक घोड़ा देखा जिसके दो हाथ, दो पैर और दो मुंह थे। वह दोनों तरफ़ से चर रहा था, मगर मल त्यागने का कोई प्रयोजन न था।

"आठवीं रात को मैंने सपना देखा कि तीन मटके रखे हैं। दो मटके पानी से भरे हैं और एक ख़ाली है। दो लोग भरे मटके से पानी निकालकर ख़ाली मटके में भर रहे थे। न ख़ाली मटका भरता था, न भरा मटका ख़ाली हो रहा था।

"नवीं रात को मैंने सपना देखा कि एक मोटी-ताज़ी गाय दूध में लेटी है। पास में उसका दुबला-पतला मरियल बछड़ा पड़ा है। गाय इतनी मोटी-ताज़ी होने पर भी उस बछड़े से दूध पी रही थी।

"दसवीं रात को मैंने एक विस्तृत चश्मा देखा, जो हर ओर से फूट-फूटकर सारे जंगल को भिगो रहा है, मगर स्वयं उसका दहाना सूखा पड़ा है।"

जब मेहरान ने कैद के सारे सपने सुन लिये तो उसने दिलासा देते हुए कहा, "इन सपनों से न तो तुम्हें हानि होने का संकेत मिलता है, न ही तेरे सम्मान को बट्टा लगता है। हां, यूनान से सिकन्दर एक बड़ी फ़ौज लेकर आ रहा है। वह ईरान से चल चुका है। यदि तुम अपना मान रखना चाहते हो, तो सिकन्दर से युद्ध की न सोचना, क्योंकि तुम्हारी निर्बल फ़ौज उसका मुक़ाबला नहीं कर सकती। तुम्हारे पास जो चार बहुमूल्य वस्तुएं हैं, वे संसार में किसी भी राजा-महाराजा के पास नहीं हैं। तुम उन्हें सिकन्दर को भेंट करके अपनी मित्रता का हाथ बढ़ा सकते हो। पहली वस्तु है तुम्हारी कन्या, जो सौन्दर्य में स्वर्ग की अप्सराओं से अधिक लावण्यमयी है। दूसरी चीज़ वह दार्शनिक है, जो तुमसे संसार-भर का भेद कहता है। तीसरी चीज़ वह वैद्य है, जो हर रोग की औषधि जानता है। चौथी चीज़ वह प्याला है, जिसका पानी न आग से, न धूप से गर्म होता है और न पीने से समाप्त होता है। अब मैं तुम्हारे सपनों का अर्थ बताता हूं। वह शानदार घर छोटे से झरोखे के साथ यह संसार है। उस तंग छेद से हाथी गुज़र जाता है, मगर सूंड रह जाती है। यह इशारा उस राजा की तरफ़ है, जो लालची और दुष्ट है और मृत्यु के बाद बदनामी छोड़ जाता है।

"दूसरा सपना जिसमें सिंहासन पर अजनबी बैठा देखा, उसका अर्थ है कि यह संसार नश्वर है। यहां की हर चीज़ नश्वर है। एक आता है और दूसरा जाता है।

"तीसरा सपना जिसमें टाट के टुकड़े को चार लोग घसीट रहे हैं, वास्तव में वह टाट का टुकड़ा ख़ुदा की अटूट निष्ठा है, जिसको चार विभिन्न

धर्म के अनुयायी अपनी ओर खींचते हुए दीन-ए-ख़ुदा को बचाने के लिए एक-दूसरे की जान के भूखे हो रहे हैं। इनमें पहला, ज़रदुश्ती मत रखने वाला ईरान के आतिशक़दा की पूजा करने वाला है। दूसरा, मूसा का अनुयायी यहूदी है। तीसरा, यूनान के दार्शनिकों में से है और चौथा आदमी इस्लाम धर्म का मानने वाला है।

"चौथा सपना जिसमें प्यासा आदमी और पानी डालती मछली देखी है उसका अर्थ है कि एक ऐसा समय आएगा जब लोग विद्या प्राप्त करेंगे, मगर उन्हें तिरस्कार मिलेगा और अनपढ़ को विद्या अपनी ओर बुलाएगी और वह उससे भागेगा। मगर इसके बावजूद संसार में सम्मान अनपढ़ को मिलेगा और विद्वान दुखी एवं निराश फिरेगा।

"पांचवें सपने में जो तुमने प्रसन्नचित्त अन्धे देखे हैं, वे इस बात के द्योतक हैं कि इस संसार में कल बुद्धिहीन राज करेंगे और एक-दूसरे की ख़ूब प्रशंसा करेंगे। लोग एक-दूसरे के लिए मन में घृणा रखेंगे, मगर ऊपर से शहद उगलेंगे। बग़ल में छुरी होगी और मुंह में मुस्कान। कथनी-करनी, कहनी-सुननी में फ़र्क़ होगा। भले लोग दुखी होंगे और अपमानित होकर घूमेंगे।

"छठी रात का सपना, रोगी का निरोगी के पास जाकर कुशल-क्षेम पूछने का अर्थ है – फ़क़ीर अमीरों की खुशामद करेंगे। मगर उनसे उन्हें कुछ मिलने का नहीं, सिवा ग़ुलामी और ग़रीबी के।

"सातवीं रात का सपना जिसमें तुमने एक घोड़ा दो मुंह और बिना मल-त्याग के अंग वाला देखा है, वह आदमी की लालची मनोवृत्ति दिखा रहा है कि इंसान को किसी प्रकार से धन-दौलत से सन्तोष नहीं होता है। और अधिक, और पाने की हविश उसे परेशान किए रहती है। जो मिलेगा उसका अंश-भर भी दान नहीं देगा। किसी दरिद्र पर कोई दया नहीं करेगा।

"आठवां सपना, जिसमें ख़ाली और भरे मटके देखे हैं, वह भी उन भले इंसानों और पंडितों की ओर इशारा है, जो सदा उपकार करते हैं, मगर बदले में उन्हें कुछ नहीं प्राप्त होता। यहां तक कि बारिश की बूंदें धरती

के हर कण को भिगोती हैं, मगर ये साधु उससे भी वंचित रहते हैं।

"नवां सपना जिसमें मोटी-ताज़ी गाय कमज़ोर बछड़े का दूध पी रही है, वह भी उन्हीं लोगों की ओर इशारा कर रही है कि जो वास्तविक हक़दार हैं, उनका हक़ वे ले रहे हैं, जो वास्तव में इसके अधिकारी नहीं हैं। यहां पर सुस्त और कमज़ोर बछड़ा वही है, जो अपने दामन से सारे फूल चुन-चुनकर दूसरों को देता है।

"दसवें सपने में वह चश्मा और फुटाव इस बात की ओर इशारा करते हैं कि उस देश का बादशाह सिकन्दर – जिसकी आंख वह चश्मा है, वह अक्ल से अन्धा है, मगर पूरे संसार पर विजय पाने का लालच रखता है।

"संक्षेप में तुम सिकन्दर को प्रसन्न करो। दुख की छाया छंट जाएगी।" जब कैद ने यह सुना तो उसका मन-मस्तिष्क सन्तोष से भर गया। मेहरान की आंखों और सिर का चुम्बन ले वह बहुत प्रसन्न और सन्तुष्ट भाव से लौटा।

सिकन्दर ईरान के बाद हिन्दुस्तान आया। ऊबड़-खाबड़ रास्ते से गुज़रने लगा। जब नगरों तक पहुंचता, तो उसके पहुंचने से पहले ही नगर का दरवाज़ा उसके स्वागत के लिए खुला मिलता। चलते-चलते अन्त में वह कैद के नगर मिलाद में दाख़िल हुआ। फ़ौज ने वहां पड़ाव डाला और सिकन्दर ने कैद को पत्र लिखा, "बुद्धिमान और सफल शाही वही है, जो ऐसा कार्य न करे, जिससे चिन्ता बढ़े या उसका अन्त दुखद हो। शाह को ईश्वर पर विश्वास रखना चाहिए क्योंकि आशा और निराशा का स्रोत वही है। उसी की कृपा से हम राजसिंहासन पर बैठे हैं और वास्तव में हम उसी की इच्छा और कृपा से संसार पर हुकूमत कर रहे हैं। मैं तुम्हें यह पत्र लिख रहा हूं, ताकि बिना देर किए तुम मेरी ख़िदमत में हाज़िर हो। यदि तुमने देर की या लापरवाही बरती, तो मैं धुन का पक्का हूं। तुम्हारा तख़्त व ताज रौंदकर रख दूंगा।"

सन्देशवाहक ने कैद के दरबार में पहुंचकर सिकन्दर का लिखा हुआ सन्देश दिया। कैद राजा ने बड़े आदर और सम्मान से सन्देशवाहक को समीप बुलाकर अपने पास बिठाया और कहा कि "मुझे सिकन्दर का फ़रमान पढ़कर बेहद ख़ुशी हुई। मैं कभी भी उनके हुक्म से मुंह नहीं मोड़ूंगा। इस समय यदि मैं फ़ौरन ही बिना किसी तैयारी के सिकन्दर के हुज़ूर में पहुंच जाऊं, तो यह बात न सिकन्दर महान को पसन्द आएगी, न उस ख़ुदा को, जो हम सबसे महान है।"

कैद ने यह कहकर क़लम-काग़ज़ मंगवाकर सिकन्दर के पत्र का उत्तर लिखवाया, जिसमें ख़ुदा की प्रशंसा के बाद सिकन्दर को सम्बोधित करते हुए लिखवाया : "नेक इंसान को यह शोभा नहीं देता कि वह अपने से बड़े बादशाह का हुक्म न माने और उसके लिए यह भी उचित नहीं है कि वह कोई भेद उससे छुपाए। मैं उसको बताना चाहता हूं कि मेरे पास चार चीज़ें हैं, जो संसार में किसी के पास भी नहीं हैं और न मेरे बाद किसी के पास होंगी। मैं उन चीज़ों को एक के बाद एक सिकन्दर महान को भेंट करना चाहता हूं। यदि उन्होंने आज्ञा दी, तो मैं स्वयं उनकी ख़िदमत में हाज़िर हूंगा।"

सिकन्दर ने जैसे ही पत्र पढ़ा, उत्तेजित होकर सन्देशवाहक को दौड़ाया कि "वह फ़ौरन पूछकर आए कि वे चार चीज़ें क्या हैं? मैंने संसार की हर अद्भुत वस्तु देखी है। कुछ भी मेरी नज़रों से छिपा नहीं है। आख़िर मुझे विश्वास है कि ख़ुदा ने उस सब-कुछ से अधिक कुछ भी नहीं रचा है।"

कैद ने सन्देशवाहक को बिठाया और बताया –

कि अगर बी न दश आफ़ताबे बुलन्द
शवद तीराह अज रु-ए-अरज़ुमन्द
कमन्द अस्त गेसूअश हम रंग-ए-क़ीर
हमी आयद अज़ दो लवश बू-ए-शीर
ख़म आरद बाला-ए-उ सर व बन
दर अफ़शान कुनद चुन सर आयद सुखन

(मेरी एक बेटी है, जिसके तेजस्वी मुख-मंडल को देखकर चढ़ता सूर्य भी प्रकाशहीन हो जाता है। उसके काले कोलतार जैसे केश कमन्द के समान लम्बे और बल खाए हुए हैं। होंठ इतने निश्छल कि अभी तक उससे दूध की बू आ रही है। उसके क़द को देखकर सर्व का वृक्ष भी लज्जा से झुक जाता है। जब वह बोलती है, तो लगता है कि मुंह से फूल गिर रहे हैं। वह शान्त रहती है, तो लाज और पवित्रता की मूर्ति लगती है। संक्षेप में उसके समान संसार में कोई दूसरी लड़की नहीं है।)

इस बयान के बाद कैद राजा ने आगे बताया कि इसके अतिरिक्त मेरे पास एक प्याला है। यदि शाह उसको मदिरा या ठंडे पानी से भर दें और दस वर्ष तक अपने मित्रों के साथ मदिरा पान करते रहें, तो भी उसमें मदिरा कम नहीं होगी। तीसरे, मेरे पास एक ऐसा वैद्य है, जो आंखों से बहे आंसुओं को देखकर रोग पहचान लेता है। यदि वह सिकन्दर बादशाह के पास वर्षों रहा, तो उसे कोई कष्ट कभी नहीं होगा। चौथा उपहार मेरे पास एक ज्ञानी के रूप में है, जो ग्रहों और उपग्रहों के बारे में सब-कुछ जानता है। वह संसार में घटने वाली भविष्य की सारी घटनाएं बता देगा। वास्तव में सिकन्दर को उसकी भविष्यवाणी से कोई चिन्ता या कष्ट नहीं होगा।

सन्देशवाहक जब कैद का सन्देशा लेकर सिकन्दर के पास पहुंचा और उसने सब-कुछ कह सुनाया, तो उसे सुनकर सिकन्दर का मन प्रफुल्लित हो उठा। वह बोला, "यदि ये चारों वस्तुएं उसने मुझे भेंट कर दीं, तो मैं शपथ उठाता हूं कि उसके देश में जैसा आया था, वैसा ही लौट जाऊंगा।" इसके पश्चात उसने दस बुद्धिमानों को पत्र देकर यह काम सौंपा कि वे सब अपनी आंखों से ये सारी चीज़ें देखकर आएं। जब उन्हें पूरा सन्तोष और विश्वास हो जाए तो वे आकर इस सत्यता की मुझे गवाही दें कि वास्तव में उन्होंने ऐसी चार वस्तुएं देखी हैं, जो संसार में न केवल हैं, बल्कि किसी और के पास ऐसी अद्भुत चीज़ें नहीं हैं। इसके पश्चात उसने एक फ़रमान लिखवाया कि जब तक कैद जीवित रहेगा, वह हिन्दुस्तान का बादशाह रहेगा।

कैद ने सिकन्दर के भेजे सज्जनों का आदर-सत्कार किया। फिर दूसरे दिन अपनी बेटी को उसने सोलह सिंगार के बाद सोने के सिंहासन पर बैठाया और बूढ़े बुद्धिमानों के समीप भेजा। उनकी निगाह जब उस अप्सरा पर पड़ी, तो उन्होंने पाया कि उसके लावण्यमयी प्रकाश से चारों दिशाओं की चमक फीकी पड़ गई थी। वे आश्चर्य से ठगे रह गए। उनकी नज़रें उसके मुखमंडल से हटती ही नहीं थीं। पैरों को धरती ने जकड़ लिया था। जब काफ़ी देर हो गई और बूढ़े-बुज़ुर्ग लड़की को देखकर नहीं लौटे, तो कैद शाह ने दासों को भेजकर देरी का कारण जानना चाहा। आकर उन्होंने बताया कि "इससे पहले हमने इतनी सुन्दर लड़की राजमहल में नहीं देखी है। हम सब उसके प्रत्येक अंग की प्रशंसा लिखेंगे।" वही हुआ। सबने उसके एक-एक अंग के बारे में चन्द पंक्तियां लिखीं और उसी से पत्र पूरा-पूरा भर गया।

सिकन्दर ने उनका पत्र पढ़ा और उनकी बातें सुनीं तो चकित रह गया। पल-भर की देर किए बिना उसने पत्र का उत्तर लिखा, "फ़ौरन, उन चार वस्तुओं को लेकर आ जाओ। इससे बढ़कर सबूत मुझे और क्या चाहिए। ऐलान कर दो कि इसके बाद कोई भी राजा को कष्ट न पहुंचाए, क्योंकि उसने मुझे वे चीज़ें भेंट-स्वरूप दी हैं, जो दूसरा कोई नहीं दे सकता है।"

राजा कैद सिकन्दर महान का यह ऐलान सुनकर प्रसन्न हुआ कि वह सिकन्दर के आक्रमण से बाल-बाल बच गया और उससे पारिवारिक सम्बन्ध भी बन गया। इसके बाद उसने शाही ख़ज़ाने को खुलवाया और उसमें से सबसे अधिक मूल्यवान हीरे-जवाहरात, मसन्द, मुकुट चुना, फिर सौ ऊंटों पर यह सारा सामान लादा गया। दस खच्चर अपनी पीठ पर दीनारों का बोझ उठाए हुए थे। अन्य सौ ऊंटों पर चांदी और सोने के दरहम लदे हुए थे। दस हाथी शहज़ादी का सोने का तख़्त उठाए हुए थे।

शहज़ादी आंसू बहाती हुई, अपने मां-बाप से जुदा हो, उन चार उपहारों के संग सिकन्दर की ओर चल पड़ी। जब सजी-धजी सिकन्दर के कक्ष में पहुंची, तो उसके सफ़ेद चेहरे पर काले केश अपना घेरा डाले हुए थे।

दो चश्मश चू दो नरगिस अन्दर बेहिश्त
कि गुफ़्ती कि अज़ नाज़ दारद सरिश्त
बे क़द व बे बाला चू सर्वे खान
जे दीदार उ दीदेह व बद नतवान

(उसके नैन मानो स्वर्ग के नरगिस के फूल के समान ख़ुमार और नाज़ व अदा के खमीर से बने हुए थे। क़द सर्व के समान लम्बा था। उस पर दृष्टि टिक नहीं पा रही थी।)

सिकन्दर ने जब उस लड़की अर्थात शहज़ादी को देखा, तो बरबस कह उठा –

सिकन्दर निगह कर्द बाला-ए-उ
हुमन मुए वे रूए व सरापाए उ
हमी गुफ़्त कायनात-ए-चिराग़-ए-जहां
हमी आफ़रीन, खानद अन्दर निहान
बर आन दाद गर कि स्पहर आफ़रीद
बर आनगूने वाला व चहर आफ़रीद

(यह लड़की नहीं, वास्तव में प्रकाश-पिंड है। मन-ही-मन सिकन्दर ख़ुदा की तारीफ़ करने लगा। शहज़ादी के बाल, क़द, आंखों को निहारता हुआ बोला, "जिस ख़ुदा ने स्वर्ग और प्रकाश रचा है उसी ने यह शक्लो-सूरत भी गढ़ी है।")

इसके पश्चात सिकन्दर ने पादरियों को आमन्त्रित किया और ईसाई धर्म के अनुसार शहज़ादी से विवाह किया। उसके बाद ख़ज़ाने का मुंह खोल दिया। शहज़ादी को सिर से पांव तक आभूषणों से ऐसे लाद दिया कि उसके लिए चलना तो दूर, पग उठाना भी मुश्किल हो गया।

सिकन्दर ने विवाह के बाद कैद राजा के भेजे दूसरे उपहारों को आजमाना शुरू कर दिया। सिकन्दर ने एक बर्तन गाय के घी से भरकर उसे दार्शनिक के पास भेजा कि वह उसे तन पर मल ले, ताकि उसकी थकन

जाती रहे। दार्शनिक एक नज़र में सब-कुछ समझ गया और हज़ार सुइयां उस घी में डालकर शाह को वापस भेज दिया। सिकन्दर ने लोहारों को बुलवाकर उन सुइयों से एक टुकड़ा बनवाकर उस दार्शनिक को भेजा। उसने फ़ौरन उस काले लोहे से चमकता हुआ आईना बनाकर सिकन्दर के पास भेज दिया। सिकन्दर ने उसे गीला रखा, ताकि उस पर ज़ंग लग जाए। फिर ज़ंग लगा दर्पण उसे वापस भेजा। इस बार दार्शनिक वैद्य ने उस दर्पण पर ऐसा मरहम लगाया कि वह ज़ंग-रहित बन गया।

सिकन्दर ने उस दार्शनिक को समीप बुलाया और घी के उस बर्तन के बारे में पूछा। उसने उत्तर दिया कि "बादशाह सलामत! आपने घी से भरा प्याला भेजकर मुझ पर यह साबित करना चाहा था कि आप सब बुद्धिमानों व पंडितों से हर दर्शन में महान हैं। मैंने उसका उत्तर दिया था कि पवित्र और बुद्धिमान लोग सदा इस बात के लिए तैयार रहते हैं कि वह हर कठिनाई को झेल लेंगे। दूसरे, मेरी बातें बाल से अधिक बारीक़ और आपका दिल लोहे की तरह ज़ंग लगा है। आपने मेरी बात का उत्तर दिया कि उम्र के इतने साल बीत गए और ज़ंग लगा लोहा बन गया हूं। उस पर चढ़ी कालिमा कैसे उतरेगी? मैंने उत्तर में वह चीज़ भेजी जिससे कि लोहे पर ज़ंग नहीं लगता और कहलाया कि तेरे दिल को मैं ज्ञान और विद्या से चमका दूंगा।"

सिकन्दर ने दार्शनिक की बातें सुनीं और ख़ुश होकर उसे हीरे-जवाहरात से लाद दिया। मगर उसने वह सब-कुछ लेने से इनकार कर दिया और कहा, "मेरे पास एक मोती है, जो सोने-चांदी से भी बहुमूल्य और प्रकाशमान है। धन-दौलत तो शैतान की देन है, मगर यह ख़ुदा का दिया उपहार है। इसकी रक्षा के लिए न रात को पहरेदार की आवश्यकता पड़ती है, न यात्रा में डाकुओं से लुटने का डर रहता है। यह वह मोती है, जिसका नाम विद्या-ज्ञान है। इस सारगर्भित मोती के रहते मुझे किसी भी तरह के धन की आवश्यकता नहीं है।" दार्शनिक की सारी बातें सुनकर सिकन्दर चकित रह गया। आदर से उसके आगे नतमस्तक हो गया और उसकी भूरि-भूरि प्रशंसा करता हुआ बोला, "मैं हृदय की गहराई से तुम्हारे ज्ञान की ग़रिमा

और उपदेशों की महिमा का प्रशंसक हूं।"

उसके बाद सिकन्दर ने कैद राजा के वैद्य को अपने पास बुलाया और प्रश्न किया, "रोगियों में सबसे ज़्यादा दुखी कौन है?" वैद्य ने उत्तर दिया, "जो सबसे अधिक खाना खाता है। अधिक खाने से स्वास्थ्य गिर जाता है।"

उसके पश्चात वैद्य ने सिकन्दर से कहा कि "मैं आपको जड़ी-बूटियों से बनी एक औषधि दूंगा, जिससे आप हमेशा भले-चंगे रहेंगे। इस औषधि के खाने से भूख बढ़ती है और अधिक खाने से पेट ख़राब नहीं होगा। ख़ून बढ़ेगा और ताक़त अधिक आएगी। चित्त प्रसन्न रहेगा। बुढ़ापा दूर भागेगा। मुख पर ताज़गी रहेगी। बाल सफ़ेद नहीं होंगे। विचार पवित्र रहेंगे और सबसे महत्त्वपूर्ण बात यह है कि आप जीवन से जल्दी निराश नहीं होंगे।"

औषधि का यह बखान सुनकर सिकन्दर ने कहा कि "आज तक मैंने ऐसी अनोखी औषधि के बारे में नहीं सुना है। यदि तुम मुझे यह औषधि ला दो, तो मैं तुम्हें वचन देता हूं कि कभी भी तुम्हारी बुराई किसी के मुख से नहीं सुनूंगा। सदा तुम्हारे लिए अच्छा सोचूंगा।"

वैद्य तन्हा सघन जंगल में गया। उसे ज्ञान था इसलिए उसने ज़हरीली और बेकार की घास को अलग फेंका और मूल्यवान जड़ी-बूटियां बटोरकर उनसे औषधि तैयार की और उससे सिकन्दर का शरीर धोया। वह ध्यानपूर्वक सिकन्दर की सेहत और तन्दुरुस्ती का ख़याल रखने लगा।

सिकन्दर चूंकि सोने के बजाय ऐश व मस्ती में रात गुज़ारता था, जिसके कारण उसका स्वास्थ्य बिगड़ने लगा। एक दिन वैद्य ने देखा कि सिकन्दर की आंखों से कमज़ोरी टपक रही है। उसका यह हाल देखकर वैद्य ने कहा, "रात-रात-भर सम्भोग करने से जवान भी शीघ्र बूढ़ा हो जाता है। मुझे लग रहा है, तुम तीन रात से सोए नहीं हो।"

सिकन्दर ने उसकी बात मानने से इनकार कर दिया। फिर भी वैद्य ने ताक़त की औषधि बनाकर रख ली।

उस रात सिकन्दर बिना किसी सुन्दरी के अकेला सोया। सुबह जब वैद्य ने उसकी आंखें देखीं, तो सन्तुष्ट होकर वह दवा फेंक दी।

वैद्य प्रसन्न था। उसकी सेवा देखकर सिकन्दर प्रभावित हुआ। इस ख़ुशी में भोज और समारोह के आयोजन का हुक्म दिया। फिर वैद्य से पूछा, "वह औषधि जो इतनी मेहनत से बनाई थी, तुमने फेंक क्यों दी?" वैद्य ने उत्तर दिया कि "बादशाह! कल अकेले सोए, यही उनके रोग की औषधि है। इस कारण दूसरी औषधि फेंकनी पड़ी।" सिकन्दर ने प्रसन्नता से कहा, "दीनार से भरे चन्द बोरे और सोने की ज़ीन से सजा एक काला घोड़ा उसे इनाम में दिए जाएं।"

अन्त में सिकन्दर ने उस अद्भुत जाम को मंगाया और उसमें ठंडा पानी भर दिया गया। सुबह तक पीने पर भी जब पानी समाप्त नहीं हुआ, तो उसने उस बुद्धिमान दार्शनिक को बुलाया और पूछा, "हिन्दुस्तान जादू-टोने का देश है। इस जाम का क्या भेद है, जो इसका पानी कम नहीं होता?"

उस बुद्धिमान ने उत्तर दिया कि "इस जाम को बनाने में कई साल लगे हैं। बड़े-बड़े ज्योतिषी कैद बादशाह के दरबार में जमा हुए थे, जिन्होंने अपना मन-मस्तिष्क निचोड़कर ग्रहों की दशा, उपग्रहों का प्रभाव जानकर बड़े मनोयोग से यह जाम गढ़ा है। वास्तव में यह जाम ज्योतिषियों के ख़ून-पसीने से बना है। इसमें एक चुम्बकीय शक्ति है। जैसे चुम्बक लोहे को अपनी ओर खींचता है, उसी प्रकार से इसमें कुछ ऐसी धातुएं लगी हैं, जो जाम में पानी को समाप्त होने से पहले ही प्रकाश में उपस्थित जलकणों को अपने में खींच लेती हैं। इसलिए यह सदा पानी से भरा रहता है। यह क्रिया हमारी आंखों से छुपी हर पल, हर क्षण, मन्द गति से चलती रहती है।"

सिकन्दर को जाम की यह व्याख्या पसन्द आई और उसने प्रसन्नतापूर्वक ऐलान किया कि "मैंने जो वचन बादशाह कैद को दिया है, कभी नहीं तोड़ूंगा, क्योंकि उसने ऐसी चार चीज़ें मुझे भेंट की हैं, जो वास्तव में संसार में न केवल बहुमूल्य हैं, बल्कि किसी अन्य के पास नहीं हैं। और उनका कोई जवाब दुनिया में मौजूद नहीं है।"

इसके बाद सिकन्दर ने बहुत सारे उपहारों के साथ सौ सोने के मुकुट भेजे और जो सोना-चांदी उसके पास बच रहा था, उसको उसने वहीं पर्वत और मैदान में बिखेर दिया। यह सच है कि संसार में सिकन्दर के बाद किसी बादशाह ने इतनी धन-दौलत नहीं देखी।

बहराम शाह और लम्बक सक़्क़ा

एक दिन बहराम बादशाह पहलवानों एवं बहादुरों के संग शिकार खेलने जा रहा था। राह में एक बूढ़ा आदमी लाठी टेकता हुआ, उसके सामने आन खड़ा हुआ और बोला, "जहांपनाह! हमारे शहर में दो आदमी रहते हैं। एक अमीर और दूसरा ग़रीब। अमीर का नाम बराहाम है, जो दरअसल कंजूस यहूदी है। जो ग़रीब है, उसको लम्बक सक़्क़ा के नाम से जाना जाता है। यह खुले दिल का हंसमुख इंसान है।"

बहराम शाह ने दोनों के बारे में विस्तार से जानना चाहा, तो उस बूढ़े ने कहा कि लम्बक सक़्क़ा आधे दिन पानी बेचता है और उससे होने वाली आमदनी को मेहमानों के आदर-सत्कार में ख़र्च कर देता है और दूसरे दिन के लिए एक कौड़ी भी बचाकर नहीं रखता है। मगर बराहाम अपनी सारी धन-दौलत के साथ, सारे शहर में कंजूस यहूदी के नाम से जाना जाता है।

बहराम बादशाह ने पूरे शहर में मुनादी करा दी कि किसी भी आदमी को लम्बक सक़्क़ा से पानी ख़रीदने की इजाज़त नहीं है। शाम ढले बहराम शाह घोड़े पर बैठ अकेला ही सक़्क़ा के घर की तरफ़ चल पड़ा। दरवाज़े पर दस्तक दी और कहा कि मैं ईरानी फ़ौज से बिछड़ गया हूं। अब तुम्हारे दर पर पनाह लेने आया हूं। यदि तुम कहो, तो मैं रात यहीं गुजारूं, तुम्हें अपनी मर्दानगी की सौगन्ध, मुझे इजाज़त दे दो!

सक़्क़ा बहराम शाह की मीठी आवाज़ और बोलने के ढंग से प्रभावित हुआ और दरवाज़ा खोलकर कहने लगा, "ऐ सवार! अन्दर आ जा, तेरे साथ दस आदमी और हों तो वे भी सिर-आंखों पर।"

बहराम शाह यह सुनकर घोड़े से नीचे उतरा। सक़्क़ा ने बढ़कर घोड़े की लगाम पकड़ी और उसको एक किनारे ले जाकर बांधा। फिर बहराम को अन्दर लाकर आदर से बिठाया और उसके आगे शतरंज की चौपड़ बिछाई, ताकि अतिथि अकेलापन महसूस न करे। जब तक वह मोहरों को इधर-उधर करेगा, तब तक सक़्क़ा रात के भोजन की तैयारी कर लेगा। जब भोजन तैयार हो गया तो उसने बहराम शाह को 'दस्तरख़ान' पर बुलाया, शराब से उसकी आवभगत की और प्रेम से भोजन कराया। बहराम शाह सक़्क़ा के अतिथि-सत्कार से बहुत प्रभावित हुआ।

खाना खाकर बहराम बादशाह सो गया। जब सुबह उसकी आंख खुली, तो सक़्क़ा ने कहा कि "आज हमारे यहां और रहिए अगर कोई दोस्त हो, जिसे आप बुलाना चाहें तो बुला लीजिए।" यह कहकर सक़्क़ा ने अपनी मशक़ उठाई और पानी बेचने चल दिया। सारे दिन सक़्क़ा इधर-उधर मारा-मारा फिरा; मगर किसी ने उसका पानी नहीं ख़रीदा। थककर वह बाज़ार गया और अपना कुर्ता बेच दिया। मशक़ के नीचे रखने वाले कपड़े से उसने अपना तन ढक लिया। ख़ुशी-ख़ुशी लम्बक सक़्क़ा ने उस पैसे से गोश्त ख़रीदा और घर आकर उसी आदर-सत्कार से अतिथि-सेवा में जुट गया और इस तरह से दूसरा दिन भी गुज़र गया।

तीसरे दिन सक़्क़ा ने फिर बहराम शाह से रुकने को कहा। बहराम मान गया। सक़्क़ा बाज़ार की तरफ़ गया और उसने अपनी मशक़ एक बूढ़े आदमी के पास गिरवी रखी और उस पैसे से गोश्त ख़रीदकर जल्द घर लौट आया और मेहमान से कहा कि आज तुम भी खाना पकाने में मेरी मदद करो। दोनों ने मिलकर खाना पकाया। फिर ईरान के शाह के नाम पर शराब का जाम मुंह को लगाया।

चौथे दिन लम्बक सक़्क़ा ने बहराम शाह से कहा कि अगरचे मेरी इस झोंपड़ी में तुमको कोई आराम नहीं पहुंचा; फिर भी, तुम्हें अगर शाह

ईरान का भय न हो, तो दो सप्ताह मेरे यहां मेहमान रह जाओ। बहराम शाह ने इनकार करते हुए कहा कि मैं तीन दिन तेरा अतिथि रहा, अब आज्ञा दे! अलबत्ता मैं तेरी मेहमाननवाज़ी का ज़िक्र किसी ऐसी महफ़िल में ज़रूर करूंगा कि जिससे तुझे ख़ुशी भी होगी और फ़ायदा भी पहुंचेगा।

यह कहकर बहराम शाह शिकारगाह की ओर लौटा और सारे दिन शिकार खेलता रहा। जब शाम ढली तो वह चुपके से बराहाम यहूदी के यहां पहुंचा। कुंडी खटखटाई और कहा, "मैं शाही फ़ौज से भटक गया हूं। रास्ता जानता नहीं हूं। इस अंधेरी रात में फ़ौज तक पहुंचना मुश्किल है। इजाज़त हो तो मैं यहीं किसी कोने में रात बसर कर लूं। तुझे कोई तकलीफ़ नहीं होने दूंगा।"

नौकर ने बहराम गूर की बात कंजूस यहूदी से जाकर कही। यहूदी ने इनकार करते हुए कहा कि उसके घर में कोई जगह नहीं है। बहराम बादशाह ने फिर अपना निवेदन दोहराया कि केवल रात-भर ठहरने की जगह दे दो। मैं और कुछ नहीं मांगता।

कंजूस यहूदी चिढ़कर बोला, "बाबा, इसमें केवल एक नंगा-भूखा यहूदी रहता है। तेरे लिए कोई जगह नहीं है। जा, लौट जा!"

बहराम शाह ने कहा, "अच्छा, अगर घर के अन्दर नहीं आने देते हो, तो मुझे दरवाज़े पर सोने की इजाज़त दे दो!' कंजूस यहूदी उसकी बात सुनकर पिघला और बोला, "तू दरवाज़े पर सोना चाहता है। अगर तेरी कोई चीज़ चोरी हो गई तो तू मुझी को तंग करेगा। अच्छा अन्दर आ जा। लेकिन ख़बरदार जो मुझसे कुछ मांगा। यह भी याद रखें कि अगर तू मर गया, तो तेरे कफ़न-दफ़न की ज़िम्मेदारी मुझ पर नहीं है।"

बहराम शाह दरवारज़े के पास बैठ गया। अब कंजूस यहूदी को तरह-तरह की चिन्ताएं सताने लगीं। आख़िर इसके घोड़े की रखवाली कौन करेगा! अजीब बेशर्म-बेहया आदमी है।

वह फिर उत्तेजित होकर बोला, "देख, अगर तेरे घोड़े ने लीद की या खुरों से फ़र्श की कोई ईंट तोड़ दी, तो यह तेरी ज़िम्मेदारी होगी कि

लीद को मैदान में फेंककर आए और टूटी ईंट के बदले नई ईंट लाकर दे।"

बहराम शाह ने कंजूस यहूदी की हर शर्त मान ली। घोड़े को एक तरफ़ बांधा, म्यान से तलवार निकाली। नम्दे का बिस्तर और ज़ीन का तकिया बनाया और टांगें पसारकर सो गया।

कंजूस यहूदी ने उसको सोया जानकर पहले घर का दरवाज़ा बन्द किया। उसके बाद दस्तरख़ान बिछाकर भोजन करना आरम्भ किया। बहराम शाह की तरफ़ मुंह करके बोला, "मेरी बात ग़ौर से सुन, दुनिया में जिसके पास होता है, वह मेरी तरह खाता है और जिसके पास नहीं होता है, वह तेरी तरह टुक-टुक ताकता रहता है।"

बहराम शाह ने करवट बदलकर कहा, "मैंने यह बात पहले भी सुनी थी। मगर आज आंखों से देख रहा हूं।" खाना खाकर यहूदी ने शराब का जाम भरा और बहराम शाह को सम्बोधित करता हुआ बोला –

कि हर कस दारद दिलश रौशन अस्त
दरम पीश-ए-उ चुन यकी जौशन अस्त

(जिसके पास दौलत है, उसके दिल में गर्मी है। दौलत कवच के समान आदमी की रक्षा करती है।)

कंजूस यहूदी ने शराब का दूसरा घूंट भरा और बड़ी मस्ती में कहा –

कसी को नादारद बुअद ख़ुश्क़ लब
चुनान चुन तुई गुरसने नीम शब

(जिसके पास पैसा नहीं, उसके होंठ सूखे रहते हैं और ठीक तेरी तरह वह आधी रात को भूखा सोता है।)

बहराम शाह ने कहा, "तुम्हारी दिलचस्प बातें मुझे याद रहेंगी।"

सुबह हुई तो बहराम शाह ने घोड़े पर ज़ीन कसी और चलने की तैयारी करने लगा। यहूदी कंजूस लपकते हुए बहराम शाह के समीप पहुंचा और

बोला, "तुझे याद नहीं कि तूने वायदा किया था कि घोड़े की लीद साफ़ करके जंगल में फेंक आएगा। मुझे तेरा जैसा मेहमान बिल्कुल पसन्द नहीं है।"

बहराम शाह ने कहा, "तुम इस लीद को किसी से साफ़ करा दो, मैं उसको पैसा दे दूंगा।"

यहूदी कंजूस बोला, "मेरे पास कोई आदमी नहीं है, जो लीद साफ़ करके फेंक आए।"

बहराम शाह ने जब उसका जवाब सुना, तो उसके दिमाग़ में एक तरक़ीब आई। उसने अपना रेशमी रुमाल जो इत्र से गमक रहा था, निकाला और उससे लीद उठाकर दूर फेंक दी। यहूदी कंजूस रेशमी रुमाल के पीछे भागा और लीद झाड़कर वह रुमाल उठा लिया। बहराम शाह उसकी यह हरकत देखकर ठगा-सा रह गया।

"अगर तुम्हारी इस हरकत के बारे में ईरान के शाह को पता चला, तो वह तुम्हें दरबार में ज़रूर ऊंची पदवी देकर इतनी धन-दौलत देंगे कि तेरा दिल दुनिया की हर चीज़ से भर जाए," इतना कहकर बहराम शाह महल लौट आया। सारी रात वह चिन्ता में डूबा रहा। मगर इस भेद को किसी पर ज़ाहिर नहीं किया।

सुबह हुई तो उसने लम्बक सक़्क़ा और बराहाम यहूदी कंजूस को अपने दरबार में बुलाया। साथ ही यह हुक्म भी दिया कि ईमानदार आदमी यहूदी के घर जाए और उसका सारा माल, जो उसके घर में मौजूद हो, उसे तथा यहूदी कंजूस को लेकर दरबार में हाज़िर हो।

जब वह ईमानदार आदमी यहूदी के घर पहुंचा, तो घर के हर कमरे को सोने-चांदी, कालीन और क़ीमती वस्तुओं से भरा पाया। माल-असबाब इतना ज़्यादा था कि उसकी गिनती करना मुश्किल था। उसने हज़ार ऊंटों पर वह सारा सामान लदवाया और बादशाह के हुज़ूर में लाया। फिर बहराम शाह को बताया, "हुज़ूर! इतनी दौलत तो आपके ख़ज़ाने में भी नहीं है। अब भी जो कुछ वहां रह गया है, उसको दो सौ गधों पर लादा जा सकता है।"

बहराम शाह इतनी धन-दौलत देखकर आश्चर्यचकित रह गया और सोच में पड़ गया। उसने सौ ऊंटों पर लदा सामान लम्बक सक़्क़ा को इनाम में दे दिया और यहूदी कंजूस को सम्बोधित करता हुआ बोला कि रात तुम्हारे घर में जो सवार मेहमान था, उसने मुझे तुम्हारी बातें बताई थीं कि –

कि हर कस कि दारद फ़ज़ूनी खुरद
कसी को नदारद हमी पश मुर्द

(जिसके पास होता है, वह शेर होकर खाता है और जिसके पास कुछ नहीं होता वह यूं ही तरसता है।)

बहराम शाह ने इतनी बात कहकर यहूदी कंजूस के चेहरे को देखा और कहा कि –

कनून दस्त याअज़ आन जे खूरदन बेकश
बेबीन जीन सपस खुरदन आब कश

(अब तुम खाने से अपना हाथ खींच लो और आज से सक़्क़ा के खाने को ताकते रहो!)

इसके बाद बहराम शाह ने यहूदी कंजूस को रात की एक-एक बात याद दिलाई और उसके हाथ पर चार दरहम रखते हुए बोला, "जाओ, इससे अपना गुज़ारा करो!"

बेचारा यहूदी कंजूस वहां से रोता-पीटता हुआ चल दिया।

शतरंज की पैदाइश

भारतवर्ष के नगर सन्दल में जमहूर नाम का एक राजा राज करता था। उसका साम्राज्य बसत व कश्मीर से लेकर चीन तक फैला हुआ था। राजा के पास अथाह धन और बड़ी फ़ौज थी। हर जगह उसके नाम का डंका बजता था।

हुमान बादशाह बूद, बर हिन्दुआन
ख़िरदमन्द व बीना व रौशन खान

(हिन्दुस्तान का यह बादशाह बहुत बुद्धिमान, सूक्ष्म दृष्टि और खुले विचार रखने वाला था।)

प्रजा उसका बहुत आदर करती थी। आख़िर राजा के यहां एक पुत्र ने जन्म लिया, जिसका नाम उसने गव रखा। कुछ दिनों बाद राजा बीमार पड़ा और उसने महारानी से अपनी अन्तिम इच्छा कही कि मेरे बाद मेरा बेटा राजा होगा।

राजा के देहान्त के बाद फ़ौजी और सरकारी लोग जमा हुए। औरत, मर्द, बूढ़े, जवान सभी सलाह-मशविरे के लिए बैठ गए। सबकी एक ही राय थी कि छोटा-सा बच्चा कुछ नहीं जानता, न फ़ौज को क़ाबू में रख सकता है और न न्याय कर सकता है और न खुद राजसिंहासन पर बैठ सकता

है और न सिर पर मुकुट रख सकता है। इसलिए सब लोग इस परिणाम पर पहुंचे कि अगर किसी उचित व्यक्ति को राजा न बनाया गया, तो सारे राज्य में अशान्ति फैल जाएगी। अन्त में तय पाया गया कि राजा के भाई 'माय' को, जो नगर दनबर का शासक है, बुलाया जाए और उसे राजगद्दी दी जाए। माय अपने शहर से सन्दल आया और राज्य की बागडोर संभाली। उसने अपने मृत भाई की पत्नी को अपनी रानी बना लिया। कुछ समय पश्चात माय से भी एक पुत्र तलहन्द नाम का पैदा हुआ। माय उससे बहुत प्रेम करता था, लेकिन अभी तलहन्द दो साल और गव सात साल का हुआ था कि माय बीमार पड़ा और दो हफ़्ते बाद ही उसकी मृत्यु हो गई।

सन्दल के लोगों को माय की मौत का बहुत दुख हुआ। एक मास तक सब उसकी मौत का दुख मनाते रहे। इसके पश्चात फ़ौज के अफ़सर और शहर के बुद्धिमान लोग जमा हुए और नए राजा के बारे में परामर्श करने लगे। आख़िरकार सबने यह तय किया कि जब तक दोनों राजकुमार छोटे हैं, ख़ुद रानी राज्य का कार्य संभालेगी। सारे लोग रानी के न्यायप्रिय स्वभाव के प्रशंसक थे और उसे राजसिंहासन के लिए योग्य भी समझते थे, इसलिए लोग रानी के सम्मुख उपस्थित हुए और कहा कि यह साम्राज्य आपके दोनों बेटों का है, लेकिन जब तक वे बड़े नहीं होते, तब तक आपको ही राज-काज देखना पड़ेगा। जब वे बड़े हो जाएंगे तो राज-पाट उनके हाथ सौंपकर स्वयं उनकी मन्त्री बन जाइएगा। रानी ने प्रजा की बात मान ली और राज-पाट संभाल लिया।

बदीशान सिपुर्द आन दो फ़रज़न्द रा
दो मेहतर निज़ाद खिरदमन्द रा

(उसने दो चतुर ब्राह्मणों को अपने बेटों की शिक्षा-दीक्षा के लिए नियुक्त किया।)

समय गुज़रता गया। धीरे-धीरे उसके बेटे बड़े हो गए। कभी-कभी वे अपनी मां से पूछते कि हममें से कौन अच्छा है? मां जवाब देती, "तुममें से जो ज़्यादा बुद्धिमान, पवित्र और ईमानदार है; वही अच्छा और महान

है।" फिर वे यह पूछते कि यह देश किसका है? यह धन-दौलत, यह तख़्त-ताज किसके हिस्से में आएगा। मां दोनों से अलग-अलग कहती, "यह देश, यह तख़्त व ताज तेरा है।" इस उत्तर से दोनों बेटे अपनी-अपनी जगह प्रसन्न हो जाते, परन्तु धीरे-धीरे उनके दिलों में ईर्ष्या की आग भड़कने लगी और वे तख़्त-ताज के लिए अधिक चिन्तित रहने लगे। कभी-कभी मन-ही-मन उदास भी हो जाते। आग पर तेल का काम उनके साथी करते थे। वे भड़काते हुए कहते कि अपनी मां से जाकर पूछो कि हममें से कौन अच्छा और लायक है और बुरे-भले समय में सन्तोष, शान्ति और सद्बुद्धि से काम ले सकता है?

आख़िर एक दिन मां ने कहा, "शहर के बुद्धिमान और सहृदय लोगों को बुलाकर परामर्श करो कि इन दोनों बेटों में से कौन तख़्त-ताज का अधिकारी बनने के लिए न्यायप्रियता एवं अन्य गुणों से युक्त है। यूं तो हिंसा से राज का नाश ही हो जाएगा।" मां की बात सुनकर बड़ा बेटा गव बोला, "मां, सच-सच बताओ – बहाने मत बनाओ। अगर मैं राज की बागडोर संभालने के लायक नहीं हूं, तो राजा तलहन्द को दे दो। मैं छोटे भाई की तरह उसकी सेवा करूंगा। लेकिन यदि मैं आयु और बुद्धि में तलहन्द से बड़ा हूं और अपने पिता का सच्चा बेटा हूं, तो तलहन्द से कह दो कि वह राजगद्दी पर नज़र न लगाए और इस बात को दिल पर अधिक न लगाए।"

मां ने समझाते हुए कहा, "राजकाज के लिए ज़्यादा दुखी न हो। यह नश्वर संसार किसी का नहीं है। तुम्हारा बाप राजा जमहूर कितना अच्छा आदमी था, पर वह मर गया। उसके बाद तेरा चाचा तख़्त पर बैठा। कुछ समय पश्चात वह भी चला गया। तू बड़ा है, ज़्यादा सूझ-बूझ वाला है, फिर क्यों बिना वजह कुढ़ता है।" मां ने दुखी होकर उससे आगे कहा कि "मेरी मजबूरी यह है कि अगर तुममें से एक को राजपाट देती हूं, तो दूसरा मेरा शत्रु बन जाएगा और फिर ख़ून-खराबे पर उतर जाएगा। लेकिन मेरा कहना है कि इस नश्वर संसार के लिए ख़ून-खराबा करने से क्या लाभ है।"

इधर तलहन्द यह सोचता कि मां गव का साथ देती है। वह मां से

कहता, "ठीक है, गव मुझसे आयु में बड़ा है। लेकिन मुझसे अच्छा नहीं। अफ़सोस कि मेरा पिता जवानी में मर गया और मुझे तख़्त-ताज का स्वामी न बना सका। मां, तेरा मन तो गव में लगा है और तू उसी को आगे बढ़ाना चाहती है।"

मां ने सौगन्ध खाई कि उसके मन में ऐसी कोई बात नहीं है। लेकिन उसने देखा कि समझाने-बुझाने से कोई लाभ नहीं है। इस कारण उसने दूसरी राह अपनाई। उसने देश-भर के बुद्धिमान लोगों को इकट्ठा किया। उनके सामने दोनों राजाओं के ख़ज़ाने की कुंजियां रख दीं और उन्हें बताया कि दोनों बेटे राज-पाट के बारे में क्या सोचते हैं। गव ने तलहन्द से कहा, "तुम्हें मालूम है कि मेरा बाप जमहूर तुम्हारे बाप 'माय' से उम्र और अक़्ल में बड़ा था, लेकिन माय भी सज्जन आदमी था; क्योंकि बड़े भाई के जीते-जी उसने कभी तख़्त-ताज की हविश नहीं की और बड़ा बनने की कोशिश नहीं की। लेकिन अगर तुम राजसिंहासन पर बैठोगे और मैं छोटे भाई की तरह तुम्हारी सेवा करूंगा, तो यह उचित नहीं होगा। अच्छा यही है कि हम चन्द अक़्लमन्दों को इकट्ठा करें और वे जो फ़ैसला करें, उसे हम मान लें, क्योंकि वे लोग हमसे अधिक बुद्धिमान हैं।"

इसके पश्चात गव और तलहन्द की तरफ़ से एक-एक विद्वान चुने गए। दोनों वार्तालाप करने लगे। गव की तरफ़ का विद्वान बोला कि सन्दल का तख़्त-ताज गव को मिलना चाहिए। मगर तलहन्द की तरफ़ का आदमी तरह-तरह की दलीलें पेश कर रहा था। परिणाम यह हुआ कि परामर्श की जगह वे एक-दूसरे से लड़ने लगे।

आख़िरकार महल में दो तख़्त बिछाए गए। गव और तलहन्द उन पर बैठे और उनका अपना-अपना विद्वान उनकी दाहिनी तरफ़ विराजमान हुआ। उन्होंने राज्य के सारे बुद्धिमानों को जमा किया और तख़्त के दाहिनी और बाईं ओर बिठाया। विद्वानों ने पूछा कि आप लोग दोनों राजकुमारों में से किसे राजा बनाना चाहते हैं।

सबने देखा कि किसी एक को राजा बनाना मुश्किल है। इससे बात

लड़ाई तक पहुंचेगी और राज्य के दो टुकड़े हो जाएंगे, जिससे लोगों का नुक़सान होगा। इसलिए उन्होंने तय किया कि एक संस्था बनाकर परस्पर इस गुत्थी को सुलझा लेंगे। जो तय होगा, उसी के अनुसार दोनों राजकुमारों में से एक को राजा बना दिया जाएगा।

यह कहकर विद्वान और बड़े-बूढ़े लोग महल से बाहर निकले। उनके मन उदास और चेहरे उतरे हुए थे। वे लोग सारी रात परामर्श करते रहे, लेकिन किसी परिणाम पर नहीं पहुंचे। सुबह को सारे नगर में इसी बात की चर्चा थी।

एक तरफ़ कुछ लोग गव को राजा बनाना चाहते थे, तो दूसरे तलहन्द को। तलहन्द के मानने वाले गव को गाली दे रहे थे और गव के तरफदार उस पर जान देने को तैयार थे। इस प्रकार सारे सन्दल राज्य में अशान्ति फैल गई। सच है, जब किसी घर में दो हुक्म चलने लगें, तो घर बर्बाद हो जाता है।

कुछ लोगों ने यह उपाय निकाला कि दोनों राजकुमारों को अलग-अलग राज दे दिया जाए, ताकि वे अपने लालच और अहं की ख़ातिर देश को बर्बाद न करें। परन्तु दोनों राजकुमारों का मस्तिष्क तो युद्ध की गर्मी से उबल रहा था और मुखों पर नफ़रत की छाया मंडरा रही थी। दोनों एक-दूसरे से सन्धि करने और नम्रता का व्यवहार करने के लिए कह रहे थे। अन्त में सलाह-मशविरा कुछ काम न आया और युद्ध के अतिरिक्त कोई दूसरी राह नहीं बची।

अब गव और तलहन्द के तरफ़दार तेज़ी से युद्ध की तैयारियां करने लगे। तलहन्द ने पिता के ख़ज़ाने का मुख खोल दिया, सिपाहियों को सोना और कवच दिए और स्वयं भी हथियारों से सुसज्जित लड़ने के लिए तैयार हो गया। गव ने भी फ़ौजी वस्त्र पहने, बाप की आत्मा का पुण्य स्मरण किया और रणक्षेत्र के लिए तैयार हो गया। हाथियों पर हौदे रखे गए। युद्ध का नगाड़ा बज उठा।

गव और तलहन्द दोनों ने दो मील के फ़ासले पर अपनी-अपनी फ़ौजें

आमने-सामने खड़ी कर लीं। दोनों राजकुमार हाथी पर सवार होकर रणक्षेत्र में आए। उनके आगे-आगे पैदल सिपाही भाले और ढाल लिये हुए थे। गव को यह सोचकर बड़ा दुख हो रहा था कि रणक्षेत्र में कितने बेगुनाह मारे जाएंगे। इस विचार के आते ही उसने फिर भाई के पास सन्देश भेजा, "अब भी समय है, युद्ध का विचार छोड़ दे। बहकावे में आकर सत्य मार्ग को छोड़कर ऐसा काम न करो, जिससे हमारे पूर्वजों की धरती वीरान हो जाए और शेर-गीदड़ आ बसें। अगर तू सन्धि कर ले और यहां से दूर जा बसे, तो मैं तुझे अपार धन व दौलत दूंगा और तुझे जान से अधिक प्यार करूंगा। यदि तू युद्ध पर तुला है, तो इंसानों की बर्बादी और दुख और पछतावे के सिवा कुछ हाथ नहीं लगेगा।"

तलहन्द को भाई का जब यह सन्देश मिला, तो उसने कहलवाया, "युद्ध में बहानेबाज़ी से काम नहीं चलता। तू न मेरा भाई है, न मेरा मित्र और न मेरे परिवार का सदस्य। युद्ध तूने शुरू किया है, मैंने नहीं। इसका पाप तेरी गर्दन पर होगा। बदनामी और पछतावा तेरे हिस्से में आएगा। रह गई तेरे दान की बात कि तू मुझे तख़्त और ताज देगा तो सच्चाई यह है कि अगर तेरे राज्य में से कोई जागीर या इनाम स्वीकार करूं, तो भगवान मेरा अन्त शीघ्र करे।"

तलहन्द ने सन्देशवाहक से कहा, "मैं योद्धाओं को लेकर रणक्षेत्र में उतार रहा हूं, ताकि गव को हाथ बांधकर बन्दी बनाऊं और योद्धाओं को मौत के घाट उतारूं।"

भाई की बात सुनकर गव के मन को दुख पहुंचा और बुद्धिमान सलाहकारों के कहने के बाद भी उसने कोई सख़्त क़दम नहीं उठाया और भाई को समझा-बुझाकर युद्ध से विरत करने की कोशिश की। उसने दोबारा सन्देश भेजा कि "भाई-भाई का लड़ना ठीक नहीं है। हमारे चारों तरफ़ शत्रु हैं। अगर हमने युद्ध किया, तो चीन से लेकर कश्मीर तक के बादशाह सब ही हमें बुरा-भला कहेंगे। अब भी तू मेरे पास आ जा। मैं तुझे हीरे-जवाहरात, घोड़े-हाथी सब-कुछ दूंगा। मुझे तुझसे युद्ध करने की इच्छा नहीं है।"

लेकिन तलहन्द ने फिर कड़ा उत्तर दिया, "मैंने तेरी बकवास सुन ली है। तू कौन है, जो मुझे धन-दौलत देने का वायदा कर रहा है! ख़ज़ाना और बल मेरे पास है। धरती और आकाश पर मेरा राज है। लेकिन तू जो यूं बढ़-बढ़कर बातें बना रहा है, तो लगता है – चींटी के पर निकल आए हैं। चूंकि तू खाई में गिरने वाला है, इसलिए चिकनी-चुपड़ी बातें करके मुझे युद्ध से रोकना चाहता है। अब युद्ध की तैयारियां कर, विलम्ब ठीक नहीं।"

लाचार गव युद्ध के लिए तैयार हो गया। प्रातः जब सूरज निकला, तो दोनों फ़ौजें आमने-सामने खड़ी हो गईं। दोनों राजकुमार अपनी-अपनी फ़ौज के बीच में थे। उनके क़रीब उनके बुद्धिमान सलाहकार थे। गव ने कहा, "मेरी फ़ौज का कोई वीर आक्रमण में पहल न करे बल्कि जहां खड़ा है, वहीं अलम (पताका) को उठाए खड़ा रहे, युद्ध में जल्दी करना बुद्धिमानों का काम नहीं है। हम यहीं ठहरकर देखेंगे कि तलहन्द अपनी फ़ौज को लेकर कैसे आगे बढ़ता है। हमने उसे समझाने-बुझाने में कोई कोर-कसर नहीं छोड़ी। मगर अफ़सोस, उसने हमारी बात न सुनी। यदि इस युद्ध में भगवान की कृपा से हमने विजय प्राप्त की, तो ख़बरदार कोई योद्धा केवल धन के लालच में किसी योद्धा को न मारे। अगर हमारे वीरों में से कोई फ़ौज के बीच में पहुंच जाए और तलहन्द पर क़ाबू पा ले तो हर्गिज़ उसे हानि न पहुंचाए।"

सारी फ़ौज ने गव को अपनी आज्ञाकारिता का विश्वास दिलाया। इधर तलहन्द अपनी फ़ौज से कह रहा था, "यदि भाग्य से हमें इस युद्ध में विजय मिलती है, तो तुम लोग एक-एक योद्धा को मौत के घाट उतार देना। गव यदि बन्दी बन जाए, तो न तो उसे मारना, न बुरा-भला कहना, बल्कि उसे घसीटते हुए मेरे पास ले आना।" युद्ध आरम्भ हो गया। आख़िर दोनों राजकुमार अपने-अपने वीरों के बीच से बाहर निकले और सन्ध्या तक ख़ून-ख़राबा करते रहे। सन्ध्या को गव ने तलहन्द के सिपाहियों से कहा, "तुम लोगों में से जो भी मेरी तरफ़ आएगा, उसको मैं जीवन-दान दे दूंगा।"

यह ऐलान सुनकर तलहन्द के बहुत सारे सिपाही गव की ओर आ

गए। बहुत मारे गए, बहुत सारे इधर-उधर भाग गए। तलहन्द अकेला रह गया था। गड़रिया रह गया था, जानवर भाग गए थे।

तलहन्द को तनहा देखकर गव ने फिर कहा, "भाई, अब भी तू अपने महल वापस हो जा और अपनी जागीर की देख-भाल कर, जहां तक मेरा सम्बन्ध है, मैं तुझे कोई दुख नहीं दूंगा।"

तलहन्द भाई की इस बात को सुनकर मन-ही-मन क्रोध से उफन गया। अन्त में वह रणक्षेत्र से भाग खड़ा हुआ। एक सुरक्षित स्थान पर पहुंचकर, उसने फिर अपने सिपाहियों को जमा किया, उन्हें इनाम दिए। उनकी तरफ़ से जब उसे सन्तोष हो गया, तो उसने गव को फिर पैग़ाम भिजवाया कि यदि हिम्मत है, तो शेर की तरह दोबारा रणक्षेत्र में आओ। इस चुनौती को केवल गीदड़-भभकी मत समझना।

गव का दोबारा तलहन्द का यह कड़ा सन्देश मिला, तो उसे बहुत कष्ट पहुंचा। फिर भी, उसने नम्रता का परिचय दिया। प्रेमपूर्वक वार्तालाप किया और भाई को सन्धि के लिए आमन्त्रित किया। परन्तु साथ-ही-साथ कहलवाया भी कि "यदि तू अब भी युद्ध के लिए हठ करता है, तो मैं तैयार हूं लेकिन इस बार हम लोग दूर समुद्र के किनारे युद्ध करेंगे और फ़ौज के चारों तरफ़ खन्दक खोदेंगे, ताकि फ़ौज घिराव में रहे और पराजय के बाद भाग न सके।"

तलहन्द ने अपनी फ़ौज के जनरलों को बुलाया। उनके सामने गव का नक्शा रखते हुए बोला, "जब लड़ना ही है तो क्या जंगल और क्या बियाबान, क्या दरिया और क्या सहारा, क्या पहाड़ और क्या मैदान। अगर हमारी जीत हुई तो मैं तुम सबको धन से मालामाल कर दूंगा।"

तलहन्द और गव की फ़ौजें समुन्दर की तरफ़ चलीं। दोनों भाई आमने-सामने पंक्ति बांधकर खड़े हो गए। खन्दक खोदकर उसमें पानी भर दिया गया। राजकुमारों ने अपनी-अपनी फ़ौज की कमान संभाली। वह घमासान लड़ाई हुई कि धूल से वातावरण धुंधला गया। समुन्दर में भूकम्प-सा आ गया। रणक्षेत्र का अजीब दृश्य था। कहीं किसी का पेट फटा पड़ा था,

तो कहीं किसी का सिर कटा पड़ा था। चारों ओर मानवों के कटे अंगों का बिखराव था। धरती ख़ून के कीचड़ से लथपथ थी, घोड़ों की टापें इस ख़ूनी कीचड़ से सनी हुई थीं।

तलहन्द ने अपने हाथी पर बैठे हुए दूर-दूर तक दृष्टि डाली, तो सारा मैदान ख़ून में डूबा दिखा। अब उसके पास न तो भागने की कोई राह थी और न बचने की कोई तरकीब। उसने समझ लिया कि वास्तव में वह फंस गया है और उसका समय निकट आ गया है। यह सोचकर उसका दिल डूब गया और इसी दुख में वह अपने हौदे के तख़्त पर लेट गया, लेटते ही उसके प्राण-पखेरू उड़ गए।

गव ने देखा कि तलहन्द का झंडा नज़र नहीं आ रहा है। उसने एक सवार को भेजा कि आगे बढ़कर पता लगाए कि तलहन्द कहां है। सवार ने वापस आकर बताया कि राजकुमार का कहीं पता नहीं है। यह सुनकर गव घोड़े से उतर पड़ा और रोता हुआ शत्रु की फ़ौज की तरफ़ पैदल चल पड़ा। वहां जाकर उसे मालूम हुआ, तलहन्द मर चुका है और उसके सिपाही शोक में डूबे हुए हैं। गव ने सुना तो एक हृदय-विदारक चीख़ मारी और कहने लगा कि –

हमी गुफ़्त ज़ार एइ नबर्देह जवान
बे रफ़्ती पुरअज़ दर्द व खस्ते खान
तोरा गर्दिशे अख़्तर बद बे कुश्त
व गरना निज़दे बर तो बादी दुरुश्त
बे पेचीद अज़ आमूज़गाराने सरत
तो रफ़्ती व मिसकीन दिले मादरत
बख़ूबी वसी रान्देहअम व तो पन्द
नयामद तोरा पन्दे मन सूद मन्द

(ऐ बहादुर, तू इस संसार से इस तरह गया कि तेरे दिल पर घावों का बोझ और आत्मा पीड़ा से बोझिल थी। तेरे ग्रह ख़राब थे, जो तुझे मौत आ गई, वरना जीते-जी तुझे हवा का तेज़ झोंका भी न

लगा था। अफ़सोस! तूने समझाने-बुझाने वालों की बात पर ध्यान न दिया। आज तेरी मां का दिल कितना दुखी होगा। आह, मैंने तुझे कितने उपदेश दिए परन्तु तूने मेरा एक भी शब्द न माना।)

इतने में गव का परामर्शदाता आ गया और राजकुमार को तसल्ली देने लगा। गव ने आज्ञा दी कि तलहन्द के लिए हाथी-दांत और हीरे-जवाहरात का एक ताबूत तैयार किया जाए। इस पर चीनी रेशम की चादर डाली जाए और उसका दरवाज़ा इत्र व काफ़ूर से बन्द किया जाए। इससे निबटकर उसने तलहन्द के सारे सिपाहियों को क्षमा कर दिया।

इधर रानी ने जब सुना कि दोनों राजकुमार फिर युद्ध कर रहे हैं, तो उसने अन्न-जल छोड़ दिया। उसने एक सन्देशवाहक को नियुक्त किया, ताकि वह रणक्षेत्र के समाचार लगातार लाता रहे। जब वातावरण की धूल कुछ कम हुई, तो सन्देशवाहक ने देखा कि गव की पताका तो दिख रही है, परन्तु तलहन्द का कहीं पता नहीं है। उसने रानी के समीप एक सवार को दौड़ाया कि तलहन्द शायद रणक्षेत्र में काम आ गया है।

जब रानी को यह समाचार मिला, तो वह ख़ून के आंसू रोई। उसने अपने कपड़े फाड़ डाले और बाल नोच डाले। सारे महल में कोहराम मच गया। रानी ने आज्ञा दी कि एक चिता तैयार की जाए, ताकि वह हिन्दू रिवाज के अनुसार सती हो सके।

गव को जब ज्ञात हुआ कि उसकी मां सती होने जा रही है, तो वह हवा से बातें करता मां के पास पहुंचा और रो-रोकर कहा, "मां! पहले मेरी बात तो सुन लो। तलहन्द को न मैंने मारा है और न मेरे किसी सिपाही ने, बल्कि उसको उसकी बदक़िस्मती ने मारा है।"

मां को गव की बातों पर तनिक भी विश्वास न हुआ। उसने कहा, "तू दुष्ट है और अपने भाई का हत्यारा है।" गव ने सफ़ाई देते हुए कहा, मां! ज़रा धीरज से काम लो, तुझे ले चलकर रणक्षेत्र दिखाऊंगा और साबित

करूंगा कि तलहन्द की मृत्यु में मेरा कोई दोष नहीं है। बस उसके दिन पूरे हो गए थे, लेकिन यदि तुझे विश्वास नहीं है, तो मैं इस आग में जलकर स्वयं को भस्म कर दूंगा ताकि मेरे शत्रुओं का कलेजा ठंडा हो जाए।"

रानी ने बेटे की बात सुनी, तो सोचने लगी, "एक बेटा तो गया। अब दूसरा भी चला जाएगा, तो मैं कहीं की नहीं रहूंगी और वह भी ऐसा बहादुर जवान है।" ठहरकर गव से बोली, "तलहन्द हाथी पर कैसे मरा, चलकर दिखा, ताकि मुझे विश्वास हो जाए और मेरे मन को शान्ति मिले।" गव अपने महल में गया। उसने अपने दूरदर्शी सलाहकार को बुलाया और उसको अपनी बातें बताईं। आख़िर देश-भर के बुद्धिमान क्या जवान, क्या बूढ़े – जमा हुए, ताकि वे रणक्षेत्र का नक्शा बना सकें। गव ने युद्ध का सारा विवरण दिया। उन लोगों ने सारी रात विचार किया। इसके बाद आबनूस की लकड़ी का एक तख़्ता बनाया जिसमें सौ खाने थे और उन खानों के आमने-सामने दो बादशाहों की फ़ौजें हरकत करती हुई दिखाई गई थीं। दोनों फ़ौजों में से एक के योद्धा सागौन की लकड़ी के बने थे। दूसरे हाथी-दांत के बने थे। बादशाह, वज़ीर, घोड़ा, हाथी और प्यादा आमने-सामने रखे गए। हर बादशाह अपनी फ़ौज के बीच में था। उनके पहलू में उनका मन्त्री था और उनके दाएं-बाएं एक-एक ऊंट, एक-एक घोड़ा था। यानी उनमें सिर्फ़ दो मर्द थे।

प्यादा बे रफ़्ती जे पीश व जे पस
कि उ बुअद दर जंग फरियाद रस
चू बेगुज़ाश्ती ता सर आबुरदेह गाह
निश्स्ती चू फरज़ाने बर दस्ते शाह
हुमान मर्दे फ़रजाने एक ख़ाने पीश
नरफती बे जंग अज़ बर शाहे ख़ीश

(प्यादा आगे भी चलता और पीछे भी, क्योंकि युद्ध में उसकी स्थिति सन्देशवाहक की-सी थी। लेकिन जब वह हाथी के दूसरे कोने तक पहुंच जाता तो मन्त्री की तरह बादशाह के क़रीब स्थान पा जाता

है। फिर यही मन्त्री बादशाह के पास से युद्ध के कारण एक खाने से ज़्यादा नहीं जाता।)

इस तरह से ऊंचे सिर वाला हाथी तीन खाने चलता था और जैसे दो मील की दूरी से सारे रणक्षेत्र पर नज़र दौड़ाता था। इसी तरह से ऊंट भी तीन खाने चलता था और घोड़ा भी तीन खाने चलता था। मगर एक में वह बेगाना-सा रहता। हाथी शत्रुता से सारे रणक्षेत्र में धावा बोलता हुआ चारों तरफ़ चलता था। हर मोहरा अपने-अपने मैदान में चलता था और उसमें कोई कमी या ज़्यादती न करता था। जब कोई बादशाह के मुक़ाबले में आता, तो चिल्लाकर कहता कि ऐ बादशाह! मैंने बाजी जीत ली है। तब बादशाह अपने खाने से आगे बढ़ जाता और उसी तरह ऐसी जगह भी पहुंच जाता, जहां से आगे बढ़ने का कोई रास्ता न रहता। इसके बाद हाथी, घोड़ा, मन्त्री और प्यादे मिलकर बादशाह की राह रोक लेते हैं। अन्त में थक-हारकर बादशाह की मौत हो जाती है और वह संसार के चक्करों से स्वतन्त्र हो जाता है।

शतरंज के इस खेल का अर्थ था कि रणक्षेत्र में तलहन्द की स्थिति और उसकी मृत्यु को समझाया जा सके। रानी ने ध्यान से खेल देखा मानो उसने अपनी आंखों के सामने तलहन्द की मौत को देख लिया हो। इसके पश्चात वह रात-दिन शतरंज की चौपड़ पर मोहरों को देखती रहती। उसकी आंखें मूसलाधार बरसतीं। तलहन्द की मौत ने उसको गहरा दुख पहुंचाया था, जिस पर शतरंज का खेल मलहम का काम करता था।

❑❑❑